JN200369

# 北辺の御様子お伝え致し度候(たくそうろう)

安部俊吾

郁朋社

北辺の御様子お伝え致し度候（たくそうろう）／目次

装丁／宮田麻希

# 北地に立つ

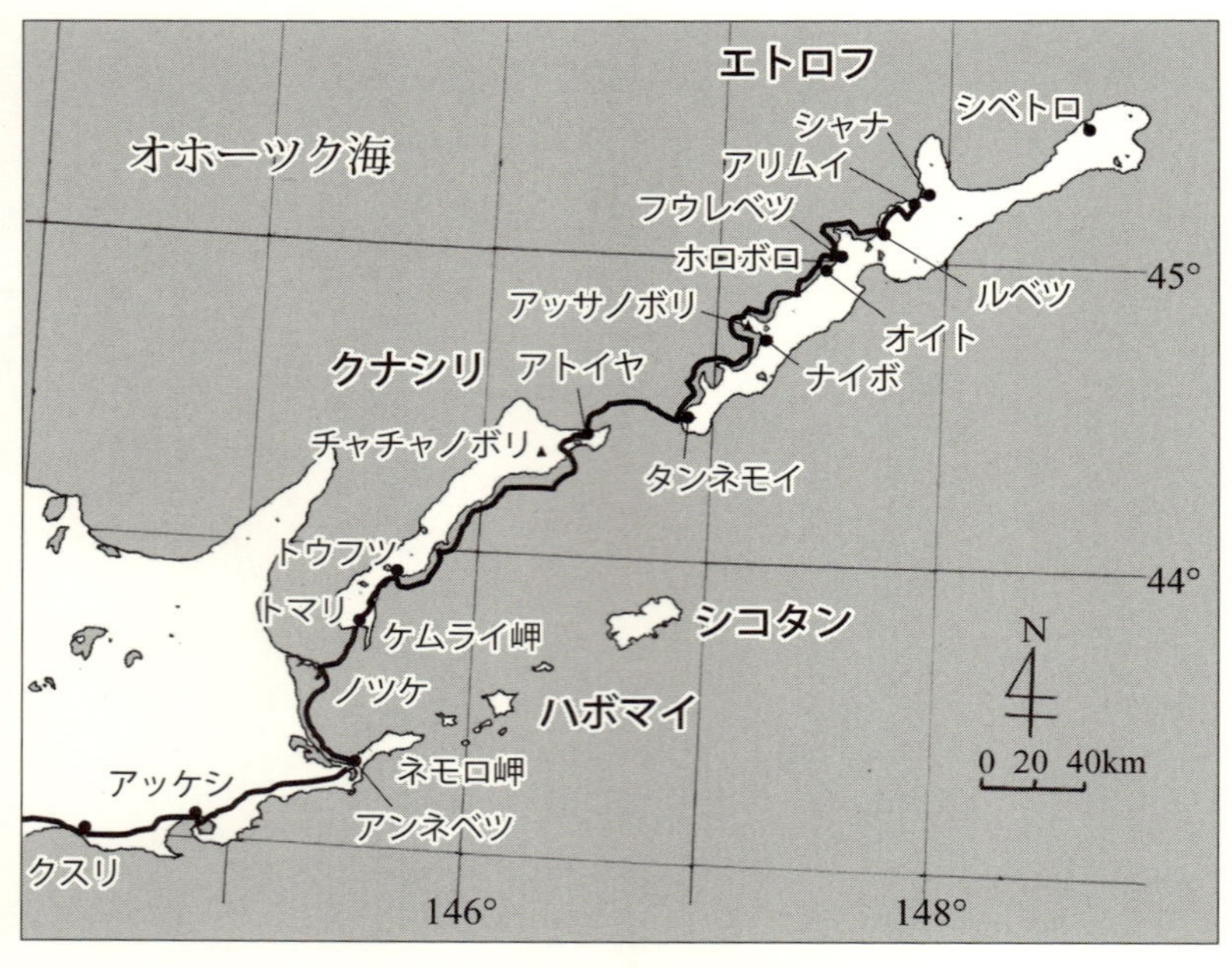


**久保田見達御注進経路**

（中学校社会科地図　P.138　帝国書院編集部編　平成29年1月25日発行を参考に作成）

男一人の長屋住まいにはふとんが一揃えあればよい。だが、ここではそれがばかに分厚く居座っている。

(よくもこんなところまで来たものだ)

久保田見達は大刀をかざしながら思った。見達が、お雇医者としてエトロフ島シャナにやって来たのはちょうど一年前、文化三年四月(一八〇六年五月)のことである。そこに、

「御免!」

尋ねてきたのは大村治五平であった。

「見達老、一献いかがでござろう」

治五平は南部藩の火業師である。火業師とは火薬の調合から鉄砲の撃ち方までを担う御役目だが、よほど暇なようでちょくちょく見達の所に顔を出した。目当ては酒である。この治五平、一献と言いつつ持ってくるのは肴ばかり。酒をいただく手前でもあるまいが、治五平は一回りも年下の見達を

「老」と呼んだ。

「こう寒いと飲まにゃ、やっとられんわい」

治五平は矢継ぎ早に手酌で三杯あおった。春とは言え氷海（ひょうかい）を吹き渡る風は身を切るほどに冷たい。やや酒気を帯びると治五平はこう切り出した。

「前々から思うておったのだが、貴殿、一通りの医者ではないとお見受けする。兵法にも通じておると聞くが」

件（くだん）の大刀のせいだろう。人は様々に噂するものである。医者は名字帯刀が許されている。とは言え、脇差を手挟（たばさ）むのが通例だ。町医髷（まげ）である束髪に十徳（じっとく）を羽織って大刀を帯びているのはどう見ても異様であった。見達が黙っていると、

「ならば生死を共にする者として御入魂賜りたい」

治五平は差し上げた茶碗をまた一息にあおった。

「さればと見込んでお尋ねいたす。ここは異国との境でござろう。ならば万一取り合いともなれば異国との戦。元寇以来の大事じゃ」

異論はない。

「ならばじゃ。南部津軽両藩の者互いに不仲。そのようなことでこの島が守れようか。御公儀のもと互いに力を合わさねばならぬは道理。それを何か、千葉様は！　何かと言えば我が藩の御役が津軽より重過ぎるだの、何とか勤番の者を減らさねば金がかかるだの、聞いてはおれぬわい」

治五平の目はすでに座っている。南部藩の台所はうち続く凶作で火の車と聞く。治五平の言い分はもっともだが、南部藩重役の千葉祐右衛門にも苦労はあろうと思われた。だがよくよく話を聞いていると、どうやら己の意見が軽んじられる、それが気に入らぬようだった。要は愚痴だ。無頼の者同士、

憂さを晴らすも酔狂かと付き合っていたが、せっかくの酒がまずくなる。

「懇意なればわしの前ではよい。だが壁に耳ありと申す。貴藩と津軽藩とのことなど議するは、遠慮なさるがよろしかろう」

そう言われると治五平は少し鼻白んだ様子で話題を変えた。

「時に見達老。拙者も少々居合の心得がござるが、その御腰の刀(もの)、二尺五寸はござろう。それほどの長刀(ながもの)を扱うとなればかなりの腕前と推察いたすが。よもや伊達ではありますまい？」

見ればにやにやしている。そこで治五平は急に声をひそめ、

「人を切ったことはおありか」

と、言った。見達の杯を持つ手が止まった。

「さあな」

「わっはっは。さぞかし武勇伝もござろうが、それはまたの楽しみといたそう。少々飲みすぎたわい。帰る」

治五平はふらりと立ち上がり、おぼつかぬ足取りで出ていった。


江戸期すでに識者の間では千島列島は日本であると認識されていたが、実際の経営や警固を任されていたのは松前藩である。しかし、松前藩はアイヌ人を酷使するばかりで開発はおろか防備にも怠慢を極めていた。そんな中、

「カムチャッカから島伝いに赤人(あかひと)（ロシア人）が迫っている」

との報がもたらされ、ついに幕府は寛政十一年（一七九九年）、東蝦夷（北海道の東南岸から千島列島）の上地を決定した。これに伴い、以後幕府が千島の直轄経営に乗り出すことになる。箱館に奉行所が置かれ、要所要所に会所、番所が設置された。そして南部津軽両藩にその警固を命じたほか、働き方、大工、船方など大勢の者が江戸から送り込まれた。だが世はまさに天下太平である。庶民には異国とのせめぎ合いなどどこ吹く風。江戸で食いっぱぐれた連中が北の果てまで流れてきていた。見達もこの波に乗り、蝦夷地に渡ったのが齢四十の年、それから三度の冬を越している。

　エトロフ島にはアイヌの酋長を乙名（村長）とする七郷二十五ヵ村の制が敷かれ、十七の漁場が開かれた。漁場では雇い入れたアイヌを使って鮭鱒漁が行われ、これを船で江戸に運んだ。島の中央部に位置するシャナは、それらを束ねる要である。見達着任時、会所をはじめ南部津軽両藩陣屋ほか長屋、番小屋、粕蔵、さらには弁財天の御社まで数十棟が建ち並ぶ一大開拓村となっていた。幕吏や働き方の中には妻子を伴っている者もおり、南部津軽の勤番兵も合わせると日本人だけで三百人余が暮らしていた。

　エトロフの冬は厳しい。雪と氷に閉ざされ、ひたすら寒さに耐える日々が続く。ようやく氷解した海に今年の一番船となる観幸丸が姿を見せたのは、文化四年四月五日（一八〇七年五月十二日）のことだった。シャナ会所はオホーツク海に面している。眼前に浜が広がり、左右に大きく弧を描いて湾を成していた。会所の脇にはシャナ川が流れ、海に向かって河口を開いている。シャナの浜は石が荒く、しかも遠浅で岩礁も多い。ゆえに百五十石を超える大船では危なくて河口まで乗り入れることができない。そこで会所から南に一里ほど離れたシャナ湾の端、アリムイに岩を穿って澗（船掛かり）

を造り、廻船の荷はここで積み下ろしすることになっている。

アリムイの浜で出迎える者たちは、この一番船を心待ちにしていた。と言うのも郷里に残した妻子からの便りが運ばれてくるからである。だがどこでどう行き違えたか、この船便には便りがなく、皆それぞれにがっかりしていた。このとき見達もアリムイの浜にいた。むろん御役目にて来たまで。便りの届く当てなどないので何も思うことはない。昨年から御用の筋で江戸に上っていた関谷茂八郎がこの船で戻ってくることになっている。見達はお雇医者としてその御機嫌伺いをしなければならないのだ。

関谷茂八郎は箱館奉行支配調役(しらべやく)下役である。シャナ会所では菊池惣内(そうない)、戸田又太夫に次ぐ三番手の重役だが、エトロフ島開発には当初から携(たずさわ)っており、重役三人の中では最もこの道に通じているとされていた。エトロフ島開発もどうにか軌道に乗り、今度はその先、ウルップ島開発の御下命を帯びているとの噂であった。

ここで荷揚げを眺めていた見達に声をかけてきたのは間宮林蔵である。

「合図撃ちの稽古をやるとはまことでござりますか」

「そうよ、そのことよ」

見達は小兵の林蔵にのしかかるように顔を近づけた。

林蔵は、もとは常陸の国のたが屋の小倅(こせがれ)。ひょんなことから幕吏に見いだされ、幕府の上地を機に蝦夷地に入ったのが十九の時。以来八年、持ち前の粘り強さで頭角を現し、今ではシャナに次ぐ漁場であるルベツとここアリムイを結ぶ新道開削を任されている。

「合図撃ちなどと言うてはおるがな、花火らしいのだ」

「なんと！」

林蔵は目を丸くしている。幕吏の不行状は常日頃から目に余るものがある。

「大村殿に聞いたので間違いない。菊池様直々の命だそうだ。しかも御公儀の玉薬が少ないゆえ、こたびは南部藩から二貫目ほど借り受けるとのことだ」

「いったい菊池様は何を考えておいでか」

「そればかりではないぞ」

見達はさらに顔を寄せ、

「近々エトロフ改俗の祝いと称して大宴会をやるそうだ。どうやらそこで威勢よく打ち上げよということらしい」

「うむ」

唸(うな)ったきり林蔵は二の句が継げないでいる。菊池は関谷と入れ替わりで箱館へ出向くことになっている。その景気付けにとでもいうことだろう。

はたして大宴会は催され、南部津軽両藩重役も呼ばれて大いに盛り上がった。席上「アイヌに髭を剃らせて髭塚を建てよう」との話が持ち上がり、さっそく注文書を認(したた)めたと聞いた。そしてその数日後、菊池は二番船の辰悦丸でシャナを後にした。

見達が林蔵に初めて会ったのは一昨年のこと。見達がまだシャママ在勤の折、病用でニイカップ（新冠）に出張した時だ。途中シヅナイ（静内）の番屋で休息を取ったのだが、たまたまここに林蔵がいた。

そこで林蔵の蝦夷地図作成にかける思いが並々ならぬことを知り、たちまちにこの気骨ある若者が気に入った。そして昨年、見達に続いて林蔵もエトロフ入りするに至りいよいよ懇意になったのである。

長屋は会所裏手にある。見達はいつものように会所の賄(まかな)いで朝飯を食おうと長屋を出た。振り向けば遠く峰々に残った雪もようやく消えかけている。南部藩陣屋を右手に見ながら会所の石垣に沿って歩き、角を左へ折れたときだった。男が一人、血相を変えて表門に駆け込むのが見えた。

「何じゃ、あれは」

見達は通りかかった林蔵に訊いた。

「ナイボの番人、三之丞のようであったが」

林蔵は猫のように背を屈め、しきりに顎をなでている。

見達が膳につくと向かいに座った地役(じやく)（同心と同格の下級役人）のささやきが聞こえてきた。

「先ほど何やら御注進があったと言うが」

「何事であろうのう」

（やはり急使であったか）

見達の鋭い視線に地役たちは口をつぐんだ。

「関谷様が瑞祥丸にて急ぎ御見廻りに出られるとのよし」

傍らから耳打ちしたのは林蔵だった。さっそくどこかで聞いてきたようだ。

「南部、津軽からも人数が出されるご様子」

もともと血の騒ぐ質（たち）である。見達は御役目のこと以外なるべく聞かぬようにしている。

「そうか」

とだけ答えて飯を掻き込んだ。

それから二日目の朝のこと、

「見達先生、戸田様がお呼びです」

呼びに来たのは地役の大場専蔵だ。今しがた朝の御機嫌伺いは済ませたばかり。

「何用かのう」

見達は重い腰を上げた。表門をくぐるとすかさず戸田から声がかかった。

「おお見達殿、ここじゃ、ここじゃ」

会所の庭先に集まって皆で何かを煮ているようである。近付くと、

「今これにて鉄砲玉を作っておる。そなたも手伝わんか」

戸田は終始落ち着かぬ様子で皆を急き立てている。そもそも戸田は算盤には長けているが、武辺の心掛けなど微塵もない男だ。それがなぜ急に鉄砲玉を作らせるのか。また、どうして自分を呼んだのかも解せない。案ずるに、今、菊池は箱館に出向いている。見廻りに出た関谷もまだ戻らない。一人留守を預かる戸田にしてみれば不安でしかたがないのだ。少しでも多くの者を巻き込んでおこう。およそそんなところだろう。

玉の鋳造を指揮するのは地役の岡田武右衛門。話によるとこの男、砲術家森繁左仲の手ほどきを受

けたことがあるらしい。

「武右衛門はなあ、御奉行の御前にてみごと百目筒を撃ち放ったのじゃぞ」

戸田は我がことのように得意気である。かれこれ言う間にドロドロに溶けた鉛が鋳型に流し込まれ、次々に玉ができ上がった。戸田はいかにも嬉しそうに、

「もうそのくらいでよかろう。次に百目玉を作ってみよ」

と、言い出した。辺りに散ったカスが集められ、それをあんにして百匁玉が六つ作られた。

「よーし、でかした。これで備えは盤石じゃ」

戸田は「ケッケケッケッ」と鶏のような奇声を上げて笑った。それからできたばかりの玉をなでさすり、いくつか懐に入れると会所の奥へと引き上げていった。何がどう盤石なのか。その無邪気な様子に見達は凶事の予兆さえ覚えた。

一夜が明けた。早朝、アリムイ村の乙名白太が病気であるとの知らせが届いた。見達が往診に出向く旨申し出ると戸田は引き留めた。「まあ、そう急がずともよかろう」とか「関谷殿が戻ってからでも遅くはあるまい」などと言い、なかなか行かせようとしない。そうこうするうちはや八つ時（午後三時頃）ともなった。終いには戸田もしぶしぶ折れ、

「なるべく早く戻られよ」

念押しして見達を送り出した。

白太の病はいつもの癪で、幸い心配したほどひどくはなかった。小康を得たと見定め、見達が戻ったのは五つ半（午後九時頃）。一服する間もなく瑞祥丸が戻ってきたと言う。役目がら関谷の御機嫌

伺いに出向かなければならない。

（何かありゃそっちから呼びに来ればよいのだ）

内心そう思いつつ、見達は重い腰を上げた。

ところが、今夜は様子が違った。会所玄関まで行くと関谷の従者、吉蔵が見達を差し止めた。

「何かあれば、こちらからお迎えに上がりますゆえ」

「どうした」と問うたが、吉蔵は首を振るばかり。わけが分からんと思ったが、しかたなく引き返した。戻りがてら漁場支配人の詰所を覗くと、陽助と行十郎が囲炉裏を挟んで難しい顔をしている。

「何かおもしろい話でもあるのか」

ふいに声をかけられて二人はぎょっとした顔をした。だがすぐに「いえいえ」と首を振ってこれまた何も答えない。隠し事をしているに相違ない。しばらくにらんでいたが、無理強いするのも大人げないと思い直し、その場を後にした。

「こんな日は早く寝るにかぎる」

見達は満天の星空を見上げ、夜気にぶるりと体を震わせた。

長屋に戻ると地役の梅沢富右衛門が落ち着かぬ様子で待ちうけていた。見達を見つけるとすかさず傍らに寄り、

「見達殿、えらいことになりましたぞ」

「何がじゃ。さっきからおかしなやつらだ」

「ヲロシヤ船がナイボを襲ったよし。番屋は焼かれ、五郎次はじめ番人が五人も連れ去られたとのこ

とですぞ」

（ははあ、そういうことか）

ようやく合点がいった。

「ここにも直にやって参りますぞ。どのようなことになりましょうなあ」

富右衛門の顔は夜目にも蒼ざめて見える。

「どうもこうもあるか。死ぬ時は死ぬまでよ」

そう言い放つと見達は長屋の戸をたて、布団を引っ被ってごうごうといびきをかき始めた。


翌朝、表へ出てみると皆どんよりした顔で徘徊している。どうやらぐっすり寝たのは見達一人のようだ。常のごとく飯を食いに会所へ向かっていると裃（かみしも）姿の男と出くわした。南部藩重役、千葉祐右衛門だ。目に隈をつくり魂を抜かれたようにゆらゆら歩いている。

（さては夜を徹しての評定だな）

すぐに察しがついた。が、そこはそ知らぬ顔で、

「お早いご出仕にございますなあ」

と声をかけた。千葉は、はっとこちらを見たが、見達だと分かると大きなため息をつき、そのまま通り過ぎていった。誰かが飼っているのだろう会所の表門には子猿が繋がれている。

「ようエテ公、元気か」

声をかけられ小猿は無邪気に跳ね回った。今この会所にあって正気なのはこの猿だけのようだ。賄

いへ行くと皆飯などのどを通らんらしく、ため息ばかりついている。

「今朝はまたずいぶんと元気がないのう」

そう言って膳につくと、見達はむしゃむしゃと飯を食らった。

「こんな時によく飯など食えますなあ」

富右衛門が相変わらず血の気の引いた顔で呆れている。さっさと食い終わり、

「どれ、ちょっとのぞいてくるか」

見達は戸田、関谷の御機嫌伺いに詣出た。

奥の間ではまだ軍議の真っ最中、重い空気が満ち満ちていた。戸田など、もはや事切れたかと思うほど項垂(うなだ)れている。

「おお、見達殿か」

「いかがなされましたか」

顔を上げたのは関谷だった。

「実は困ったことになってなあ」

「赤人(あかひと)どものことでござりましょう」

「存じておったか」

末座に腰を据えた見達は、自然軍議に加わる形となった。関谷は見達を見て何か思い付いたようで、急に晴れやかな顔になり、

「そう言えば、貴殿は軍学を学んでおられたと聞きおよぶが」

「いかにも」

「いかがであろう。その書を拙者にお貸しくださらんか」

関谷は名案だと言わんばかりに得意げである。

(この御仁は何を言い出すか)

「そのようなものはござらん」

「ない？」

「学んだのは幼少の頃にてとっくに捨て申した」

「捨てた！」

「よしんばあったとて今さら何とされるおつもりか。読めばたちまち役立つような物であれば、誰も苦労して学んだりはいたしませぬ」

「ならば貴殿はいかにすべきと思うか」

これが重き御役目を担う者の言うことか。雇い医者に尋ねねばならぬほど窮したと見える。

「ならば、申し上げる」

「ふんふん」

関谷は身を乗り出した。

「会所の裏山に大筒を据え、敵の船が現れたならばこれをお撃ちなされ。さすれば先方とて容易には近付きますまい」

「そのようなことがうまくゆくであろうか」

心底（何事もなくやり過ごせれば）そんな顔だ。さらには、

「して誰がその大筒を撃つのじゃ」

と、関谷は言う。見達もさすがに腹が立ってきて、

「武役のことは南部津軽両藩にお申し付けになればよろしかろう」

「両藩にはすでにかけあったが小人数につき心もとないと言っておったぞ」

「ならばこの見達が撃ちまする」

すると下役の児玉嘉内が、

「見達殿はいつもそのように突拍子もないことを仰せられる」

と、乾いた笑い声をたてた。

（仮にもこの重大事を談ずるになんたる有様か）

見達は、両人をにらみ据えながら問うた。

「ならば関谷様はどうのようになさるおつもりか」

「何と言うても玉薬が不足しておる。皆で会所に籠城し、ここぞという時に撃ち掛かるがよかろう」

横で児玉が媚びるようにうなずいた。

「ならば上陸を許すと仰せか」

「許すとは言うておらん。これは策じゃ。それにあやつらとていきなり撃ち掛けてくることはあるまい。申したき儀もあろう。まずは口上を聞き、それから動いても遅くはあるまい」

すでにナイボでは番屋が焼かれ、連れ去られた者もいるというのにまだそんなことを言っている。

「いまだ一戦も交えず籠城など、聞いたこともござらん。小勢というならそれを大勢に見せるが上策。一所に集まるは愚策でありましょう」

満座で愚策と言われれば面目が立たない。関谷はたちまちプーとゆで上がった蛸ようになった。

「島中に触れを出し、アイヌを掻き集めればその数千余にはなろう。それを小勢と申すか」

(己が小人数と言ったのではないか)

わけの分からぬ反論に二の句が継げないでいると、

「もうよい。そなたには訊かん」

関谷はそっぽを向いた。それから「そうじゃ合言葉を決めておかねば」と言い出し、「『山が山、麾（さい）が麾』はどうじゃ」、「いやいや『山、川』がよかろう」など、もはや軍学書は忠臣蔵の浄瑠璃であるらしい。話にならんと思ったが、くだらん軍令に振り回されるのも御免だ。見達は頃合いを見て切り出した。

「一つだけ申し上げてもよろしいか」

「何じゃ、申してみよ」

「軍令は三ヵ条に限るがよろしかろうと思われます。このような時、幾条にも及べば、ただ混乱の極み。その第一条は『軍令に背く者あらばこれを切る』となされませ。なあに初めに一人二人切り捨てれば、軍令が行われること疑いなし。戦は胆力でござる」

そこまで言っても関谷には何も響かぬようだった。つまらぬ軍議に付き合わされて腐っていると、隣で林蔵が袖を引いた。

「お腹立ちもごもっとものことなれど、そのような話とても用いられませんぞ。我慢なされませ。私も我慢しておりまする！」

その時、地役の羽生惣次郎が「恐れながら」と声をあげた。

「油を一斗ばかりお借りできぬでしょうか」

「何に入用か」

「赤人どもが会所までおしてくるようなことあらば、煮えた油を頭からかけてやりまする」

さらに惣次郎は、アイヌの中にも戦いたいという者が大勢いるので、その者たちを使うと言う。

（そうか、その手があったか）

見達は胸中膝を打った。

（もはや武役の者どもは当てにならん。さればアイヌを仕立て一戦に及ぶべし。アイヌは平素より海獣を突き取り、ヤスの扱いには慣れている。これに竹槍を持たせば立派な兵ぞ）

見達は居住まいを正すと関谷に向かって言った。

「四、五寸まわりの竹を頂戴いたしたい！」

突然の大声に関谷はややたじろぎ、

「何とする？」

「竹槍といたします」

「して何と？」

「アイヌにこれを持たせて要所に潜ませ、赤人来たらば一突きにしてやりまする」

どっと笑いが起こった。

「それはよい、油責めの次は竹槍か。竹ならばほれそこにいくらでもある。好きなだけ持っていくがよい」

関谷は腹を抱えて庭を指差した。

「かたじけない」

言うが早いか見達はさっと庭へ降り立ち、件の大刀をひらりと抜くや「ヤー」と気合もろとも大竹を切り伏した。今まで笑っていた者たちもこの気迫にはぐびりと喉を鳴らした。

軍議が明けると、さっそく籠城に向けて引っ越しが始まった。長屋に暮らす者はそれぞれ風呂敷包み一つを抱え、会所に集まった。一堂会したところで津軽藩重役、斎藤蔵太が前に歩み出た。

「当方より兵糧米二百俵を差し出したい」

「おー」という歓喜のどよめきが起こった。

「これは祝着」

戸田がぽんと手を打った。これに気を良くした斎藤は、

「当藩小人数にござれば、人足方お貸しいただきたい。さすればもう百俵差し加えまする」

津軽藩の陣屋はシャナ川の向こう側にある。会所に籠城となれば、打ち捨てられたも同然。斎藤にしてみれば（ただ赤人に奪われるくらいならこの際恩を売っておこう）そんな腹積もりなのだろう。

だが真意がどうあれ、この変事で最も士気の上がった瞬間には違いなかった。

全員が寝泊まりするのに会所は手狭だ。各々布団にくるまり雑魚寝となった。地役の大場専蔵がす

かさず見達の隣に陣取り、

「見達殿の近くならば安心じゃ」

そう言って、たわいなく寝息をたて始めた。昨夜はよく眠れなかったのだろう。見達は太刀を抱えたまま柱に寄り掛かり、静かに目を閉じた。

深夜、廊下のきしむ音に見達は刀を引き寄せた。障子戸がすっと開くと、顔をのぞかせたのは林蔵だった。龕灯（がんとう）をかざした林蔵は見達に気付き、

「皆様、よくお寝入りの御様子。よかった、よかった」

と、皮肉った。どうやら自ら進んで夜廻りをしているようだ。

「明日にも敵が来よう。寝るも奉公ぞ」

それを聞くと林蔵は「ごもっとも」と言い残して立ち去った。


文化四年四月二十九日（一八〇七年六月五日）、シャナはその朝を迎えた。

（今日こそは竹槍頭となってひと暴れしてやろうぞ）

そんな思いで見達は関谷のもとに向かった。ところが関谷は、

「そなたは医者であろう。けが人があれば診てやるのが勤めじゃ」

出鼻をくじかれたが、ここであっさり引き下がるわけにはいかない。

「仰せの通りにはございます。ですがかような時、多少のけがは打ち捨ててもよかろうと存ずる。それより赤人への備えに手抜かりなきが肝要！」

と、食い下がった。すると関谷は呆れ顔で、

「変わった医者じゃ。まあよい。まだけが人もおらぬゆえそなたもひまなのであろう。そんなに役に立ちたいと申すなら、今、児玉が兵糧の手配をしておる。それを手伝いなされ」

兵糧の手配とは飯を炊いて握り飯をこしらえることである。

「そのようなことは不慣れ。他の者にお命じくださりませ」

すると関谷はまた急に居丈高となり、

「これは命じゃ。かれこれ言わず飯炊きの手伝いをせい」

と、怒鳴った。心中甚だ不快に思ったが、命とあらば抗うわけにもいかず、しぶしぶ台所へ向かった。途中林蔵を見かけたのでこれはしめたと呼び止めた。

「今、関谷様より兵糧方を仰せつかったのじゃが、どうであろう、代わってもらえぬか」

「敵の様子を伺うのが私の役目」

「おお、それならばわしがやろう」

「このような時に台所に引っ込んで飯の世話ばかりはいやでござります」

「そこを何とか」

「いやでござります！」

林蔵はぷいと行ってしまった。よんどころなく見達は飯炊きをすることとなった。見達がかまどの火をおこしていると、甲冑に身を包んだ大村治五平が足軽を十人ばかり引き連れて裏門から出ていくのが見えた。訊けば、裏山の笹を刈りに行くところだと言う。「戦は山の手が有利、裏山に本陣を置く」

と関谷が言い出したらしい。

(何を今さら)

見達は呆れた。が、しばらくして裏山を見あげると、張ったばかりの陣幕は強い海風に吹きちぎられ、ぼろぼろのつづれと化していた。

突然表で誰かが叫んだ。

「ナヨカの方に船が見えるぞ。異国船じゃー」

会所は蜂の巣をつついたような騒ぎとなった。ナヨカはアリムイの反対側、シャナ湾の北の端。一刻の猶予もない。しかし兵糧方では如何ともし難く、見達はもうどうにでもなれと飯を炊いていた。

とそこへ、

「水じゃ水じゃ、本陣に水を上げよ」

上ずった声で関谷が飛び込んできた。視線も定まらぬ体だ。

「関谷様、異国船が近づいてまいりまする」

再び上がった声に「なにー」関谷はまた狂ったように駆け出していった。児玉が改めて「水を運べ」と命じたが誰も動かない。しばし沈黙の後、大工の久米八が言った。

「なんでえ。江戸からこんなところまで連れてこられてよお。鉄砲持てだの。水を運べだの。こちとら戦に来てんじゃねえんだい。戦はおさむれえ様の仕事じゃねえのかい」

口にこそ出さぬが皆同じ気持ちのようだ。この様子に見かねた見達が言った。

「今さら水を運べと言われても力が出まい。そうじゃ、酒じゃ。蔵に酒がある。あれを上げよう。力水じゃ」

「そうじゃ、そうじゃ」

一同たちまち合意。羽生惣次郎の音頭でいっせいに動き出した。だが担いで出たものの、切り立った崖道に阻まれて結局裏山の本陣には運べずじまい。だんだん日も高くなってきた。

ようやく握り飯が調い、見達が「さあ運べ」と言うが、また誰も動かない。

「児玉様！」

振り返ると児玉の姿がない。

「児玉様ならお部屋に戻られました」

「何じゃと」

見達は児玉のもとへ走った。児玉は自室の真ん中でへたりこんでいる。

「児玉様、何をしておられます」

「ちと疲れたで休んでおる」

見達は苛立ちを抑え、皆が働かぬ様を訴えた。すると、

「赤手ぬぐいを持った者が兵糧方じゃ。その者どもに児玉の命だと伝えよ」

と、虚ろな目で言った。戻ってみるとなるほど赤手ぬぐいを持った者がいる。その中に見達の見知った男がおり、赤手ぬぐいを鉢巻にしてのんきに子供を遊ばせている。

「おい牛松、おぬしは兵糧方であろうが。何をしておる」

「へえ、児玉様にお子の面倒をみるよう仰せつかっております」

「兵糧方はお前の他に何人おる」

「四人ほど」

「それだけか」

見達はしばし思案し、今度は売り場へ走った。そしてそこから取ってきた木綿布をたらいに入れ、丹（に）で赤く染めた。児玉の子が寄ってきて、

「そんなに丹を使うとおかか様にしかられるよ」

と、言った。

「おかか様にも分けてやるからいいんだ」

そう言うと子供なりに納得したようで、見達がするのをしゃがみこんでじっと見ていた。

染め上がると見達はそこらにいる者を呼び集め、半ば強引に赤い木綿布を押しつけた。

「これからお前たちは兵糧方じゃ。握り飯を本陣へ運べ」

皆不満顔を露わにしたが、「児玉様の命だ」と言うとしぶしぶ従った。しかし何度か行き来させるうち一人減り二人減り、とうとう誰もいなくなってしまった。

ヲロシヤ船が物見の小舟を出したらしく、会所内は悲鳴と怒号が飛び交っている。見達はもう我慢できなくなり台所を飛び出した。表には練塀に沿って長柄、吹き流し、幟旗（のぼりばた）が飾り立てられ、賑々しく風になびいている。陣幕の一件でこりたと見え、吹き流しは竿に荒縄でしっかりくくり付けてある。

（下手な五月節句の飾り付けにもこれほど見苦しいものはあるまいて）

このような虚仮威（こけおど）しがいかほどの役に立つとも思えぬが、これが御公儀の御威光と言うものらし

い。海に目をやると二十町ばかり（約二千メートル）沖合に五千石はあろうかという大船が二艘浮かんでいる。三本の帆柱が天を突くようにそびえ、真っ黒な船体は海上にあって動く城のようだ。やがて艀船が三艘するすると降ろされた。

（来るか！）

合わせて四、五十人は乗り込んだか。大筒も一門載せられるのが見て取れた。そして男たちが船の左右に突き出した櫂を力強く漕ぎ始めると艀船はどんどんこちらに迫ってくる。ヲロシヤの艀船は和船に比べて幅が広く、舳先が丸みを帯びている。

（子供のおまるみたいだな）

見達は妙な感想を抱きつつ凝視していたが、はたと我に返った。事ここに至っても何の命も下らない。

（もう命など待っておれん！）

「竹槍はどこか！」

だが皆おろおろするばかり。誰も赤人など見たこともないわけで、鬼でもやって来るかという慌てようだ。

「誰か竹槍を知らんか！」

何度も叫ぶうち、やたら眉の濃い通詞の市助がすたすたと近付いてきた。

「それなら長屋の屋根裏に片付けました」

この騒ぎの中、市助だけは漂々としている。実はこの市助、カムチャッカに近いラショワ島の出で、赤人を見慣れているのだ。

「誰がそんな所にしまえと言った」

「へえ、戸田様で」

市助は赤人よりも見達の形相が恐ろしく縮こまった。その市助を引きずるように長屋まで連れていき、竹槍を会所まで運ばせた。

「市助！　陽助を呼べ！」

代わって現れた陽助を見達は物陰に引き入れた。

「良将は戦わずして勝敗を知ると言うが、この体たらくを見れば愚鈍なわしでも勝ち目がないことは分かる。そこで、わしに一計がある」

ここで見達は陽助をぐいとにらみ、

「そこにある竹槍でアイヌをして一隊を成し、赤人が会所まで攻め入ったところで最後の一戦を交える。そこでじゃ」

陽助の顔は引きつっている。

「お前は蝦夷語を操り、日頃からアイヌに信が厚い。わしに従いアイヌを動かしてもらいたい」

漁場支配人の陽助は日頃からアイヌを使い慣れている。陽助は震えながら「へい」と答えた。その時だ。

「赤人上陸仕る（つかまつ）。いかがなされ候や」

表門から飛び込んできたのは林蔵だった。林蔵は会所内をきょろきょろ見回し、「何と御手薄なことか」と言ってまた門を駈け出していった。

ふと見ると玄関式台にただ一人悠然とあぐらをかく甲冑武者がいる。大村治五平だ。

「いかがした」

見達が問うと、

「戸田様、関谷様に任せておってはこの通り」

大胆な物言いである。見達もついこれに乗り、

「そうよ、そのことよ」

と、返した。日頃から酒が入ると大言過ぎるきらいはあったが、この落ち着き様には、まんざら法螺でもなかったかと感心させられた。どうやらこの治五平、言を巧みに取り入り軍師のごとく用いられたようだ。見達の感心した様子に気をよくした治五平はますます饒舌となった。

「まずはナイボで囚われし者たちを取り返すが先決。のち計略をもってすればいかようにもなり申そう。まずは一献！」

そう言って傍らの樽酒をすくい、見達に差し出した。それを断ると治五平は不敵な笑みを浮かべ、己であおった。そこに津軽の足軽が歩み出て、

「あのう、わしらにも一杯（いっぺー）いただけねえだか。震えが止まらねえ」

無理もない。足軽装束などをさせられてはいるが、大方は人足か漁夫の類である。だが治五平は吐き捨てるように、

「ならん、これはわしの酒じゃ。おぬしら何の功あってさようなことを申すか」

そこへ林蔵が駆け込んできて、

「赤人、川向こうに上陸いたしまする。いかがなされ候や」

もうその声は悲鳴に近い。

「五人や十人陸にあげたところでいかほどのことがあろう」

治五平は豪語すると、歌舞伎役者よろしく大見得を切った。その上、「各々方、鉄砲の御準備抜かりなきや」と、陪臣の分際で御公儀衆にまで指図するものだから皆心中穏やかではない。外で飛び跳ねるように様子を見ていた林蔵が、また駆け込んできて、

「大村殿、何ゆえ撃ち払いませぬ」

と、怒鳴った。だが治五平は動かない。林蔵はついに怒り出し、

「この儀は御老中に申し上げる」

と詰め寄った。するとようやく治五平が、

「陽助をこれへ！」

そして陽助を眼前に据え、

「よいか。これより赤人どものもとに向かい、五郎次ら番人を返すよう話してまいれ」

「はあ？」

陽助はぽかんとしている。何ゆえ自分が、と言いたげである。それを見すかすように治五平が言葉を継いだ。

「あちらにも蝦夷語を解する者がおろう。通詞のそちをおいて他に誰がこの役目を果たせると言うの

じゃ。忠作、忠平をさし添えるゆえ早う行け」

一見筋が通っていそうで無茶苦茶な話である。交渉したいならそれなりの使者を立てるのが道理。そこで通訳しろと言うなら話は分かる。陽助に己で交渉しろと言ってもできるはずがない。忠作、忠平にしても治五平の御道具持ち、御筒持ち程度の者である。

合点がいかぬまま陽助は背を押されるように送り出された。白い幟を掲げた陽助を先頭に忠作、忠平ほか足軽が四人、鉄砲を担いで続いている。その成り行きを皆が固唾を飲んで見守った。

ところが、陽助たちが宝来橋を渡り始めた時、妙なことが起きた。橋のたもとに繋いでおいた瑞祥丸が河口に向かって流され始めたのだ。会所は再び大騒ぎとなった。

「何をしておる。早く止めよ」

怒号が響き、番人、アイヌたちが走り出した。川に飛び込んで寸でのところで船を捕まえたまではよかった。だが、この様子をヲロシヤの側から見ればどうであろう。兵船が自分たちの退路を断ち、陸兵が橋を渡って攻めかかろうとしているようにしか見えない。敵はさっそく鉄砲を撃ち掛けてきた。もう交渉どころではない。見達が叫んだ。

「大村殿、今ぞ!」

撃ち掛かるなら敵の陣容が整わぬ今が好機。だがなおも治五平は動かない。

「いいや、まだまだ」

と、遠く空をにらんでいる。

橋の上にぽつんと取り残された陽助が、たちまち腿(もも)を撃たれて昏倒した。それを見ていたアイヌたちが助けに走り、陽介は神輿のように担がれて戻ってきた。ヲロシヤ兵の動きは気になるが、見達はけが人を診るのが役目。いったん会所内へ戻ることとし、陽助のあとを追った。

「陽助、大事ないか」

炭蔵に寝かされた陽助は苦痛に顔を歪め、声も出せない。着物の裾は血で真っ赤に染まっている。

「薬箱を持ってこい！」

見達は血止めの膏薬を塗り、晒し木綿をきつく巻いた。

「このような時だ。こんなことしかしてやれんが許せ」

陽助は黙ってうなずいた。ふと奥に目をやると南部藩医、高田立寮（りつりょう）が炭俵の陰から目だけ出している。まるで怯えきったイタチのようだ。

「立寮殿、そのような所で何をしておられる。早く出てきて手伝うてくだされ」

見達に促され、立寮は赤子のようにはい出してきた。腰が抜けているのだ。

「陽助を頼みましたぞ」

立寮はこわばった顔で何度もうなずいている。

表では鉄砲の音が響いている。やがて敵方は大砲も撃ち始め、会所の屋根瓦が次々と砕け散った。だがこちらから撃ち返す気配がない。

「戸田様、関谷様は何をしておられるのか」

見達は二人を探した。

戸田と関谷は敵方から一番遠い奥の間にいた。南部の千葉祐右衛門を交え、何やら書状を認（したた）めている。そこに津軽の重役、斎藤蔵太が入ってきた。斎藤も二人を探していたようだ。

「こちらでござったか。敵はもうそこまで迫っておりますぞ」

津軽藩兵はシャナ川の土手に陣取っている。しかし一向に攻撃の命が下らず業を煮やしたのだ。「御下知を」と、斎藤はひざまずいた。ところが関谷は、

「かくのごとき有り様じゃ、我ら討ち死には覚悟。そこでその旨箱館に宛てて認めたところじゃ。斎藤殿も印形なされよ」

と、言った。「御意」と斎藤も名を連ねた。ここで関谷は見達に気付き、

「見達殿、そなたもどうじゃ」

と、誘った。もとより討ち死には覚悟。

「異存ござらん」

と筆をとったが、(待てよ)と思った。

「止めておきましょう」

「なぜじゃ？」

「死ぬはいつでもたやすきこと。じゃが」

「じゃが？」

「討ち死にせんとの証文を残し、万一生き残ったならば何となされます」

「はあ？」

関谷は呆れ顔で、

「勝手にせい」

と吐き捨て、書状を封じた。そこへ児玉嘉内がふらりと現れた。腑抜けこの上ない顔をしている。関谷は慌てて、

「おお児玉、我らこれより討ち死に覚悟の御用状を箱館に遣わすところじゃ。そなたにも声をかけるべきであったが、すまなんだ。じゃがな、忘れていたわけではないぞ。そなたには妻子がおろう。それゆえ声をかけなんだのよ。ここで我らとともに討ち死にするもよし、引き逃れて妻子と伴に果てるもよし。そなたの勝手にするがよい」

取り繕うように言った。しかし、これを聞いた児玉は急に生気を取り戻し、

「それでは御免仕る」

そう言い残すと、さっさと出ていってしまった。その豹変ぶりにはさすがに関谷もしばし言葉を失った。が、気を取り直し、

「まあよい、おい吉蔵」

従者の吉蔵を呼んだ。そして、

「寅之助、文助と伴にこれを持って箱館へゆけ」

と、命じた。

「大切な書状じゃ。くれぐれも赤人どもに見つかってはならんぞ」

関谷は吉蔵をそばに寄せ、「東浦の間道を行け」と言い含めた。島の西岸（オホーツク海側）はヲロシヤ船がうろついている。ゆえに東岸（太平洋側）を行けと言うのだ。東浦へ出るには険阻な山を

越えなければならない。仮に無事越えられても東浦には御公儀の番小屋もなく、かなりの難路である。

「必ず生きて箱館へ届けよ」

「最期までおそばでお仕えしとうございました」

吉蔵は感極まって泣いている。関谷も口をへの字に曲げて込み上げる思いを押し殺していた。軍議以来の茶番に辟易していた見達だが、この主従の情には目頭に熱い物を感じた。

見達が再び表へ出てみると、敵はもう川向こうの粕蔵まで迫っていた。彼我の距離八十間（百四、五十メートル）。顔形まではっきり見える。黒い筒袖を着た男たちは、なるほど顔も手も赤く、顔中髭だらけの者もいる。敵は物陰に隠れ、頃合いを見ては撃ち掛けてくる。かと思うと素早く移動してまた撃ち掛ける。二人一組となり、一人が弾込めして、もう一人が撃つという具合だから間髪入れず弾が飛んでくる。

（長崎で聞いたことがある。これが練兵の術か）

見達は間近に見る西洋兵術にしばし見とれた。一方こちら側に目をやると、唸りを上げて飛んでいく弾の行方を見送る者、一発撃っては玉込めもせずに撃った先を眺めている者、弾に当たらないのが不思議なくらいだ。しかもこちらが放つ鉄砲はしまりのない屁のようで、対岸の土手に土埃を上げるばかり。

（こりゃいかん）

とその時、

「珍平が撃たれた！」

弁天社の方で叫び声がした。そこに向かおうとしたが、ひっきりなしに弾が飛んでくるので危なくて近付けない。見達は、会所内の炭蔵に引き返して待つことにした。

間もなくアイヌの男が一人運ばれてきた。たちまち辺りは血生臭い空気に満たされた。

「どうじゃ、見達殿」

脈をとる見達に南部藩鍼医、平野昌宅が訊いた。高田立寮は相変わらず腰が抜けている。見達が首を横に振ると、その場が凍りついた。珍平は、シャナの乙名を務める力助の小屋あたりで撃たれたと言う。シャナ川をやや上ったところだ。

（もうそんなところまで回り込まれたか）

ちょうど陽助の様子を見に来ていた戸田が、

「見達殿はあまりうろうろされるな。そなたが撃たれたら誰が手当てすると言うのじゃ」

と、言った。ここも危うい。とにかく陽助を裏山の本陣へ運ぶことにした。

裏山の高さは十四、五尋（二十五、六メートル）。そこに向かうには崖道を登らなければならない。己一人でも息が切れるところに陽助をおぶっている。さすがの見達も足元がおぼつかない。おまけに敵のいる川向こうからは見達たちの姿が丸見えときている。呆れるほどに弾が降ってくる。

「なんまんだー、なんまんだー」

後から陽助の尻を支えている行十郎は、一心に念仏を唱えている。

「当たらんと思えば当たらん！」

見達は己に言い聞かせるように怒鳴った。だが弾が頭上を過ぎれば思わず仰ぎ見、脇で響けば足が止まる。気ばかり焦るが歩みははかどらない。大砲の弾に至ってはブルブルと恐ろしげな音をたてて飛んでくる。

「こんな所で死んで逃げ道で死んだなどと言われてはかなわん」

見達は歯を食いしばった。

やっとの思いで登りきった本陣は、誰が運ばせたか行李や鍋釜など家財道具が山積みで、とても『陣』とは呼べぬ有様だった。何はともあれ陽助を降ろし、ここまでついてきた行十郎に託した。

「陽助を頼む」

行十郎は日頃から陽助を「親方、親方」と慕っている。すぐさま「へい」と答えて陽助を笹藪の中へ引きずっていった。それを見届け、見達は踵を返した。

(竹槍頭の望みもこれでついえたか)

そんな思いで崖道を下ろうとした時、登ってきた大村治五平と鉢合わせになった。治五平はぎょっとした顔で、

「これは見達殿、いよいよ始まりましたなあ」

と、寝ぼけたことを言った。

「言われずとも分かっておる。して大村殿はどちらに行かれるのか」

「いやあ、いかんせん玉薬が少のうござってなー」

治五平は辺りを見回し、

「いやいや、ここは思いの外よき場所にござりますなあ。ここに土塁を築くがよろしかろう。じゃが

今日の今日では間に合わぬか」

などと言いつつ見達の横をすり抜け、そのまま陽助のあとを追うように茂みの中へと消えていった。

（やはり治五平も張り子の虎か）

もう何が起きても驚くことはない。見達は会所への道を急いだ。

戻ってみると、戸田も関谷もすっかり意気消沈している。見達同様アイヌを指揮するのに陽助を当て込んでいたようだ。ふと見ると二人の傍らに岡田武右衛門がいた。

（この男、御奉行の前で百目筒を撃ったと言うが、よもや全くの絵空事でもあるまい）

「そなた、何ゆえ百目筒を撃たぬ」

するとこの武右衛門が、

「いやいや、六匁（もんめ）筒にてよいよい」

これまたとぼけたことを言う。

（こいつもか）

見達はいよいよ腹が立ってきた。

「百目筒はどこじゃ」

そう言うと、武右衛門の襟首をつかんで武器蔵へ引っ立てた。

見達が百目筒を担いで蔵から出たところ、ちょうどいい具合に羽生惣次郎と出くわした。

「これよりこの百目筒で赤人どもの艀船（はしけぶね）を撃ち壊す。お前はこの玉と玉薬を持ってわしに続け！」

元気者の惣次郎のこと、一も二もなく付き従った。

百目筒は文字通り弾の重さが百匁（三百七十五グラム）の大筒である。口径一寸五分（四・五センチ）、銃身の長さは二尺五寸（七十五センチ）、本当に人が構えて撃てるのかと思うほど筒ばかり大きくて不格好な火縄銃だ。

「裏山から放てば川向こうまで届くであろう」

見達は今しがた降りてきた崖道を十貫（約四十キログラム）もある百目筒を担いで再び登った。

「惣次郎、玉薬をこれへ」

手際よく玉薬を入れ、玉を込めようとした時、

「ん！」

「どうなされました」

「入らん。次」

だが、これもだめ。結局のところ先日こしらえた百目玉はどれも鋳型違いで使い物にならず。

（とんだ骨折り損だったわい）

怒りを通り越して呆れ果てた。それから見達は、また百目筒を担いで山を降りた。そしてその足で南部藩陣屋へ向かった。

「貴藩に百目玉をお持ちではござらんか」

「おお見達殿、ご無事でござったか」

出てきたのは種市茂七郎、千葉に次ぐ南部藩の重役だ。

「当方に百目玉はござらんが、八十目玉ならばござる」

「何玉でもよい。これにてお撃ちなされ」

見達は担いでいた百目筒を茂七郎の胸に押しつけた。茂七郎はその重さに耐えかね、百目筒を抱えたまま尻餅を付いた。

（さあて）

はや日は西に傾いている。見達は、ひとまず津軽藩が奮戦するシャナ川の土手へ戻ってみることにした。が、走り出したところではたと足を止めた。

「あるではないか」

南部陣屋脇で一貫七百匁の大筒が威容を醸していたのだ。だが、よく見ると台座にも据えられておらず、ただ重ねた丸太に立てかけてあるのみ。これでは撃つべき術もない。見達はふんと鼻を鳴らし、再び駆け出した。

矢来の隙間から敵の様子をうかがっていると、赤人が一人艀船の方へ運ばれていくのが見えた。こちらの放った玉が命中したようだ。直後、川向こうの粕蔵からもうもうと白煙が立ち始め、たちまち炎に包まれた。追々小屋という小屋が燃えだし、やがて津軽藩陣屋にも火の手が上がった。これを潮に敵は沖合の元船へと引き上げていった。

長い一日が終わった。夜が更けても津軽藩陣屋は燃え続け、白昼のごとき明るさである。「篝火を焚け」と言う関谷の命に従う者はなかった。

ほっとしたのも束の間、今度はヲロシヤ船が大砲を撃ち始めた。放たれる度、閃光が巨大な船影を不気味に照らし出す。空砲なのか、弾が降ってくる気配はない。だが天地をつんざく大音響に皆ろくに休むこともできない。明日は総攻めかと肩を寄せ合っていた。

そんな中、戸田と関谷は各々の御用部屋に引き籠もったままである。業を煮やした見達が、二人のもとに向かった。

「いかんせん玉薬が少く、致し方なし」

二人とも言を揃えて嘆息するばかり。戸田に至っては部屋中に衝立を立てまわし、目が宙を泳いでいる。見達は関谷の所へ行き、

「地役らが御下知を待っておりますぞ」

と、言うと
「ならば見廻りを怠るなと申し伝えよ」

とのこと。それを皆に伝えたが、やはり誰も動かない。上役の逃げ腰が見透かされているのだ。今一度、戸田に下知を求めると、

「かようなことになり申し開きもない。腹切ってお詫びいたす」

これを関谷に伝えると、

「いやいや齢五十に余り、我が命惜しむべくもない。腹ならばわしが」

と、言い出す始末。無益な切腹争いにたまりかね、見達は戸田に向かって言った。

「それほどのお覚悟ならばまだ手立てはござりますぞ」

「どのような手か？」

戸田は茫洋とした目で顔を上げた。

「敵が攻め来たらば、あえて応戦せず、それぞれ各所に潜み居ります。さすれば敵ももはや我らが逃げたと思い、会所に入ってまいりましょう。その時一気に切り込むのです」

「それでもかなわなんだら？」

「かなわぬと見れば、その時は会所に火をかけ、逃げたい者は逃げるもよし、死せんと思う者はそれにて死ねばよろしかろうと存じまする」

戸田は冷ややかに微笑み、

「それではそなたが焼き役になればよい」

と、言った。初めから負け戦と決め込んでいては勝てるものも勝てない。

「火をかけるはかなわぬと見た時、めいめいでやればよいことではござりませぬか」

（話にならん）

今度は関谷に進言した。すると関谷はしたり顔で、

「力戦して死ぬと言うのならそれもよい。だがやつらがナヨカあたりから密かに陸に上がり、我らが潜み居るところを裏山から撃ち掛けてきたらどうする。それにてトンコロリと死ぬも知恵なきことぞ」

（地の利は我らにある。物見も出さずしてなぜそのように言うのか）

見達が憤然としていると、関谷が言った。

「ここはひとまず退くべきであろう。齢五十に余るわしが言うのだ。ここはひとつ黙って聞き入れてはくれぬか」

いったん「退却」を口にすると心の重しがとれたのか、関谷は軽やかに立ち上がると戸田のもとに

行き、たちまち退却を決めてしまった。直ちに南部津軽両藩の重役と地役が呼ばれ、その旨申し渡された。一同、

「御下知とあらば」

何の異論も出ない。南部重役の千葉に至っては節操なく、

「そうと決まれば身軽な方がよろしかろう」

言うが早いか甲冑をその場に脱ぎ捨て、そそくさと退出してしまった。

(何たるざまか)

見達は憤懣やるかたない。それを見てとった関谷が、すかさず釘を刺した。

「見達殿、ここを退くことはすでに決したことじゃ。ゆめゆめ二心なきよう。よいな!」

「この上は二心も三心もござらん。ですが」

「何じゃ、またか」

「このこと、林蔵にも伝えねばなりますまい」

「林蔵? そうじゃな。じゃが先刻より姿も見えぬぞ。あいつもあれこれ勇ましいことを申しておったが、今頃山にでも逃げ込んでおるのやもしれんぞ」

だが言い終わらぬうちに当の本人がひょっこり現れた。関谷は、ばつが悪そうに咳払いした。場の白々した様子に林蔵は怪訝な顔をしている。見達は、林蔵を次の間に引き入れた。

「林蔵、たった今この地を退くことが決した」

「なんと!」

林蔵は目を丸くしている。

「何ゆえでござりますか。戦はこれからではござりませぬか」

「そうじゃ、そうなのじゃが、下知とあらばしかたがあるまい」

「しかしながら、このような大事の義、後になって我らにも相談があって決したと言われては承服しかねます」

林蔵は聞えよがしに声を張り上げた。

「退くことは我らがいっさいあずかり知らぬところで決したと証文を書いていただかねば、とうてい了簡いたしかねまする」

隣室から関谷の咳払いが聞こえる。見達は林蔵を見据え、

「おぬしの言うことはもっともじゃ。だがなあ林蔵、考えてもみよ。かような有様で誰がそんな証文を書くと思うか。そなたがただ一人残り、何かよい策でもあると言うならわしも乗るぞ」

林蔵は眉を寄せ、

「是非もなし」

吐き捨てると、その場を離れた。

戸田は関谷の言に従い、地役四人とともに先に会所を落ちた。戸田が去ると、関谷は戸田の羽織袴を働き方の者たちに気前よくくれてやった。この際、恩を施すつもりなのだろう。その時だ。ドンと大きな音がして、皆いっせいに首をすくめた。南部陣屋脇に据えられていた件(くだん)の大筒を誰かが放ったのだ。だが、それを赤人の襲撃と早合点した関谷は慌てて会所を飛び出し、一目散に戸田の後を追っ

た。一矢報いんと放ったものが、結局引き上げの合図となった。

落ちるに当たり握り飯を持っていこうと、見達は台所に立ち寄った。するとそこに働き方の庄七がいた。

「お前、まだおったのか」

庄七は、見達が江戸から箱館へ下向する折、行を伴にした者だ。今は見達も股引半纏姿、荷物は死に装束の羽織袴が一つあればよい。そこで庄七に己の衣服や長崎で買い求めた外科道具の中から何でも好きな物をくれてやることにした。すると庄七は難しい顔をして、

「鉄砲がほしい」

と、言った。このまま敵に背を見せるのが口惜しいと言うのだ。

「ならばついてこい」

二人は足早に玄関へ向かった。

表には高張り提灯が煌々と掲げられている。逃げたと悟られないための小細工だ。玄関式台には打ち捨てられた鉄砲、鎧具足が山と積まれ、それらが提灯のあかりに照らされて鈍色に光っていた。

「どれなりと持っていけ」

庄七は品定めし、気に入った鉄砲を一つ選んだ。その様子をじっと見ていた見達は、あることを思い付いた。

（これはおもしろいかもしれんぞ）

「おい庄七、武器蔵に行って玉薬をありったけ運んでくるんじゃ」

二人は武器蔵に走った。そして辺りに転がる火薬箱をぐいと抱え上げた。だが、それが拍子抜けするほど軽い。不審に思い、開けてみると、

「何じゃこれは」

中身は毛皮や鷲の羽根。

「これでは玉薬が足りんわけよ」

抜け荷であろうが、ここで詮索しても始まらない。とにかく残された火薬を掻き集めた。

「これだけあれば尺玉くらいにはなろう」

玄関に戻ると、見達は庄七に式台の床板を剥がさせ、そこに火薬箱を仕込んだ。それから床板をもとに戻し、仕上げに鎧を並べて目暗ましとした。気が付けば会所の中はしんと静まりかえっている。もう誰も残っていないようだ。ふと表門に目をやると、例の子猿が飛び跳ねている。

「どこへなりと行け」

見達は首の縄を解いてやり、皆の後を追った。

総勢二百人が落ち行く。赤人に気付かれないよう提灯一つ灯していない。明日は朔日（新月）である。月明かりとてなく、一寸先もおぼつかない。前を行く者の足音だけを頼りに黙々と歩みを進めた。人とは愚かしいもので、いざ逃げるとなると風にそよぐ草木の音さえ恐ろしく聞こえてくる。

「ぎゃー」

列の中ほどで叫び声が上がった。

（すわや、夜襲か！）

見達が駆け付けると、さっきの子猿が大喜びで肩に飛び乗ってきた。

「なんだ猿ではないか」

叫び声を上げた男は「へっ、サル?」と、その場にへたり込んだ。

どうにかアリムイに着いた。だが、皆山へ逃れたのか番小屋には人影がなく、林蔵が周囲を探っている。何はともあれ一息ついたと思ったとたん、足下でバリッと音がして、たちまち辺りに臭気が満ちた。

(あー、やっちまったか)

どうやら肥え溜めのはめ板を踏み抜いたようだ。

(このような時じゃ。しかたあるまい)

見達はそのまま腰を落ち着け、さっきの握り飯を懐から出して食っていた。すると、

「くっせえー。誰じゃ糞を漏らしたやつは!」

「見達先生らしいぞ」

「えー!」

そこここでささやくのが聞こえる。だんだん居心地が悪くなってきた。「肥え溜めに落ちただけじゃ」と、言い返すのもはばかられ、しかたなく波打ち際まで行き足を洗った。

戻ってみると、御公儀衆は番小屋に集まっているという。もしや軍議かと駆け付ければ、何のことはない、逃げ道の算段である。林蔵が言った。

「ここから先一里ほど行くと道は途絶えます」

林蔵がこの新道造りを指揮しているのだから間違いない。かと言って海辺のアイヌ道ではヲロシヤ船に見つかるかもしれない。

「新道を行ける所まで行き、あとは尾根伝いに進むしかなかろう」

と、一決した。その旨直ちに南部津軽両藩にも伝えられた。すると津軽藩で悶着が起こった。

「女子供もいるのでいったん引くが、赤人どもが上陸すれば、そこに夜討ちをかける、そのように申されたではござりませぬか。ならばとここまで引いてまいったのですぞ。それがルベツへ落ちのびるとはいかなる次第にござりましょうや」

食ってかかったのは三橋要蔵であった。なるほど津軽藩兵はまだ甲冑を解いていない。

「わしもてっきりそうと思ったのじゃが、戸田様、関谷様がそう言われるのじゃ。仕方あるまい」

上役の斎藤蔵太は苦し紛れの言い訳をしている。

「落ち着け。あっちにも手負いが出ておる。もう攻めてこんかもしれんぞ」

同輩らしき男が間に入ってなだめたが、何とも言えぬ気まずさが残った。

出立に当たり各々で米と水を持ち行くことになり、蔵の前には老若男女が列を成した。

「女子供、けが人もあることなれば、元気な者はその分も運べ」

見達が言うと、いかにも頑健そうな男が舌打ちし、

「てめえの命だって分かりゃしねえのに他人様のことまで構っていられるかよ」

見達はこの男の腕をねじあげ、袖に詰め込めるだけの米を押し込んだ。

休息を取ってやや落ち着きを取り戻したか、皆の足取りが軽くなった。しばらく行ったところで地

役の粕屋与七が、「あっ」と大声を上げた。

「何じゃ、与七。びっくりするではないか」

すると与七は、

「長屋に一両忘れた。取りに帰らにゃ」

と、言って戻ろうとする。

「何をばかな」

「よせよせ」

皆で止めたが、与七は物に憑かれたようだ。それを見た津軽藩の斎藤が、

「かような時に不埒(ふらち)なやつ。切り捨てる」

刀の柄に手をかけた。要蔵との一件で気が立っていたのだろう。

「まあお待ちくだされ、斎藤殿。このような折、こやつも正気を失っておるのでしょう。ここはひとつ御勘弁くだされ。与七、お前もばかなまねはよせ」

見達が割って入り、何とかその場を納めた。


白々と夜が明けた。林蔵の言った通り途中で道は途切れ、そこから一行は山へ分け入った。山は一面笹茨(ささいばら)である。平素でも険阻な山道が、落ち行く身には耐え難いほど厳しい。ようやく休めそうな場所に出て休息となった。だが南部藩の者たちは「お先に御免」と言い残し、さっさと行ってしまった。一刻も早く逃げたいのだ。

折悪しく雨となった。立木にもたれて休む戸田は恐ろしいほどやつれている。髷は乱れ、雨に濡れそぼった姿には死相さえ漂っていた。突然、後方で「わっ」と泣く女の声がした。行ってみると胸に抱いた赤子はすでに息絶えている。女は長松の女房で、騒動の中、乳の出も悪かったと言う。

「しょうがないよ」

「よくがんばったじゃないか」

周りの女どもがなぐさめ、赤子を蕗の葉に包んで笹藪に捨てさせた。この子はいたって元気に生まれつき、長屋では皆に愛らしさを振りまいていたのだが、不憫でならなかった。それにしても長松はとんでもないやつで、赤人騒ぎの中、一番に姿をくらましている。

しばらく行くと小さな沢に出た。茨よりはましだろうと沢に沿って進むことになった。厳しい寒さで木々は立ち枯れ、斧鎌がいらぬのがせめてもの救いだった。しかし北地の笹は深い。丈は六尺にもおよび先が見えず、どこをどう進んでいるのかさえさっぱり分からない。そのうち沢は枯れ、川筋が二つに分かれている。どちらがよいか分からず、二手に分かれることになった。戸田は左、関谷は右へ。見達は関谷に付き従った。四半時(三十分)ほどして呼びかけてみたが、戸田方からの返事はない。

「尾根まで出れば会えるじゃろ」

そう関谷が言い、しばし休息となった。座り込むと無性に腹が減ってきた。懐に入れた生米をかじったが、よけいに腹が減る。

「見達殿、笹は竹の類でござろう」

後ろでへたり込んでいた大場専蔵が言った。

「それがどうした」

「ならば竹の子があるやもしれん」

専蔵は藪に入ると、笹の根元を探り始めた。冷ややかに見ていると、専蔵が、

「あった」

と、飛び上るように体を起こした。手には小指ほどの竹の子が握られている。土を払って一口かじると専蔵はしばらく難しい顔で噛んでいたが、ごくりと飲み込み、

「うまい！」

と、言った。これを聞いて皆がいっせいに笹藪に入った。見達も試しにもらって食ってみた。なるほど美味である。

（こんな物がうまいとは情けない）

と、思いつつも残らず食った。専蔵がまた一本掘り出して、さあ食おうとしたその瞬間、黒い影がさっと目の前を行き過ぎ、気が付くと持っていた竹の子がない。見れば例の子猿が食っているではないか。

「おのれ、このエテ公めが。ぶっ殺してやる」

専蔵は眼を血走らせて追い回した。だが、すばしっこい猿が捕まるわけがない。子猿の方が一枚上手で、ちゃっかり見達の後ろに隠れてしまった。

「今じゃ、見達殿。取り押さえてくだされ」

「まあ、そう怒るな。お前の気持ちも分かるが、この猿も余程腹が減っていたのであろう」

しかし、食い物の恨みはまるで納まりそうにない。

「専蔵、考えてもみよ。この猿とていよいよとなれば、ひとかどの食糧ともなろう。その時殺しても遅くはあるまい」

専蔵は、

「くそっ、覚えておれ」

憎々しげに子猿をにらみつけた。

再び登り始めた一行に、

「関谷様、大変でござる。お戻りくだされ」

後方で呼ぶ声がする。振り向くと戸田方の足軽だ。戻るみちみちその足軽が言うには、戸田が「わしは今夜あのクイの木の下で寝る。お前たちは先に行け」と言い出し、一人道を外れてしまったとのこと。だが、その先は固く口をつぐんで話そうとしない。戸田隊に追いついてみると、皆沈鬱な顔で座りこんでいる。

「戸田様はどこじゃ」

「こちらにござります」

地役の森彦十郎がクイの木の下に関谷を案内した。するとそこに胸から血を流した戸田が倒れているではないか。

「なんと！」

見達が脈を取ったが、すでに事切れていた。

「『地役、地役』と声がし、来てみるとこのとおりでござりました」

小太刀で胸を突き、いまわの際の苦しさに地役を呼んだのだろう。

「傍らにこれが」

差し出された紙には「拙者懐中に六匁玉六つこれあり」と記されていた。見達が懐を探ると、確かに六匁玉が六つ、懐紙に包んで忍ばせてあった。先日作ったあの鉛玉に違いない。これで戦えと言うのか、はたまた無念の思いを箱館に伝えよと言うのか。当人が死んだ今となっては図りかね、ただこの六つの玉が死出の旅路の六文銭のように思えた。関谷が「お埋めせよ」と震える声で命じた。働き方の者たちが掘り始めたが、一面笹原である。根がはびこって素手ではどうにもならない。

「早うせんか」

関谷が急き立てた。一刻も早くこの忌まわしい光景を眼前から消し去りたいのだ。

「関谷様、お気持ちは御察しいたしますが、見ての通り。このままにして置くしか仕方ありますまい」

津軽藩の重役、斎藤蔵太が関谷を戒めた。そしてここまで運ばせていた戸田の布団が、亡き骸の上に被せられた。

「これからいかがなされます」

見達が問うと、関谷はぼそりと、

「山を下りる」

山を下りてアイヌ道に出ると言うのだ。異議を唱える者はなかった。どこをどう歩いているかも分からぬ山道に疲れ果てた。その上、戸田の死を目の当たりにして皆開き直ったようだった。さあ、そうと決まれば道なき道を踏み分けて下りに下り海を目指した。いつの間にか雨もあがっている。しばらく行くと小高くせり出した場所に出た。急に視界が開け、眼下に海が広がっている。

「会所じゃ、会所が見えるぞ」

その声に皆の足が止まった。シャナ湾が一望のもとに見渡せる。そして、その中ほどには小さく会所が見えた。昨日までいたその場所に言い知れぬ懐かしさが募った。だが悠然と浮かぶヲロシヤ船がその風景を異なものにしている。

しばらくすると、会所から濛々と煙が立ち始めた。赤人どもが火をかけたのだ。おいおい泣く者、歯噛みする者、だが見達は違った。食い入るように会所を見つめている。事の成否を見届けるためだ。やがてパッと大きな火柱が立ち、赤人どもが慌てふためく様子が、遠目にも見て取れた。少し遅れてドンという音が下腹に響き、

「何じゃ」

「何事じゃ」

皆が騒ぎたてた。その中にあって見達だけはほくそ笑み、「よし」とつぶやいて再び歩み始めた。

アイヌ道は人一人がやっと通れるほどの小道だ。だが笹茨を踏み分けるのに比べれば楽なものである。ヲロシヤ船が追ってくる気配もない。ルベツに向かい順調に歩を進めるうち、しだいに心もほぐれ、軽口も聞かれるようになった。だが関谷だけはうつむいたままだ。それが突然顔を上げると、

「わしはどうしても死なねばならぬ」

と言って、脇差に手をかけた。見達がこれを素早く制し、

「お待ちくだされ、関谷様。いかなる言い訳も立たぬでありましょうが、戸田様すでに御生害の今、皆に指図するのはあなた様をおいて他にはございませんぞ」

それを聞いた関谷はますます沈鬱になり、しばらくするとまた脇差を抜こうとする。危なくて仕方がない。

「ただ今死ぬはた易く、生成り難し。まずはこの変事を一刻も早く箱館に伝え、その上で御一分立たぬと言うなら、その時御腹を召しても遅くはありませんぞ」

なだめすかすが、関谷はますます頑なになるばかりだ。関谷にしてみれば「あなた様のせいではございません」とでも言ってもらいたいのだろう。戸田が死んだ以上、自分がこの不首尾の詮議を一身に受けねばならない。その重荷に耐えかねているのだ。

黄昏時、ルベツに着いた。南部の者たちはどこをどう通ったのか、先に着いていて飯も炊きあがっていた。逃げ足の速さには呆れるが、これは大いに助かった。大人数のこと、握り飯も一人一つずつだったが、これほどうまいと思ったことはない。そこへ南部藩の種市茂七郎が徳利を携えて近づいてきた。茂七郎は媚びるように、

「見達殿、お一ついかがでござる」

と、茶碗を差し出した。見達はそれを受け取り、ぐいとあおった。五臓六腑に浸みわたる。

「甘露であった」

それを聞いた茂七郎は嬉しそうにうなずいた。

再び地役と南部津軽の重役が集められた。そして冒頭、関谷が言った。

「わしは残念でならん。ついてはこのルベツにて敵を待ち受け一戦におよぶ」

見達は「はあ?」と首を捻った。先ほどまで死にたいと言っていた御仁が一転戦うと言う。あまりに場当たり的な言動にほとほと愛想がつき、胸中抑えに抑えてきたものがついに切れた。

「わしはいやじゃ。戦うと言うなら、なぜ備えあるシャナの会所を打ち捨てられた。このような草小屋で武備もなく、どうやって戦われるおつもりか」

それを聞いた関谷は苦虫を噛み潰したような顔になった。そして、

「わしは悔しいのじゃ」

と叫ぶと、またも脇差を抜こうとする。

「早まってはなりませぬ」

両脇から千葉と斎藤が取り押さえた。見え透いた芝居だ。

「勝手になされませ。死に時を逸したあげくここで死ぬのも無益なことじゃが、どうしてもと仰せなら仕方がない。拙者が介錯仕る」

そう言って見達がずいと進み出ると、たまげた関谷は腰が引けて妙な格好になった。何やら場が白けた。すると今度は津軽の斎藤が口火を切った。

「こたびのこと防戦致し方なしとは言え、南部の方々にあってはいかなる御了簡でござろう。鉄砲一つ撃つでなし。退くとなれば、尻をからげてさっさと逃げ去るとは」

「なに! 我らは戸田様、関谷様の御下知に従ったまで。そなたらこそ己が陣屋を一番に焼かれてしもうたではないか」

千葉と斎藤は今にも掴み掛かりそうな勢いで睨み合っている。見達は憤懣やるかたない。

（これほどの気迫をなぜ赤人どもに向けぬのか！）

割って入ったのは地役の羽生惣次郎。

「まあまあ、お二人ともお疲れの御様子。先ほどの酒が思いのほかまわったのでござりましょう」

結局、その夜のうちに船でフウレベツまで引くこととなった。

船の数にも限りがあり、南部津軽両藩の者たちが膝突き合わせて相乗りになった。隣藩同士、常より不仲。今しがたも千葉と斉藤が大喧嘩したところだ。それがまあ、雛壇に並べられたようにおとなしく乗っている。こんな時、何か言わずにいられないのが見達である。

「皆様、今日はまたずいぶんと素直にござりますなあ。まあ、せいぜい仲良くお乗りくだされ」

千葉がたちまち気色ばんだ。

「これはしたり。そのような申されよう聞き捨てなりませんな」

「いやいや、お気に障られたならご容赦くだされ。千葉様、斉藤様のようにお人柄よろしき方は別として、かような時、人は気が立つものでござる。ゆえに下々の者の中には心得違いいたす者もあるかと思い言ったまでのこと」

見達はカラカラと笑った。これには千葉も苦々しい顔で船に乗り込むしかなかった。

船中にて夜が明けた。南部津軽の船とは宵闇ではぐれ、御公儀衆が先着。役目柄、見達は関谷のそばを離れるわけにいかない。だが昨夜のこともある。少し離れて朝飯を食っていた。すると関谷が林蔵を呼んだ。ひとしきりやり取りがあった後、林蔵が見達の所へやって来た。

「見達殿」

「なんだ」

「関谷様が申されるに、まずは箱館への御注進が急務。しかし、シベトロにいる平嶋様や先に逃げた児玉様のことが気がかり」

「それで」

「それで関谷様自らアイヌに身をやつし、その安否を確かめてから御注進に及びたいとのことでございます」

それを見達にも図れと言われたらしい。

(また無茶なことを)

と思った。が、そこはしれっと、

「もっともじゃな。ではさっそく化けねばなあ」

すると林蔵が真剣な顔で、

「その御役目、私がお引き受けしようと思うておりまする」

関谷は蝦夷語を知らず、ましてや土地にも不案内、と言うのだ。今、クナシリ島を目指して南へ退却している。シベトロはシャナよりもさらに北、ウルップ島への足掛かりとなる場所だ。林蔵はこの島に来て以来、測量ために島内を隈なくめぐっている。確かに林蔵でなければこの御役目は果たせぬであろう。

「そうだな。それがよいかもしれんな」

さっそく関谷に伝えることにした。ところが、

「まだ南部津軽の者が着いておらん。あの者たちにも図った方がよいのではないか」

と、関谷は言う。

「御身内のことなれば、両藩に伺いを立てることもありますまい。間者となるならば、むしろお味方も知らぬくらいが好都合。一刻も早く身を隠すが上策と存ずる」

そう見達に言われ、

「そうかもしれん」

と、関谷も折れた。しかし今度は、

「その安否を聞くまでわしはここを動かぬ」

と、言い出した。どうも時を稼いでいるとしか思えない。

（ははあ、箱館に行くのがいやなのだな）

見達は気付いた。そこでこう切り出した。

「人手がいると言うならともに残るはやぶさかではございませぬ。だが間者となれば一人、二人で事足りましょう。そこで一つ御願の儀がございます」

関谷は「またか」という目で見達を見た。

「御注進の御役目、拙者が承（うけたまわ）りたい」

「おお、そうしてくれるか」

案の定、渡りに船とばかりに乗ってきた。思えば、軍議以来初めて見達の意見が入れられたことになる。話はまとまった。

「ではさっそくに」

と、林蔵が動き出す。その林蔵を見達が呼び止め、

「道中寒かろう。この広袖を持っていけ」

見達は自分の風呂敷包みから広袖を一枚取り出した。また、

「おぬし金子はいかほど持っておる」

と訊くと、林蔵は「ない」と答える。

「それはいかん。アイヌを使うにも銭はいる」

そこで懐から二両ばかり取り出し、林蔵に握らせた。これでよし。

「それでは拙者も御免仕る」

と言って、見達は関谷に背を向けた。すると今度は、関谷が見達を呼び止めた。何かと思えば、

「わしに代わって皆を箱館へ連れていってくれ」

と、言う。御注進は拙速が肝腎。大人数は足手まといである。見達は固辞した。だが関谷は、

「たっての頼みである」

と、言って聞かない。そこで、見達は言った。

「われ関谷様の御名代なれば、ゆめゆめ逆らうことなきよう皆に仰せつけくださりませ。それを承知なら同道仕りましょう」

関谷は、すぐに皆を呼び集めた。皆々神妙に話を聞いていたが、案外あっさり承諾してしまった。こんな所でぐずぐずしたくないのだ。だが、あまりの呆気なさに関谷も拍子抜けしたようで、しばし沈黙が続いた。ここで番人の助四郎と重兵衛、続いて船頭の嘉蔵が立ち上がり、関谷と伴に残りたいと言い出した。これに関谷はいつもの調子を取り戻し、

「その方らの申し出はありがたい。だがその儀は相成らぬ」

それから一同をゆっくりと見回し、諭すように言った。

「古(いにしえ)に晋の豫譲(よじょう)という者あり。主君の遺恨を晴らさんと炭を呑んでは唖となり、身に漆しては癩となって潜み居り、ついには本懐を遂げたと言う。赤人どもの乱暴断じて許し難し。皆を無事逃がしたならば、もう思い残すことはない。われ一人となってもこの地に踏みとどまり、必ずや再興を果たすつもりじゃ。ここは我が意を察して落ち延びてくれ」

そこここですすり泣く声がする。関谷も目を潤ませ「うん、うん」とうなずいている。

（また始まったか）

見達はもううんざりだった。

（まったく、逃げる時の引き合いに出されては、当の豫譲もたまったもんじゃない）

見達ら一行は、さっそく船を仕立て海へ出た。北の海は気まぐれである。オイトの漁場を過ぎた辺りで強風と波に阻まれ、海岸に止宿。船頭が言うには、

「あそこに見えるのがホロボロちゅう大岩だべ。そっから先行ぐと、海からにょきっとはえたみてえにアッサノボリちゅう山がせり出しとる。その縁を廻り込みゃあ、ナイボだ」

翌日、船頭が言った通りアッサノボリが見えてきた。この山、地獄の山もかくのごとしと思わせるほど険阻な岩山で、忽然と海から湧き出したように裾が断崖となっている。この縁を回る潮流が速く、船足がはかどらない。やむなくこの日は岩窟に船を休めた。

次の日、何とか潮を乗り切り、山の向こう側に出た時、突然誰かが叫んだ。

「ナイボじゃ。ナイボが見えるぞー」

皆がいっせいに海岸へ目をやった。ナイボは五郎次ら番人が連れ去られた所だ。焼け焦げた番小屋や粕蔵が無残な姿を晒していた。

この日の七つ時（午後四時半頃）、タンネモイの湊に入った。フウレベツを発って三日目、ようやくエトロフ島の南端に辿り着いたわけだ。出迎えたのは同所詰合の上嶋惣兵衛。見違が関谷の名代だと知ると、惣兵衛はとたんに慇懃（いんぎん）となった。

「いやいや、こたびは大変でござりましたな。おおよそは使いの者に聞いておりまする」

（はて使者とは？　御用状を持たせた吉蔵のことか？）

「あの者たちです」

惣兵衛が指差す先には三人の男たちが卑屈な笑みを浮かべていた。三人とも腰に例の赤手拭いをぶら下げている。

（ははあ、あのとき握り飯を運ばせたやつらだな）

わざわざ染めて渡した赤手拭いを後生大事に持っていたのだ。ひょろ高いのが松之助、めっかちが寅之助、小太りなのが作之助と言うらしい。

「お前ら、下知もないのに逃げ去るとは、どういう了簡か！」

どうしてばれたのかと三人はおろおろしている。聞けば、米五俵とともに御公儀の図合船でここに至ったとのこと。見達は三人を粕蔵に押し込めておくよう命じ、加えて海岸の警固を番人、地役らに申し付けた。

見達は、海を見ていた。夜風に吹かれる体は不思議なほどに疲れを感じない。すると、どこからともなく妙な匂いが漂ってくる。よくよく嗅ぐと己の体が放つ異臭であった。思えば騒動以来、体を拭ってもいない。思わず見達は苦笑した。

翌朝、日が昇るのを待ちかねたように惣兵衛がやって来た。

「早く発ちましょう」

「だが、そなたはここを離れるわけにはいかんじゃろう」

「いやいや、後のことは豊吉によーく言い聞かせておりますゆえ大事ござりませぬ」

そう言って惣兵衛は背負った大荷物を揺すり上げた。逃げ支度は万端のようである。

(こいつに何を言っても無駄か)

見達は番人の豊吉を呼んだ。

「豊吉、ここに渡海できる船は何艘ある」

「へえ、御用船を一艘残していただくとして、図合船が二艘」

「そうか。それでは皆が乗ることはできんな」

図合船は、帆柱が一本付いた百石足らずの乗合船である。クナシリまでは海上八里。渡海するとなれば、島の縁を巡るようなわけにはいかない。乗れるだけ乗って、残りは後船にまわすほかない。その旨、豊吉に言い含めて準備にかからせた。

八つ時（午後三時頃）、いざ出立という段になって豊吉が慌てて飛び込んできた。

「沖合に大船が見えます。モイケシの方へ向かっている様子。もしやヲロシヤ船では！」

モイケシは隣の漁場だ。

「すぐここにもやって来ますぞ。見達殿、早く逃げましょう」

惣兵衛は今にも駆け出しそうに飛び跳ねている。見達は腰を据えたまま、

「逃げたい者は逃げるがよい。だが、ここはクナシリへ唯一の渡し口ぞ。もうこれ以上どこへ逃げると言うのだ」

「ならばいかがなされます」

「ここに潜んでおれば、もはや我らが逃げたと敵も油断して上陸してこよう。その時こそ一気におどり出て切り伏せてやるまでよ」

そう言われても皆まるで尻が落ち着かない。傍らで、見達にもらった鉄砲を撫でていた庄七が、ぼそりと言った。

「どこで死ぬのも同じことじゃ」

場はしんと静まった。

その後の知らせで船は和船かもしれぬとのこと。

「もしや礼常丸では？」

豊吉が言った。交代の者たちを乗せ、そろそろやって来る頃だ。だが誰も確かめに行くとは言わない。そこで見達は粕蔵に押し込めておいた例の三人組を連れてこさせた。

「お前らの不届き許し難し」

「へへー」

三人は地べたにはいつくばっている。

「そこでじゃ、一つ挽回の機会を与えようではないか」

これを聞いた三人は、えっと見達を見上げた。

「先ほど沖合を通った船がある。それが礼常丸かどうか確かめてまいれ。まことに礼常丸なら、ここに連れてこい。それにて先に逃げたこと不問に伏すがどうじゃ」

また逃げないとも限らない。だが、もうどこに逃げても島の内だ。三人ともいよいよ観念した風であった。

松之助、寅之助、作之助が礼常丸を連れて戻ってきたのは翌日の正午頃。松之助が言うには、赤人狼藉のことを聞くや、礼常丸の者たちは皆大いに驚き、「クナシリへ戻る」と言い出した。それをどうにか説き伏せ、ここまで連れてきたらしい。

「ようやった」

その言葉に三人はやっと安堵の色を浮かべた。

礼常丸に続いて南部津軽の図合船も入津。降り立った南部の種市茂七郎は、見達を見付けると気安げに近付いてきた。

「いやー、これはこれは見達殿、御無事でなにより」

「千葉殿はいずれに」

と尋ねると、関谷とともにフウレベツに残ったと言う。上役の千葉がおらず、何のはばかりもないようで、

「礼常丸を見た時は、もしやヲロシヤ船かと肝が冷えましたぞ。昨夜は山中に逃れて野宿いたした」

茂七郎はぬけぬけと言った。それにしても逃げることにかけては手際がよいようだ。そこでこの男にクナシリへの船割を申し付けた。すると茂七郎は少し言いにくそうに、

「ところで、あの百目筒はいかがいたしましょう」

と、言う。見達が預けたあの百目筒のことだ。御公儀の物である以上捨てるに捨てられず、この大荷物にさぞかし手を焼いていたのであろう。見達は少し考えて、

「トマリの会所まで持っていけ」

と、命じた。「さっさと逃げ出した罰じゃ」とまでは言わないが、

(それくらいさせてもよかろう)

と、思った。茂七郎は、そんな無体なと言わんばかりの顔をした。

礼常丸を先頭に図合船が四艘、都合五艘で船出。見達は、礼常丸の屋倉の上に立った。日はまさに海へ没しつつある。風をはらみ、白波を蹴立てる船は、夕日に映えて燃え立つように赤い。なかなかに壮観である。

(少年の頃志を得、もし一軍を率いる身とならばと夢想した。だが歳月は無為に過ぎた。齢四十を越

え、今はからずもこのような大人数を率いて大海を渡っている)

胸中込み上げるものがある。

(今この時、赤人と一戦交えて死すとも何の悔いやあらん)

常には荒れ狂う北の海も、この時ばかりは見達の門出を祝うかのように穏やかであった。

夜明けとともに一行はクナシリ島アトイヤ湊に入った。しかし、番小屋は蛻(もぬけ)の殻。囲炉裏の火には大きなすり鉢が伏せてある。地震のとき火を始末する所作だが、よほど慌てて逃げたと見える。おおかた見達たちの船を大挙して押し寄せる怪しい船とでも思ったのだろう。

朝飯が調った頃、にわかに風が増し、海はその扉を閉じるかのように荒れ始めた。南部の船頭の見立てでは、

「んだなあ、このぶんじゃしばらく荒れるべ」

いったん荒れると、いつ治まるやら見当もつかぬのが北の海である。だが、ここから他所へは船便しかない。変事よりはや十日、気が逸(はや)った。

(そうじゃ、陸路を行こう。道なしとはいえ、アイヌは行き来しているではないか!)

ここからクナシリ島南端のトマリまで五十里。見達は、地役の粕谷与七と岡田武右衛門を呼んだ。

「供(とも)をせよ」

負い目のある二人のこと、しぶしぶ承知した。野宿ともなれば担ぐ荷も多い。そこで見達は、また例の三人組を呼んだ。松之助、寅之助、作之助は、

「旦那、またですかい」

と、泣きそうな顔をした。出立に当たって見達は種市茂七郎を呼び、

「我らは東浦を進むが、皆を乗せた船は海が治まるのを待って、西浦へ進ませよ。だが、おぬしだけは図合船で東浦に廻れ」

と、命じた。船便はヲロシヤ船に襲われるかもしれない。誰もトマリに行き着けぬようなことがあってはならない。そのための処置である。茂七郎は「御意」と畏(かしこ)まった。一軍の将たる役どころもいよいよ堂に入ってきた。

見達を先頭に六人が歩み始めた時、南部の船頭、嘉右衛門が慌てて追いかけてきた。

「見達先生、これ持ってってけねえ」

見れば関谷の認(したた)めた御用状である。もとは種市茂七郎に託されたものらしいが、船頭に押しつけていたのだ。茂七郎の不心得には呆れたが、見達は黙ってそれを受け取った。

陸路は思った以上に悪路であった。海岸縁の断崖をよじ登らねばならず、小太りの作之助などは「死んだ方がましじゃ」と、身も世もない顔でほざいている。日暮れ時、獣道を見付けてようやく一息ついた。水のある所で粥を炊き野宿。シャナを落ちた日の闇夜を思えば、ほのかな月明かりがありがたかった。

翌早朝、誰かがごそごそ起き出す気配に見達は目覚めた。しばらくすると、松之助が海に向かって小便をし始めた。それをまどろみの中で聞いていると、突然松之助が大きな声を上げた。

「船じゃ。図合船じゃ」

皆飛び起き、いっせいに海を見た。確かに図合船が四艘、沖合に連なっている。取る物も取りあえ

ず、大声で呼びながら近くの浜まで駆け下った。船の方でもそれに気付き、浜へ漕ぎ寄せてきた。

「見達殿、御無事でござったかー」

手を振っているのは種市茂七郎である。

「礼常丸はどうした」

「まだ日和待ちしておりまする。東浦ならばもしや凪いでいようかと思い、漕ぎ出したのですが案の定でござった」

「ようやった。往生しておったところよ」

「皆がどうしても見達殿とともに参りたいと申しましてな」

茂七郎が振り向く先には、すがるような目をした人々がいる。その中には地役の大場専蔵と上嶋惣兵衛もいた。彼らに一瞥をくれ、見達は船縁に足をかけた。

この日はチクマで一泊。ここもかつては漁場であったが、今は打ち捨てられて荒れ放題だ。クナシリもエトロフ同様、東浦の開発が遅れているのだ。

翌朝、出帆。順風に恵まれ、やがて船はトウフツに着いた。ここからトマリへはケムライ岬を迂回するより陸路が近道である。見達は、ここで船を降りた。すると、大場専蔵と上嶋惣兵衛が慌ててそれに付き従った。

夕刻になってトマリの会所に着いた。

「これはこれは御一行。こたびは大変なことでござりましたなあ」

出迎えたのは同所詰合の向井勘助。「ナイボにヲロシヤ船現る」の第一報を戸田が観幸丸に託して

いたが、箱館への帰路ここへも伝えたらしい。勘助が言うには、

「観幸丸はヲロシヤ船と出くわしましてな。寸でのところで振り切ったと船頭の嘉十郎から聞きましたぞ。シャナを船出してから間もなくのことだそうです」

どおりで会所には陣幕が張られ、幟旗（のぼりばた）、長柄、吹き流しなど賑々しい。

「もう七日七晩、会所まわりを固めておる」

勘助は胸を張ったが、見達には空々しく見えた。見達が、ことの次第を告げると、

「そうでござったか。あのシャナが落ちたか」

勘助の顔は固まった。ここよりはるかに堅固なシャナが落ちたのだ。戸田様御生害と聞くと、さらに蒼ざめた。

「一両日中に百人ばかりが船でここへ至ります。その者たちを引き連れ、急ぎ箱館に向かわねなりませぬ」

見達が告げると、

「さようでござるか」

勘助の声は、くぐもっている。見達は、ただただ気が急いている。

「大人数のことにて陸路ではままなりませぬ。こちらにある船をお貸しいただけまいか」

この時、トマリ湊には大船が四艘係留されていた。うち御公儀の船は済通丸と万全丸の二艘、一艘は南部藩の雇い船でエトロフ勤番の交代要員を乗せた宜幸丸（ぎこうまる）、残る一艘は御用商、高田屋の安泰丸だ。

だが勘助は、

「あれはあれで、それぞれに命を受けたものにござれば、さあ拙者の意のままには致しかねまする……それに荷も多く積んでござれば、それほどの大人数は乗れますまい」

言を左右にするばかり。それどころではなかろうと言うが、埒が明かない。そこで今度は万全丸の船頭に直接掛け合うことにした。長川仲右衛門は高名な船頭だが、これがまた希代の頑固者ときている。

「ウルップ島開発のための荷をシャナへ運ぶよう仰せつかっておりまする」

と、言って聞かない。それどころか、

「宜幸丸の船頭ばかりか高田屋の者まで怖気づき困っておりまする」

どうしても行くつもりのようだ。

「シャナは一宇も残さず焼き払われた。行っても詮無いことぞ」

と言うのに、

「今日、伝馬船で十里ばかり先まで見廻りましたが、怪しいことなど何もございませんでしたぞ」

と、言い張った。有能な船頭ほど己の耳目のみを頼りとするものだからどうしようもない。

「明日にも船出いたしまする！」

説き伏せるのは無理だと思い、今一度向井勘助のもとに向かった。すると勘助は、

「見達殿は日頃大人数を召し連れたことがないと言われる。どうであろう。大方はこちらに留め置き、貴殿御一人にて御注進なされては。その方が早く参れましょう」

何か含みがありそうだ。案ずるに、このトマリには人が少ない。よって人を留め置き事に備えたい、

そんな腹積もりらしい。ほうほうの体で逃げてきた者どもが毛ほどの役に立つとも思えぬが、確かに大人数は足手まといだ。こう切り出されたは、もっけの幸い。

「委細承知いたした。それがし一人お渡しくだされば、昼夜を分かたず馳せ参じましょうぞ。ただし」

「ただし？」

「なにぶん長路なれば延着せんとも限らず、非常の時なれば、別途海路にても御注進あるべきと存ずる」

「心得た」

今度はあっさり承知し、済通丸（六百五十石）を借り受けることとなった。

「その御役目、拙者が」

船便での箱館行きにすかさず手を上げたのは大場専蔵と上嶋惣兵衛だった。トマリを離れる口実にこれ以上のものはない。支度に丸一日を費やし、海に漕ぎ出したのが五つ時(午後九時頃)。見達の乗った伝馬船は対岸のノツケ（野付）へ、済通丸はネモロ（根室）岬へと舳先を向けた。

晩春から初夏にかけて、この海域はしばしば霧に包まれる。沖合へ一里半も出た頃から鼻先も見えぬほどの濃い霧となった。その時、海の向こうから微かに船のきしむ音と人の声がする。目を凝らすと靄(もや)を透かして船灯りも見えた。

（もしや、ヲロシヤ船か！）

見達は船提灯を消させ、身を固めた。だが、よくよく耳を澄ますと声の主は船頭長川仲右兵衛だ。見達と相前後して船出したのだろうが、濃い霧に阻まれて立往生しているのだ。あれほど言ったのに、

まだシャナへ向かうつもりのようだ。あきれたものだが放っておくわけにもいかず、横をすり抜けざま、

「返せ、返せ」

と、大声で叫んだ。それに返事はなく、霧に飲まれていくその船影は、あたかも冥府の口へ吸い込まれていくようであった。

翌朝、ノツケ着。ここで別便を仕立て、昼頃にはネモロ半島の付け根、アンネベツ（温根沼）の船着き場に降り立った。すると、

「見達殿ではないか」

と、声がかかった。見れば比企市郎右衛門である。比企は見達が箱館在勤の折、懇意にしていた男だ。腹の据わった男で、見達とは妙に馬が合った。今はトマリの会所に勤めており、アッケシ（厚岸）出張からの帰りとのこと。

「どうした。そなたはシャナにおったのではないのか」

「比企殿、そのことよ」

見達は御用状を差し出し、赤人狼藉の顛末を告げた。比企は「んー」と難しい顔をしたが、存外驚いた風ではない。そして比企は言った。

「実はなあ、去年の秋にカラフト、九春古丹の番屋が襲われておったらしいのだ」

「なんと！」

驚いたのは見達の方だった。

「この春、松前藩の者が渡海して初めて分かったのよ」

その報が奉行所にもたらされたのが四月六日のことだと言う。

(そのこと、なぜシャナに急報しなかったのか。飛脚船を出せば十日とかかるまい。さすればいくらかでも手の打ちようがあったものを)

様々に思いは巡るが後の祭りだ。

「クナシリももしやと思うてなあ。急ぎ戻るところだ」

と言う比企に見達は、

「こたびのこと、片時も早く注進あるべきと存ずる」

「ならばこれを使え」

比企は自分が乗ってきた馬を見達に貸し与えた。それから供まわり二人に命じた。

「おぬしら、これより箱館へ向かえ。見達殿のため先触れいたすのだ。よいな!」

「かたじけない」

見達は礼を言い、馬を駆った。

途中ノコリベツで日が暮れ、ベカンベウシ(別寒辺牛)で川船に乗り換えた。アッケシ(厚岸)の会所に着いたのが九つ半(深夜十二時頃)。先触れのおかげで会所には高張提灯が掲げられ、見達を迎え入れるように門は大きく開かれている。同会所詰合の大塚惣太郎は裃(かみしも)姿で見達を待ち受けていた。

「御役目、御苦労にござる」

この大塚惣太郎、ずいぶん細身で一見貧弱に見えたが、この騒動を知っても泰然自若としている。これまで赤人狼藉のことを知るや右往左往する連中ばかりを見てきた。物に動じぬ大塚惣太郎の有り様にはこれまでになく心安んずるものを感じた。大塚は、

「ここより箱館までは長路なれば、まずは御休息なさるが肝要でありましょう。つきましてはこちらに湯殿、膳部も調（ととの）っておりますれば、さあ」

と、勧めた。大塚も見達と対面して相通ずるところがあったのだろう。もし見達がのらりくらりした男ならば、このような扱いはせず、尻を叩いて急き立てたに違いない。目を見れば互いに分かる。見達は、ありがたくこの申し出を受けた。主人がこうであれば、家内の者もまた落ち着き、番人の連れ合いに至るまで皆穏やかに振舞っていた。見達はここに来てやっとシャナ敗走以来の垢を落とし、生き返る心地がした。そして飯を食い、泥のように寝た。

東の空がうっすらと明ける頃、見達はがばりと身を起こした。枕もとには洗い替えの衣服がきれいにたたんで置かれている。さっそく着替えて玄関へ廻ると、大塚惣太郎が昨夜のままの姿で式台に座っている。見達がいつ出立してもよいよう、おそらくは一睡もせずにここで控えていたのであろう。番人から握り飯と草鞋（わらじ）を手渡された見達は、大塚に向かって深々と頭を下げ、用意された馬にまたがり会所の門をくぐった。吹き過ぎる風が爽やかに頬を撫でた。

見達の行く陸路とは北海道の南岸を西へ西へと進み、内浦湾をめぐった後、内陸を南に下って箱館平野へ抜ける道程である。その道のりはアッケシからでも百五十八里（約六百三十キロ）ある。

アッケシを出た後、クスリ（釧路）、シラヌカ（白糠）、トウブイを経て、ヒロオ（広尾）の会所に

着いた。丸二日間、不眠不休で駆けている。おまけに前日からの雨でびしょ濡れであった。しかし、見達の目はらんらんと輝き、気魂を失っていない。会所に入ると、地役、番人らがそれとばかりにまわりを取り囲んだ。その勢いに思わず身構えたが、戸惑う見達をよそに、

「肩をお貸しいたしましょう」

言うが早いか、両脇を抱えられて式台に座らされた。それから「お召し物を御取り換えいたしましょう」だの「ささ、足をお出しなされ」など拭くやらさするやら。まるで病人でも扱うようである。見達は、だんだんうっとうしくなってきた。

「よい。わしが自分でする」

と、まわりの者を払い除けた。振り払われて尻餅をついた地役が、目を丸くしながら言った。

「食事が調っておりますが」

「それはありがたい」

さっそくその男の案内で会所奥へと進んだ。用意された膳についてみると、茶碗には重湯のような粥飯がよそわれている。

「こんなものでは腹の足しにならん。飯をくれ」

すると案内の男があきれたような顔をしている。「どうした」と聞けば、昨日来た先触れの者はトカチ（十勝）辺りからここまで戸板に乗せられて来たのだと言う。

「両人とも御自分では歩くこともかなわず、水を飲むのがやっとでございました」

それがどうだろう。見達は矢継ぎ早に三杯も飯を食らい、さらに酒までうまそうに飲むではないか。

それを見て、（もしやこちらの早合点、人違いでは？）と思ったのだろう。終いに男は怪訝な顔つきになり、

「まことに久保田見達様でござりましょうか」

と、言った。ここに来て早々有無を言わさず介抱を受け、そのまま奥へ通されて飯を食っている。確かにまだ名乗ってもいない。

「いかにも」

と答え、懐から油紙に包んだ御用状を差し出した。それを見たとたん男は「ははあー」とその場にひれ伏した。

飯を食い終わると「御免」と言うなり見達は大の字になった。小半時（三十分程）も経っただろうか、人の気配にふと目を開けた。小ざっぱりした男が二人、こちらを向いて座っている。見達は身を起こした。すると男たちは丁寧にお辞儀し、こう切り出した。

「我ら南部の者にて多年ネモロ（根室）にあい勤めます。急御用にてお急ぎとのところ誠に恐縮ではござるが、赤人狼藉のことなど、お聞かせ願えませぬか」

（どういうことか？）

いぶかしんだ見達が男らへぐいと体を寄せると、

「いやいや決して他意はござらん。ただ我ら勤番の身なれば、心得にも奥筋の御様子など知りたいだけでござる」

と、慌てて取り繕った。聞けば、御役目にて箱館へ出向いた帰り、雨にたたられここに足止めされ

ているとのこと。ずいぶん立派な面立ちはしているが、心底恐れおののいているのは一目瞭然である。見達は一つ大きなため息をつき、一転強面（こわおもて）で言った。

「ことは御公儀の大事にてむざむざそなたたちに話せることではない。非常の時なれば、片時も早く持ち場へお帰りあるがしかるべしと存ずる」

二人は急におろおろして「ははっ」と畏まり、そそくさと引き下がった。まあ、このような手合いはどこにでもいる。

「やれやれ、おかげで目が覚めたわい」

見達はすっくと立ちあがり、「馬を引け」と叫んだ。

ホロイツミ、ニイカップ（新冠）を打ち過ぎ、とある会所に着いた。同所詰合の折原政吉は、なかなか小才の利く男と見え、見達が到着すると、

「浜に小舟を用意してございます。ささ、こちらへ」

と、言う。さっそく浜まで行き、見達は伝馬船に乗り込んだ。船頭が艪（ろ）を漕ぐごとに小舟は小気味よく揺れ、水面を滑るように進んでいく。その揺れに身をゆだねながら、見達はほっと息をついた。仰ぎ見る月はいつの間にか望月（満月）である。

夜九つ半（深夜十二時頃）、ホロベツ（幌別）着。船中にて大いに休息をとり、生気を取り戻した見達はそのまま馬を駆ってモロラン（室蘭）まで出た。そこから再び船を使うことを思い立ち、蝦夷船を雇い入れることにした。

急御用だと言うのにアイヌの舟子たちは呑気なもので、舟歌など歌いながらのんびり櫂（かい）をかく。途

中アブタ（虻田）あたりで急に舟子たちが騒ぎだした。海中を指差し、口々に、

「キナンホウ、キナンホウ」

と、叫んでいる。（何ぞ）と思って見ていると一人の男がヤスを持ち出し、狙いを定めて一匹の魚を突き取った。その勢いに丸木舟は大きくかしぎ、見達は慌てて船縁をつかんだ。男が魚を差し上げると、それまで固唾を飲んで見ていた他の者たちもいっせいに歓喜の叫び声を上げた。どうやらキナンホウとはこの魚の名であるらしい。

（アイヌの心悠々なれば是非もなし）

見達は苦笑いして見ているしかなかった。

夜中になってシフレケに着き、そこより再び陸路とした。夜明けにはレブンケ（礼文華）番屋、続いてオシャマンベ（長万部）番屋を過ぎ、山越内（やむくしない）（八雲）に入った頃にはもうだいぶ日も高くなっていた。ここからはいよいよシャモ地（和人居住区）である。箱館までは十八、九里（七十数キロメートル）、ここから先は御成り街道のような新道も開かれている。

（馬ならば二時（ふたとき）〈約四時間〉とかかるまい）

箱館に着けば、いよいよ御奉行に面会、御注進となる。まずは当地会所で乱れ髪を束ねなおし、シャナから死に装束にと携えてきた羽織袴に着替えた。そして四つ前（十時頃）、再び馬にまたがった。

ところが、野田追の番屋まで来て代え馬を求めると、番人はこれから探してくると言う。やっとのことで馬を代え、駆けたのも束の間、今度は川に差しかかった。だが渡し船は向こう岸。見れば、船頭はプカプカ煙草をふかしている。これがまた、呼べど叫べどそ知らぬ体だ。先触れを出し、これま

で手回しよくやって来たが、シャモ地に入りこれほど苦労するとは思ってもみなかった。太平の世に慣れ、ここが異境であることも忘れているのだ。ふつつかなることこの上ないが、それもこれもひいては全てを司る御公儀の不始末。憤ってみたとて詮無いことだ。

鷲木村（森）を過ぎ、ここからは海を離れて山道に入る。峠にさしかかった時のこと、長途の疲れから不覚にも馬上居眠りをしてしまった。しばらくすると、顔をはたく木々の小枝に目を覚ました。見回せばまわりは荒れ放題、道は先細りである。これは道を誤ったと気付き、十町（約一キロメートル）も引き返えす羽目となった。シャモ地に入るまで道を得難いところでは番人が馬のくつわをとり、道案内にたった。それもない今、情けない限りである。

七つ時（午後五時頃）ようやく箱館への最後の宿場となる大野村に着いた。残すところ五里（二十キロ）。このまま馬を乗り倒すのも忍びず、同所番屋にて馬を乗り代えることにした。しばらくすると馬子の爺さんが見るからに駄馬を二頭連れて戻ってきた。

「一頭でよいから他にましな馬はおらんのか」

と、言うと「ない」と取り付く島もない。爺さん曰く、

「こっちには旦那が乗ってくだせえ。こっちはわしが乗る」

「今さら道案内はいらん」

見違はひらりと馬にまたがった。だが、腹を蹴っても鞭ではたいても馬はいっこうに動こうとしない。

「旦那、あんまり乱暴しねえでくだせえ。馬が暴れる」

「何だと？」

「なあに心配ねえ。わしが付いとりゃあ暴れんで」

見達は大いにあきれたが、振り落とされて怪我でもしてはたまらない。思い直して爺さんの言う通りにした。

爺さんとの道中、二、三里も行った頃、陣笠ぶっさき羽織の侍が早馬に乗ってこちらに向かってくるのが見えた。道の脇に寄って控えていると、その早馬が二人の目の前で止まった。

「見達殿ではないか」

見れば、地役の大貫専助である。この男とは箱館在勤の折面識があった。「いかにも」と答えると、

「急使と言うので誰ぞと思うておったが」

「して何用でござる」

「先ほど先触れの者どもが参ってなあ。今夜あたり大野村に止宿するやもしれんので急ぎ呼んでまいれと御奉行様に仰せつかったのだ。お急ぎ召されよ！」

（そのような呑気な旅をしているとでも思っているのか）

見達は内心むっとした。だが、そこは堪えて専助に向かい、

「このような駄馬では埒（らち）が開き申さぬ。貴殿の馬をお貸しくだされ。さすれば直ちに馳せ参じましょうぞ」

すると専助は憮然として、

「何を言う。おぬしにこの馬を貸したらわしはどうなる。急使がここまで来ておることをわしは箱館

に伝えねばならぬ」

そう言い残すと踵を返し、もと来た方へ走り去ってしまった。シャナ退去以来あきれたやつらを数多見てきたが、この時ばかりはさすがに開いた口が塞がらなかった。

（相変わらず頭の固い男よ）

気を取り直し、

「さあ、気をつけてやってくれ」

見達は、馬子の爺さんに声をかけた。爺さんは「へえ」と気のない返事をかえし、馬はまたゆるゆると歩み進めた。

箱館の目と鼻の先まで来ながらずいぶんと手間取った。やっとのことで到着したのは、もう日も西に落ちきった暮れ六つ半（午後七時過ぎ）であった。

見達がクナシリからノツケに渡ったのが五月十一日。そして今日が十七日。この間七日で駆け抜けたことになる。当時、ネモロ（根室）から箱館までは陸路でひと月が常識だった。この速さは驚異的と言ってよい。

箱館の町並みは、湾をのぞき込むように突き出した半島に沿っている。町中は警固の兵であふれていたが、その一人をつかまえて聞いたところ、カラフト襲撃の報を受けて南部津軽から新たな人数が駆り出されているとのこと。南部の者だけでも三百はいるだろうと言う。

見達は、高田屋の築島（人工島）を右手に見ながら箱館の目抜き通りである内澗町（末広町）に入った。御作事所の角を左に折れれば、箱館山を背にした奉行所の正面だ。高張提灯が掲げられた表門の前で見達は馬を降りた。そして門を抜け、奉行所玄関の御屋根を見上げた。ついにここまで辿り着いた。篝火に赤々と照らし出された唐破風屋根は、いつもよりおどろおどろしく見えた。

引見したのは箱館奉行、羽太安芸守。御奉行は、差し出された御用状をしばらく食い入るように見つめていたかと思うと語気強く、

「あれやこれや書かれておるが、要は赤人狼藉につき一同シャナを退き、戸田は自害して果てた、そういうことじゃな。相違ないか！」

「相違ございません」

すると御奉行は目を血走らせ、

「けしからん！」

と怒鳴って、ぷいと部屋から出ていってしまった。敵の戦法の一つも尋ねられるかと思っていたが、所詮お雇医者など使い走りに過ぎないのだ。「けしからん」のは赤人どもか、はたまた関谷たちの不甲斐なさか。何はともあれ役目を終えた見達は、その場にぽつんと残された。後ろに控えていた地役が気の毒そうに声をかけた。

「あのう、食事になさいますか、それとも湯殿に……」

見達は背を向けたまま一つ大きく息を吐き、「寝る」とだけ言った。

その後、クナシリで別れた者たちも海路陸路でぞくぞく帰着した。

見達の到着に遅れること二日、十九日朝のこと、万全丸と宜幸丸が相次いで箱館湊に入津。万全丸

には羽生惣次郎、粕屋与七などシャナ敗走の御公儀衆十三人が乗っていた。羽生が言うには、ケムライ岬を迂回した図合船四艘は見達と入れ替わるようにしてトマリ湊に入った。霧の中で立ち往生していた万全丸もおいおい呼び戻されて箱館に戻ることになったとのこと。百人にも余る落ち人の群れを見て、頑固者の船頭長川仲右衛門も気が変わったらしい。種市茂七郎ら南部の者も宜幸丸を急き立てて、万全丸を追うようにトマリを発ったようだ。

二艘が箱館に乗りつけてから時を置かず、市中騒然となった。「沖合に異国船見ゆ」との知らせが入ったのだ。

（つけられたか）

と、見達は思った。湊を見つけるのに敵船の後をつけるは上策である。奉行所は上へ下への大騒ぎ。役人たちが、おろおろ奉行所の廊下を行きかっている。地役の一人をつかまえて尋ねると、「二、三艘来る」と言い、また別の者に聞けば、「六艘じゃ」と叫ぶ。全く要領を得ない。ましてや市中は混乱の極み。持てる者は家財道具を対岸まで運ぼうと湊にひしめき、老人女子供は着の身着のまま山間の大野村に逃れんと道に長蛇の列を成した。

「平家の落ち行く様もかくやあらん」

という有り様だ。奉行所には南部津軽両藩の兵が集められた。姿形こそ伝来の鎧をまとい、戦国の習いそのままに勇ましげであったが、どの顔も引きつっている。御公儀衆の指揮のもと海岸防備に向かったが、所詮烏合の衆だ。結局、その船影はそのまま沖合いに消え、何事もなく終わった。後日吟味するに、それが本当にヲロシヤ船だったのか、はたまた弁才船が連なるのを見間違えたのか、とうとう分からずじまい。もう見飽きるほどに見てきたが、臆病風に吹かれた者の振舞いとは、まことに浅はかの一語に尽きる。

三橋要蔵など津軽の者たちが陸路で戻ったのは、この騒ぎからさらに十日経った月末のことだった。だが、どうしたわけか見達とともにトマリ湊を船出した済通丸だけはいっこうに現れず。済通丸に乗り込んだ大場専蔵と上嶋惣兵衛の消息もついぞ聞かず、あの時別れたきりとなってしまった。あるいはあの深い霧の中で岩礁にでも乗り上げ難破したのか。それにしてもこの騒動の中、行方知れずとなった御公儀衆は、この両名だけである。片時も早く逃げおおせたいと急いた者だけが帰れぬとは、皮肉なことであった。

エトロフ襲撃の余波は、なおも続いた。見達が箱館に着く少し前のことだが、松前藩よりカラフトへ兵が差し向けられた。御公儀衆からも調役（しらべやく）深山宇平太、同下役小川喜太郎をはじめ、地役の村上左金吾、内野五郎左衛門、森繁左仲らが宗谷（そうや）へ派遣された。ところが六月初め、万春丸で宗谷に向かったはずの村上左金吾が供まわり十人ほどとともに徒（かち）にて箱館に戻ってきた。左金吾曰く、

「箱館危うしと思い、急ぎ戻りましてござります」

箱館に帰陣した折、左金吾は白妙（しろたえ）で包んだ乱れ髪に半具足と見るも勇ましい身ごしらえで、いかにも戦場から駆け戻ったかのようであった。後日明らかとなったところでは、左金吾は地理見分と称して途中で下船、陸路宗谷に向かっていたが、テシオ（天塩）から八里ほど北に進んだオフイニシャの番屋に止宿していた時、遠くに雷鳴のような砲声を聞いた。さらに異国船の船灯りが大挙して押し寄

せるのを見るに及び、慌てて箱館へ取って返したのだ。実は、左金吾が船灯りと見たのはリイシリ島(利尻島)で赤人に焼かれた船や船具が流れ来たものだった。それを宗谷はもはや落ちたと思い込み、怖気づいて戻ってきたものらしい。この村上左金吾、元は浪人者だったが越後流軍学に通じていると自ら吹聴し、先年地役に召抱えられたばかりであった。しかしながらこのざまである。左金吾の不届きはもちろんだが、それにまんまとたぶらかされる御公儀の方々もいかがなものかと思われた。

　リイシリ島が襲撃された際、そこにいたのが内野五郎左衛門と森繁左仲。二人は万春丸でリイシリ湊に乗り付けていた。そこへ折悪しく件のヲロシヤ船が現れた。五月二十九日、エトロフ襲撃ひと月後のことである。鐘や太鼓を打ち鳴らして迫りくるヲロシヤ船に対し、内野五郎左衛門と森繁左仲は伝馬船に飛び移るとほうほうの体で逃げ出してしまった。誰もいなくなった万春丸は積み込んだ武具、兵糧を苦も無く奪われ、焼かれてしまったのだった。御公儀の軍船にしてこうである。ともに係留されていた松前藩の禎祥丸や商い船の誠龍丸も積み荷を奪われ焼き払われた。中島流砲術皆伝を持って任ずる森繁左仲が、砲弾一つ放つでなく逃げ去るという体たらく。この左仲に手解きを受けた岡田武右衛門が「六匁筒でよいよい」などとぬかしたのもうなずける。

　エトロフのことと言い、リイシリのことと言い、皆ただただ体裁を取り繕うばかりに終始している。本来武士とはこのような時のために代々禄(ろく)を食(は)んできたのではなかったのか。この時、見達の胸中にある思いがよぎった。

(武士の世もそう永くは続かぬのやもしれん)

「北地に黒船現る」の報は江戸市中にも伝わり、人心騒然とした。「異国と大戦(おおいくさ)か」との風説が飛び

交い、

「町々鍛冶を業とする者は家毎に番具足をきたえ、古着ひさぐ者は軒毎に陣羽織を掛けたり」

という有り様だったと言う。

後に丁卯（ていぼう）事変と呼ばれるこのカラフト、エトロフ、リイシリ襲撃事件の顛末である。

まずは南部の火業師、大村治五平。戦闘が始まって早々に逃げ出した治五平は、シャナ川の上流、会所から五町（約五百四十メートル）ほど離れた洞穴に二夜を過ごした。皆を追ってアリムイへ逃げようとしたものの、雪解け水と折からの雨で水かさが増していてシャナ川が渡れず。そうこうしているうちに腹が減り、宝来橋を渡ろうと、会所近くへのこのこ出てきたところを赤人に捕らえられてしまった。その後ひと月の間、ナイボで捕われた五郎次らとともにヲロシヤ船で連れまわされ、リイシリ襲撃の後、六月五日（一八〇四年七月十日）に同地で開放された。こうして箱館に戻ってきた治五平だったが、敵前逃亡の罪で揚り屋（座敷牢）に押し込めとなった。この年の末には江戸に送還され、改めて厳しい詮議を受けた。その後、身柄は南部藩に戻され、やっと国許（くにもと）に帰ったのが翌年の四月。

しかしここでも再び詮議にかけられ、

「御役目を軽んじたばかりか、むざむざ赤人に囚われたるは言語道断である。よって家老北監物の知行地に永預けとする」

と、相成った。

また、南部藩重役の千葉祐右衛門と下役の種市茂七郎の両名は盛岡帰着後の詮議で、

「火業師の大村に逃げられては如何ともし難く」

など言い訳がましいことを散々並べ立てた。しかし結局のところ、

「いかに御公儀の御下命とは言え、武備の始末も怠った上逃げ出すとは不届き千万」

として家禄家屋敷を召し上げられた。

一方、御公儀衆。一番に逃げた児玉嘉内は妻子とともに山中に潜み、しばしアイヌの世話になっていた。そして見達たちに遅れること四日、五月六日にフウレベツに至り、ここに居残っていた関谷茂八郎と再会。合議の上、万事取り調べのためとして、

「クナシリまで引こう」

ということになった。いったんはともにクナシリ島トマリ会所まで引いたものの、ここで関谷は再びエトロフ島に引き返すと言い出した。体裁を取り繕うのに間が入用と思ったのであろう。皆で止めたが関谷はどうしても聞き入れず、しかたなく児玉が先に箱館へ戻った。だが結局は関谷も呼び戻され、同年暮れ、事態釈明のため二人とも江戸へ出頭することになる。江戸での詮議の結果、

「両名の罪軽からず」

としてともに重追放となった。重追放とは、家禄や家屋敷、家財まで没収され、関東一円と東海道筋および京大坂への立ち入りを禁ずる刑罰である。すでに死亡していたとは言え、戸田又太夫も同罪とされ、同様の命が下された。

エトロフ島最高責任者であった菊池惣内は事件当時その場にはいなかったものの、普段から武備をおろそかにした罪により御役御免。御目見え以下に降格され、小普請入りとなった。小普請組とは無

役のことであり、役料はもらえない。つまり旗本から御家人に家格が落とされ、減俸になったということである。

その他、万全丸で箱館まで戻ってきた地役の羽生惣次郎、粕屋与七はともに江戸払い。徹底抗戦を主張した羽生にとっては厳しいお裁きとなった。だが、同じくエトロフを落ち延びた地役の岡田武右衛門、梅沢富右衛門は、アッケシで同所詰合の大塚惣太郎に引き留められて思い留まり、ネモロ（根室）、クナシリあたりに引き返した。そのおかげでこの者たちはお咎めを受けず、その後も御勤めが叶ったのである。大塚惣太郎は見達御注進の折、落ち着いた物腰でこれを遇した者だが、この一件などもひとえにこの男の機転によるもので、その徳と言えるだろう。

また、リイシリ失態組の村上左金吾、内野五郎左衛門、森繁左仲にも江戸払いが申しつけられた。

間者となってエトロフ島に残った間宮林蔵は、その後どうなったのか。まずはシャナに戻り、赤人狼藉の跡を見分した。御公儀が何万両もの巨費を投じた場所は、全くの灰塵に帰しており、林蔵はやるかたない思いでそれを見た。そして漁場支配人の陽助ほか、山に逃れた者たちの無事を確認し、アイヌの民の様子も見廻った後、皆に遅れて箱館に戻った。関谷、児玉とともに江戸に出頭した林蔵は、シャナでの騒動につき一部始終を訴えた。当然のことながら林蔵はお構いなし。すぐに蝦夷地へ戻され、箱館奉行お雇同心格に昇進している。

事変翌年の秋、見達は年季が明けて蝦夷地を去ることになった。そこで御奉行への暇挨拶のため、松前に赴いた。事変の後、西蝦夷（北海道西岸部）、北蝦夷（樺太南部）も幕府の直轄となったのに合わせて奉行所も箱館から松前に移されていたからだ。事変当時の奉行、戸川筑前守安論、羽太安芸守正養は、監督不行き届きの責任を問われ罷免。この時松前奉行所にいたのは、後任の河尻肥後守春之であった。形ばかりのことにて門前にて辞すつもりであったが、門番が取次ぐと、意外にも「上がられよ」との御沙汰である。見達が対面所で控えていると、

「いやー見達殿。そなたとは一度ゆっくり話がしたいと思っておったのだが、もう蝦夷地を去られるか」

御奉行は入ってくるなり、気さくに語りかけてきた。

「そなたに聞きたいと思うたのは他でもない、昨年のことじゃ。方々から話を聞いてはおるが、それぞれに言うことが違うておってなあ。どうも分からん」

御奉行は、困ったように首を捻っている。

「それにしても、いち早く注進せんとのそなたの忠義ぶり、まことに殊勝である。いやいささか感じ入った。そこでじゃ、一度そなたの見たままを聞かせてほしいと思うておったのじゃ。話してはもらえぬか」

見達は改めて居住いを正し、

「恐悦至極に存じます。さりながら、我一介の雇医者なれば、言わば手下にござります。有体に申し述べれば、上にある人の悪しき様を露わにすることにもなりましょう。その儀は何とぞ御容赦こうむりたく存じまする」

「いやいや、大方のことは知っておる。それに人々の仕置きももう済んだ。露わにしたとて苦しゅう

はない。わしはただ本当のことが知りたいだけなのじゃ」

「そうまで仰せられるならば一つだけ申し上げたきことがございます」

「ふんふん」

御奉行は身を乗り出した。

「こたび赤人どもに散々乱暴され、皆々不覚をとって逃げ惑うたは、それがし、めでたきことと存じまする」

「どうしてじゃ」

「権現様幕府御開闢(かいびゃく)以来二百年。我ら昇平の御世に生まれ、武具は飾り付けの道具、武術兵法のことなど申す者あれば、あたかも狂人のごとくに思うておりました。これすなわち、治世の風俗にござりますまいか。それぞれの者の有り様とりどりにはござりましたが、こたびの敗走は全く太平の世に起こりし弊なれば、誠にめでたき御事と存じ奉りまする」

これを聞いた御奉行は、

「そうかもしれんのう」

と、苦々しく笑った。

一方この時、林蔵はカラフトにいた。林蔵はシャナでの汚名を雪(すす)ぐべく、事変の見分御用に蝦夷地を訪れた若年寄堀田摂津守正敦(まさあつ)に対し、

「カラフトからヲロシヤ国の都にまで至り、敵状を探りまいらせたい」

と、願い出た。この時、

「どのようにして参るつもりか」

と問われ、

「俘虜となって行きまする」

と、答えた。その意気込みが買われたか、

「我が国と他国との国境（くにざかい）を見極めてまいれ」

との命が下ったのだ。


林蔵はカラフトを通って大陸に渡り、アムール河畔の町デレンにまで至っている。そこには清朝の満州仮府が置かれていたが、ここで林蔵は現地の民と支那人との交易の様子をつぶさに記録した。そしてそれを『東韃地方紀行（とうだつちほうきこう）』としてまとめ、幕府に差し出した。しかしながら文化五年春から翌六年秋までの足掛け二年に及ぶこの踏査は、極寒の中艱難（かんなん）を極めた。「手指尽（ことごと）く腐壊痂結（ふかいかけつ）す」と今に伝わっている。凍傷で手指が朽ち果て、それが醜く固まっていた、と言うのだ。

この探査の中で林蔵は、カラフトが半島ではなく島であることを史上初めて確認した。そして帰還後、自らの実測に基づく『唐太図』を作成した。大航海時代以来の探査で、当時でも世界の沿岸図はほぼ正確に把握されていたのだが、実はこのアムール河口からカラフト北西部にかけての地域だけが唯一地図上の空白地帯として残されていた。はからずも林蔵はこの空白を埋めたことになる。後にこの唐太図がシーボルトによってヨーロッパで紹介され、林蔵はその名を世界に轟かすこととなる。

文化七年夏、見達は江戸の裏長屋にいた。北地の厳しさが堪えたか、見達は江戸に戻ってより病みがちとなった。近頃では寝床から身を起こすのさえ辛く、日がな一日まどろみの中にいる。

（若葉薫る山並み、涼やかな小川のせせらぎ。

高梁川を吹き渡る涼風が心地よく頬を撫でる。

臥牛山の山腹を淡い黄に染めているのは金縷梅の花だ。

御城下の美しい町並。土塀連なる通りの向こうからコロコロと小下駄の音がする。あの小気味よい足運びは……多美さんか！

見達はゆっくりと目を開けた。いつの間にか座敷で寝そべっている。

『ここはどこじゃ？　そうか、真瀬殿の御屋敷か』

なぜだろう、毎日訪れているのに総毛立つほどになつかしい。

『いやいや、すっかり寝入り込んでしもうたわい』

どこからか炊きあがる粥の匂いする。

『わしのために炊いてくれたのか』

身を起こそうとあがいた。だが手足が鉛のように重い。

『すまんが誰か手伝うてはくださらんか……』）

「先生！　見達先生！」

気が付けば、目の前に婆さんの顔がある。

「先生、どうなされました。ずいぶんうなされておいでででしたよ」

（夢か）

江戸に戻ってこの長屋で開業した見達だったが、患者と言えばこの婆さんくらい。今ではこの世話好きの婆さんが飯炊き婆のようにいついていた。へっついでは粥が炊けている。

「いつもすまんな」

「何をおっしゃいます。早く元気になってくださいまし!」

見達は、忙しなく立ち働く婆さんの背に向かって言った。

「わしもそう永くはあるまい」

「そんな気弱なことでどうなされます。病は気からと申しますぞ」

「どちらが医者だか分からんな」

それにしてもこの婆さんの明るさには癒される。

「一つ頼みがある」

「はい何でございましょう」

「ずいぶん世話になったが、礼をしようにも見ての通り何もない」

ここで見達は、枕元の大刀をぐいと引き寄せた。

「わしが死んだらこれを売って葬儀を出してくれ。残りは婆さんがとっておけ」

「また先生、縁起でもない」

婆さんは、けらけらと笑った。裏の柿の木で季節遅れの蝉がしきりと鳴いている。

(幼少の頃より武を好み、世が戦国ならばと思いを馳せたこともある。北の果てまで流れ、今こそ時を得たりと思うたが、我が意いささかも入れらず)

長屋の小さな窓に青い空が広がっている。ぽかりと浮かんだ雲は、まるでエトロフの島影のようだ。

（思えば船を連ねて白波を蹴立て、クナシリへ向かったあの時こそが、我が生涯の華であったやもしれぬ）

「もし病癒えるなら、今一度林蔵と相まみえ、あの折のことを語り明かしたいものよ」

見達のつぶやきは、婆さんの耳には届かない風であった。

見達が息を引き取ったのはそれから間もなく、文化七年八月九日（一八一〇年九月七日）、享年四十五歳であった。

＊　＊　＊

【丁卯（ていぼう）事変真相とその後】


そもそも丁卯事変とは何だったのか。

事の発端はエトロフ襲撃に遡る（さかのぼる）こと三年、文化元年（一八〇四年）のロシア船長崎来航にある。ロシア使節を率いるレザノフは、ロシア皇帝の侍従であると同時にカムチャッカに本拠を置く露米会社の創始者シェリコフの娘婿でもあった。露米会社とはアラスカがロシア領であったことからそう呼ばれたのだが、東シベリアからアラスカを本拠とするロシアの国策会社である。ラッコなどの獣皮を主な商品として扱っていたが、この時、日本との交易を会社発展の足掛かりにしたいと考えていた。

ロシア皇帝の国書を携え、満を持して日本にやって来た一行だったが、長崎港に半年も留め置かれた。その間、上陸も容易には許されず、半幽閉生活を余儀なくされた。その挙句の返答が、

「国書は受け取らぬ。贈答品の受け取りも拒否する。迷惑なのでもう来ないでもらいたい」

というものだったのである。幕府の外交理論からすれば、諸外国の王など外様大名と変わりなく、さらにその家臣ともなれば、陪臣に過ぎない。ヨーロッパ諸国間における外交儀礼の常識からは、あまりにもかけ離れた感覚であった。当然、この仕打ちはレザノフにとって屈辱に満ちたものだった。

追い返されたレザノフの怒りは容易に収まらず。勢い日本襲撃計画を練るに至る。カムチャッカのペトロパヴロフスク港に戻ったレザノフは、この時ロシア海軍から露米会社に出向中であったフヴォストフ大尉とダヴィドフ少尉にこの計画の実行を命じた。そして一八〇六年七月、ユノナ号、アヴォス号の二艦をもって出撃。当初の計画ではレザノフが直接攻撃を指揮することになっていたのだが、いよいよという段階で腰が引けた。と言うのも、

(このような暴挙がロシア皇帝の勅許も得ずして許されるのか。しかもにわか仕立ての戦闘員は猟夫の寄せ集めである。はたして十分な成果をあげられるのか)

と、急に不安になったからだ。そんなわけで、レザノフは途中寄港したオホーツクで下船し、計画を実行せよとも中止せよともつかぬあいまいな命令を残したまま陸路帝都ペテルブルグへの帰路に着いた。残された二人の指揮官、フヴォストフとダヴィドフは戸惑った。悩んだ末、当初の命令に従うこととし、一八〇六年十月にカラフト、また翌年の五月から六月にかけてエトロフ島およびリイシリ島への攻撃を決行したのであった。

当のレザノフは、帰路シベリア中央部の町クラスノヤルスクで病に倒れ、一八〇七年三月十四日(文化四年二月六日)に四十三年の生涯を閉じている。つまりエトロフ島襲撃の時、文化四年四月二十九

日には首謀者のレザノフはもはやこの世になかった。

フヴォストフ大尉とダヴィドフ少尉は襲撃後、米や酒、武具など喫水が下がるほどの戦利品を載せ、意気揚揚とオホーツクに入港した。だがここで待っていたのは、オホーツク長官ブハーリンによる二人の逮捕と積み荷の押収であった。罪名は「反逆罪」となっているが、一説にはおこぼれに預かれなかったブハーリンが不満をつのらせたとも言われている。しかし二人は機を見て脱獄、バイカル湖に近いイルクーツクまで逃げた。そしてこの地からロシア皇帝アレクサンドルI世に対して書面をもって許しを請うた。結果、一八〇八年五月、ようやく帝都ペテルブルクの地を踏むことができたのである。露米会社に出向して以来六年ぶりの帰還であった。帰還後二人は安閑とすることなく、ロシアと交戦中であったスウェーデンへの遠征軍に志願従軍する。そこで極東での汚名を雪ぐべく果敢な働きを見せ、その勲功により晴れて日本に対する私闘の罪は許されたのだった。

だが彼らの数奇な運命はこれで終わりではなかった。帝都に凱旋した二人は、医師で博物学者のラングスドルフが催す宴に招かれた。ラングスドルフは、かつてレザノフとともに極東まで周航し、長崎来航時にもロシア語で書かれた国書をオランダ語に訳すなど対日交渉に尽力した人物である。そしてフヴォストフ、ダヴィドフとはカムチャッカ滞在中に知り合った。二人が招かれたこの酒宴はユノナ号の元船長ウォルフがアメリカに帰国するに当たって開かれた惜別の宴であった。日本襲撃時に旗艦であったユノナ号だが元はこのウォルフの所有するアメリカの商船だった。この船を気に入ったレザノフが買い取り、日本襲撃に用いたのだ。ウォルフもそのまま船長として襲撃に加わったが、襲撃後は船を降り、極東からシベリアを経由してヨーロッパに至った最初のアメリカ人となった。この縁浅からぬ四人が集まると思い出話に花が咲いた。フヴォストフ、ダヴィドフにとってもこの三年余の日々には募る思いがあったに違いない。この日、したたかに酔い、上機嫌の二人は深夜ラングスドルフ教授邸を後にした。そしてネヴァ川に架かるイサーキエフスキイ橋にさしかかった時のことである。橋が壊れているのに気付かず、誤って川に落ち、ともに溺死。フヴォストフ三十三、ダヴィドフはまだ二十五歳という若さであった。一八〇九年十月四日（文化六年八月二十五日）のことである。

丁卯事変のその後である。ロシアによる襲撃事件を受けて幕府は奥羽諸藩に対し北辺のさらなる警固を命じた。さらに、

「異国船来たらば打ち払い、上陸せし者あらば召し取れ」

との政令（おふれ）を全国に発した。そしてこの襲撃事件の恐怖今だ冷めやらぬ中、新たな事件へと事態は繋がっていく。

四年後の文化八年（一八一一年）、ゴローニン少佐が指揮するロシア軍艦ディアナ号が、突如クナシリ島沖に現れた。南千島海域の測量を目的とした航海だったのだが、日本側が騒然となったのは言うまでもない。この時、ゴローニンは薪水食糧を求め、日本に対して平和的接触を試みた。しかしトマリの守備隊は上陸してきたゴローニン以下七名を騙（だま）し討ちのように捕縛し、幽閉してしまったのだ。これにより日露両国は、また新たな火種を抱えることになったのである。

# 北辺の御様子お伝え致し度候（たくそうろう）

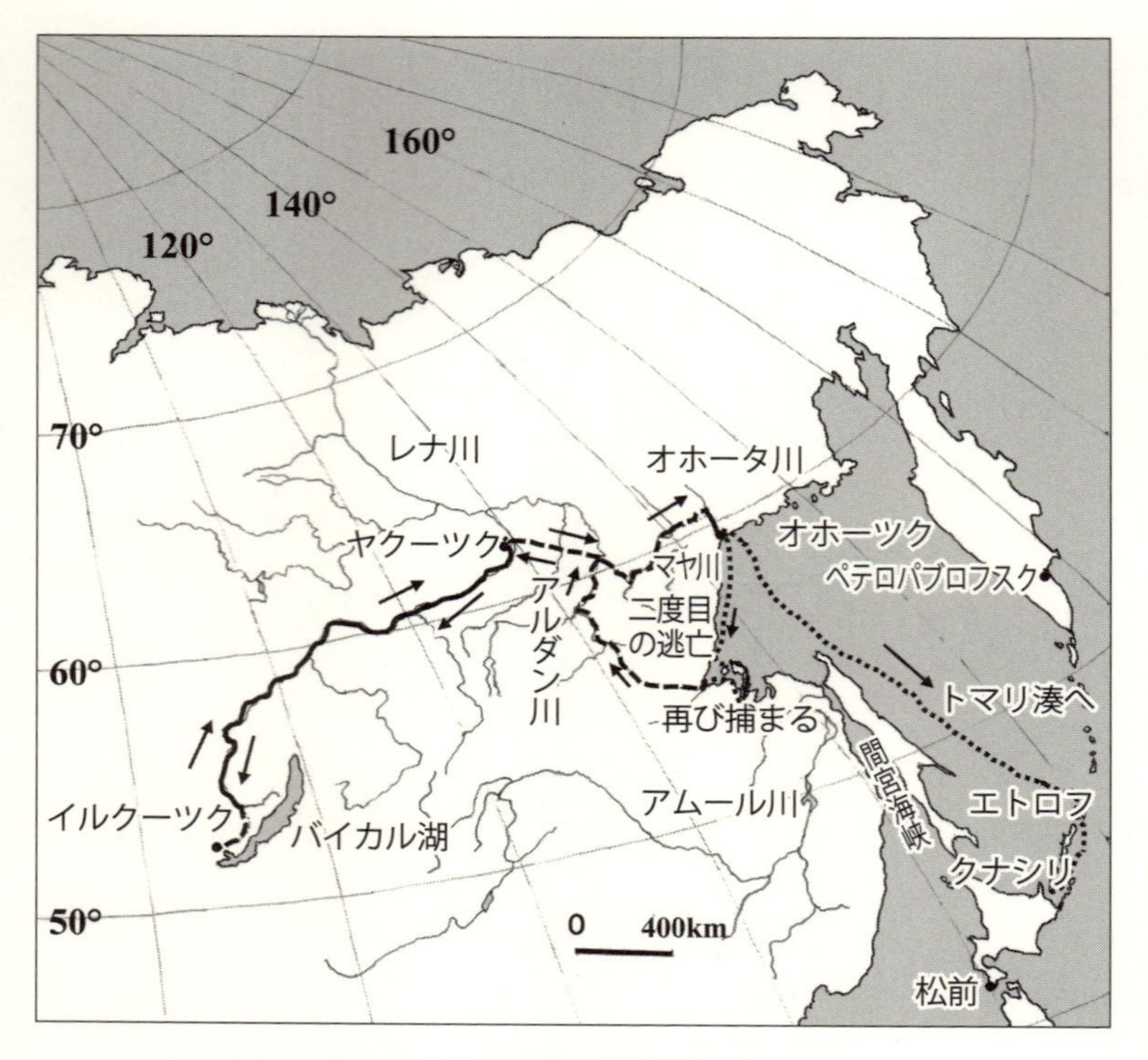


**五郎次のヲロシヤでの移動経路**

ヤクーツクとイルクーツクの間は凍ったレナ川を馬ぞりで移動。オホータ川は犬ぞりで移動。その他は馬またはトナカイに乗って移動。逃亡時は船または徒歩で移動している。

（中学校社会科地図　P.56　帝国書院編集部編　平成29年1月25日発行を参考に作成）

前略

北辺の御様子お伝え致し度候

江戸を発ってより早半年が過ぎたが、父上様、母上様、お変わりなくお過ごしであろうか。松寿丸の歩みもずいぶん達者になったことであろう。こちらでは先日、初雪が舞い、昼間でも火桶なしには過ごせぬようになった。蝦夷地で過ごす冬も二度目だが、またあの凍てつく寒さがやって来るかと思うとげんなりしておる。それがのう、そう震えてばかりもおれぬようになったのだ。クナシリで捕えたヲロシヤ人どもが、ここ松前に送られてまいった。ひと月ほど前のことだ。今、そのお取り調べに大わらわだ。

四年前の丁卯(ていぼう)事変は、そなたもよく存じておろう。ヲロシヤ船がカラフト、エトロフ、リイシリの番所や会所を襲ったあの不埒(ふらち)な事件のことよ。

「異国との大戦(おおいくさ)じゃ」

そんな流言に江戸中が上を下への大騒ぎだったよのう。

そこで我らが殿に白羽の矢が当たったわけだ。何とか事を納めてくれとな。何と言っても殿は上様の覚え殊(こと)の外めでたいからな。

それにしてもこたびの忙しさ、前回在勤の折とは比べものにならん。送られてきたヲロシヤ人の詮議に忙殺されておる。そのヲロシヤ人どもだが、捕えた経緯がこうだ。

あのいまいましい事件よりこのかた、番所、会所を守る者たちは、皆々気を引き締めておった。今度こそ返り討じゃとな。だがあれから四年、やつらももう来ぬのではないか、そう思われた矢先のことだ。また性懲りもなく現れおった。クナシリのトマリ湊の沖合いにな。我らが松前に入ってひと月にもならぬ五月二十八日のことよ。

備えは盤石だ。飛んで火に入る夏の虫とはこのことよ。トマリの会所を預かるのは奈佐瀬左衛門殿だ。奈佐殿は実に守備よくやったぞ。こちらの様子が見えぬように幔幕を張り巡らし、やつらが近付くのを見計らって、大筒を撃ち掛けたのだ。かねてからの手筈通りにな。だが敵もさる者、玉の届かぬところまで引き、悠然と船を浮かべておったそうだ。

さあ、どうする。ここで慌ててはならんぞ。まずは敵の出方をうかがうが肝要。ところがだ。いっこうに攻めてくる気配がない。そうしてしばらくの間、にらみ合いが続いた後、やつらは樽を一つ浮かべてよこした。中には米が一升ほどと黄金でできた銭が入っておった。

さてさて、ここは思案のしどころだ。そなたならどう考える。「先方は米がほしいのかもしれん」とは思わぬか。奈佐殿もそう考えた。だが、まずはその意図を確かめねばならぬ。そこで使者を立てたところ、案の定だ。薪水食糧を譲り受けたいとのことであった。しかし、よくもまあぬけぬけとそんなことが言えたものよ。先年あれだけの狼藉を働いておきながら。ずうずうしいにもほどがある。

だがな、ここで早まってはならぬぞ。こちらから事を荒立てれば、蛮行を働いたヲロシヤ人どもと同じになってしまう。

（寛大な心を示すも上様の御威光を表すことになろう）

奈佐殿はそう考えた。そしてこのように伝えさせた。

「小人数にて参るなら話を聞こう」

とは言え、油断はならんぞ。我らの警戒心を解き、突然襲うつもりやもしれん。

翌日、やって来たぞ、小舟に乗ってな。頭分が三人と足軽が四人、それに通詞を勤めるアイヌの男が一人だ。同心三人で出迎え、会所の内に引き入れた。大将は名をゴローニンと申した。そしていよいよ会見だ。庭先に並べた床几に向かい合って腰掛けた。まずは場をなごまそうと、奈佐殿は茶と茶菓子でもてなしたぞ。だがな、会所内はピリピリしておったそうだ。それはそうであろう。警固に当たる者の中には四年前の狼藉を目の当たりにした者もおるからな。

この時、ゴローニンは書状を持参しておった。エトロフ出張中の石坂武兵衛殿が認（したた）めたもので、大意はこうだ。

「この者ども遠路航行中、薪水食糧尽き果て、はなはだ難儀いたしておるよし。何ら害意なきにつき、何卒（なにとぞ）御慈悲賜らんことを」

ゴローニンが申すには、エトロフの海岸で偶然出会った石坂殿からこの書状を受け取ったと。これまでの神妙な態度を見ても、嘘ではなさそうだ。だが、何ゆえ我が方の島のまわりをうろついていたのか、解せぬところもある。奈佐殿はこう言った。

「そなたらの意に沿うよう万事力を尽くそう。だがそれには御奉行の御差配を仰がねばならぬ。よってしばし当地に留まられるがよい。ついては手前勝手に船出されぬよう幾人かを当会所にお残しいただきたい」

至極当然の言い分であろう。だが「どのくらい待つのか」と訊かれ、

「さて、ひと月、いや四十日はかかろう」

と答えると、にわかにゴローニンの顔つきが変わった。しばし落ち着かぬ様子でまわりを伺っていたかと思うと、突如席を立ち、表門に向かって駆け出したのだ。もうこうなっては捕らえぬわけにはいくまい。七人の内、大方は会所内で取り押さえたが、ゴローニンだけは乗ってきた小舟の近くまで逃げおおせた。だが万事休すよ。会見中に潮が引き、船が浜に乗り上げていたのだ。呆然と立ち尽くすゴローニンを取り囲み、縛につかせたというわけだ。

元船に残るヲロシヤ人どももその様子を見ておったのだな。たちまち大筒を撃ち掛けてきた。しかし当方にさしたる痛手はなく、ついにはあきらめて沖合いへ去ったと言う。

だが、やつらとてこのまま引き下がるはずはあるまい。この先、いかなる手立てを講じてくるであろうか。頭の痛いことだ。

それにしても我らが殿は御立派なお方だ。この大事に何ら動じることなく振舞われておる。先日もヲロシヤ人どもを白洲に引き出して吟味した折のことだ。

「松前奉行、荒尾但馬守（たじまのかみ）様、御出座にござりまする」

呼び出しの声が高らかに響く中、襖（ふすま）がするすると両袖に引かれ、殿は静々と御座に向かわれた。衣ずれの音も凛々しく、太刀持ちを従えて進む御姿は、それはそれは神々（こうごう）しいばかりであったぞ。皆の者が頭（こうべ）を垂れる中、ヲロシヤ人どもは突っ立ったまま己（おの）が額に右の手を添えておった。ちょうど遠見をするようにな。どうやらそれが敬意を表す西洋のしきたりであるらしい。御着座になられた殿は皆の者をゆっくりと見回し、顎を軽く引いて答礼なされた。桟敷では吟味役の高橋三平様と鈴木甚内様が殿の両脇を固め、我ら近習の者は殿の後ろに一列で控えた。

お取り調べは姓名官職を名乗らせることから始まる。ヲロシヤ人は、どやつも顔中髭だらけでな。誰が誰だか区別もつかん。もっぱら受け答えするのが大将のゴローニンだと分かるくらいだ。

それにつけてもこのお取り調べはなかなか厄介であったぞ。と言うのもヲロシヤ語を解す者がこちらにはおらんからな。まず、やつらの通詞をしているアイヌの者がヲロシヤ語を蝦夷語に直し、それを蝦夷通詞の熊次郎が殿に言上するという具合だ。間に二人も挟むのだ。何を言っているのか、さっぱり分からんこともしばしばであった。

だが、さすがは殿だ。言葉足らずなどお気に止める様子もなく、常に泰然としておられた。事前の取調書に目を通しておられたからな。大概のことはすでにご存じであった。こたびの捕縛が偶発的なものであることも重々御承知だ。ここでしかと確かめたきことは、彼らが我が方の島に立ち寄った真の理由、とりわけ四年前の丁卯事変との関わりだ。かと言って居丈高に問いただしても、すんなり答えるはずがあるまい。まず殿はこう切り出された。

「その方、両親は存命であるか」

ゴローニンは怪訝な顔をしておったな。さらに、

「父の名は何と言う」「兄弟はおるのか」「妻や子はどうじゃ」

と尋ねた。このような状況だ。やつらも気が立っておろう。まずは心を解きほぐさねばならぬ。殿の語り口は、終始友に語りかけるように穏やかであった。それからだ、じわりと本題に切り込んだのはな。

「その方ら何ゆえ当地に参ったのか」

ゴローニンはこう答えた。

「カムチャッカに必要な物を送り届けるためである」

「しからばなぜ我が国の島に立ち寄ったのか」

「カムチャッカからの帰途、薪水食糧の補給に迫られたからだ」

少し間をおき、殿はゴローニンを見据えて、こう仰せになったぞ。

「長崎以外の湊に立ち寄りし異国船は全て焼き払い、乗っている者は生け捕りにして終生監禁に処すべき法令が我が国にはある。そのこと先年長崎に来航したレザノフ一行にも申し伝えておるが、その方らはそれを知らなんだのか」

するとな、ゴローニンはこう言い放った。

「うわさには聞いている。しかし交易を求めるならまだしも付近を航行中助力を求めて立ち寄った船にまでその法令が及ぶとは聞いていない。けだし、いかなる蛮族であってもそのような船を助けるのは万国の定法であると解している」

言いよるわ。殿はゴローニンの話す様子をじっと見ておられた。わしの見るところ、殿がまことに見定めようとしておるのは、この男が人として信ずるに足るかどうかだ。この時、殿はゴローニンをひとかどの人物と見たようだ。だが、その言い分に隅々まで嘘がないとは言い切れぬ。確信が得られねば、御老中方への報告もできぬ。最後に殿はゴローニンに尋ねた。

「何か望みがあらば申してみよ」

するとゴローニンはこう言ったぞ。

「我々の希望はただ一つ、祖国に帰ることである。それが叶わぬのであれば死を賜りたい」

殿とゴローニンはしばし黙したまま互いの目を見つめておった。そして殿は静かにこう諭した。

「日本人も異国の民も皆、人であり同じように心を持っておる。よっていたずらに恐れ悲しむことはない。御公儀ではこたびのことをよく吟味し、そなたたちの言うことに嘘偽りがないと判明したならば、一同をヲロシヤへ帰国せしめるであろう。よってそれまでの間つつがなく暮らせるよう、できる限りの努力をいたそう。ついてはくれぐれも体をいとうてもらいたい。衣食に不自由なことあらば、遠慮なく申し出るがよい」

これを聞いてヲロシヤ人どももやや安堵した風であったな。

「決して絶望せず、神に祈ってこの事件の顛末を根気強く待つがよかろう」

そう言い添えると、殿はさっと御座を立たれた。

殿は、何とか事を荒立てることなく納めたいとお思いだ。言っておくが、決してヲロシヤとの戦に臆(おく)しているのではないぞ。深いお考えあってのことだ。後日、殿はわしにこう言われた。

「のう、仲兵衛。この広大な蝦夷地をいかにすれば守ることができると思う。丁卯事変の折の我が方の体たらくは、そなたも聞いておろう。会所を守るべき者たちは、ヲロシヤ人の襲撃を受けるや、ほうほうの体で逃げ出してしもうた。だがな、あの者たちとて特に無能であったわけではないぞ。日々のお役目は滞りなくこなしておったのじゃからな。要は今の幕府には、あのような変事に対処できる者がおらぬ、ということじゃ。仮に二万三万と兵を取り揃えたところで、それがいったいいかほどの備えになろうか。しかも幕府の台所は今や火の車じゃ。そのようなこと、何年も続けておってはとてもたちいかぬ。

事変の発端は七年前、レザノフが求めてきた交易をはねつけたことにある。それゆえエトロフの会所が襲われたのだ。ならば、わしはこの蝦夷地で湊を開き、交易を認めてやってもよいのではないかと思うておるのだ。『鎖国は祖法である』そう御老中方は判を押したように言う。だが天地万物は日々変転しておる。人のこしらえた法とて、いつまでも旧のままにしておくことはできまい。むろん、先年のヲロシヤの狼藉はけしからぬ。しかし、その過ちを彼らが認め、謝するのであれば、今彼らに交易を許して恩を売っておくことは、当地における末代までの憂いを除くことになりはせぬか」

殿のお話を聞き、わしは胸が熱くなった。このような難事を安んずることができるお方は、我が殿を置いて他にはおらぬ、改めてそう思ったぞ。

年が明け、海の氷が融ければ、必ずヲロシヤ船が戻ってこよう。それまでに何としてもあの頭の固い御老中方を説き伏せねばならぬ。殿の御心労がしのばれる。わしにはさしたることもできぬが、骨身を惜しまず奉公するつもりだ。そなたも体をいとい、父上、母上、松寿丸のこと、くれぐれも頼んだぞ。また便りいたす。

早々

文化八年十月十五日　　朝比奈仲兵衛

菊殿

＊　＊　＊

一筆啓上仕(つかまつり)候

皆元気とのよし、はなはだ安堵いたした。今少し暖かくなれば、小笠原伊勢守様が在勤奉行として松前へおいでになる。そうなれば晴れて我らも江戸に戻れるというわけだ。もうじきだ。

さて、それにつけてもヲロシヤ人どものことだ。殿があれほど大事にしておったというのに、こともあろうか逃げ出しおった。三月二十四日のことだ。年が明けてからというもの、殿はあやつらに市中の散歩まで許した。立派な屋敷もしつらえてやった。その屋敷には池のある庭まで付いておるのだぞ。監視の番卒と棟割同居ではあるがな。それでも牢のような置所(おきしょ)に比べれば、居心地は申し分ないはずだ。ヲロシヤ人どもを新居に移すとき、殿は彼らを呼んでこう申し渡した。

「今日からはこの新居に住まうがよい。賄(まかな)いも一段とよいものに改めよう。番人の者どもと伴に暮らすことになるが、同胞兄弟と思うて心安く暮らすがよいぞ」

上等な反物で彼らの上着に似せた着物まであつらえさせたのだぞ。何不自由ない暮らしではないか。

ところがある朝、番人が屋敷内を覗くとゴローニンをはじめヲロシヤ人六人の姿がない。布団は人が寝ているような細工がしてあり、夜中の見廻りでは気が付かなんだそうだ。庭を囲む板塀には忍び返しも付けてあったが、塀の下を掘って抜け出したのだ。

だが、安心せい。八日八晩さまよったあげく、江差の山中で窮しておるところをあえなく御用となった。ゴローニンは逃げる途中足を傷めたらしく、ひきずりひきずり、それは情けない姿であったわ。

「このような怪我までして、これからいかがするつもりであったのか」

そう問いただすとな、小舟を奪ってヲロシヤまで帰るつもりであったと言うではないか。羅針盤のようなものまで持っておったぞ。いつどのようにしてこしらえたのか。帰路の食糧に乾飯（ほしいい）のような物も用意しておってな、どうみてもかなり前から準備していたのは明白だ。

逃げられたとあっては大失態。そのようなことになれば、殿は御腹を召されねばならんのだぞ。このたびの一件を穏便に取りまとめようと、どんなに殿がお心を砕いておられるか、やつらには分からんのか。全く人の恩を踏みにじる不届きこの上ない行いではないか。だが、取り調べに際して殿は常のごとくに穏やかであった。

「そなたら何ゆえ逃げようと思ったのか」

するど、ゴローニンはこう答えた。

「今回の脱走は、自分一人の考えで行った。他の者たちは私の命に従ったまでである。なぜなら命令に従わぬ者は、帰国した際罰をこうむるからだ。したがって責めを負うべきは自分一人であり、殺すなら我が身一つにしてもらいたい」

それを聞いた殿は、毅然としてこう言い放った。

「そなたらを殺す必要を認めれば、頼まれなくても殺す。だが、その必要なくば、いかに頼まれようともそのようなことはせぬ」

その時だ。逃亡に加わらなかったムールが口を挟んだ。

「ゴローニンは嘘をついている。皆自分の意志で逃げたのだ。現に私は従わず残ったではないか」

どうやらヲロシヤ人どもも一枚岩ではないようだ。それはさて置き、殿は再びゴローニンに尋ねた、

「何ゆえ逃げたのか」と。すると、ゴローニンはこう言うのだ。

「それは我々を永久に閉じ込めておく幾多の兆候がみられたからである」

何を根拠にそのようなことを言うのか、わけが分からんではないか。

「その方らをずっと監禁しておく意向など示したことはないぞ」

そう殿が仰せになるとな、

「江戸からは相変わらずヲロシヤ船を打ち払うべしとの書状が届いているではないか！」

と、言い返した。さらに、

「昨年の暮れに江戸からやって来た間宮林蔵は我々を間者であると断じ、その旨の建白書を江戸へ送りつけていると聞く」

確かに林蔵はヲロシヤ人どもを「断固糾弾すべし」と度々殿にも言上しておった。何せあの男は丁卯事変の折、エトロフで手痛い目にあわされておるからな。

林蔵はあの事変の後、カラフトから満州にまで至る命懸けの踏査を成し遂げ、御老中方にも一目置

かれている。それゆえ高々御雇同心格とは言え、北辺のこととなると無下にはできぬ。殿も林蔵の扱いには手を焼いておるところよ。

だが妙ではないか。なにゆえゴローニンがそのことを知っておるのだ。殿も不信に思われてな、

「誰がそのようなことを申したのか」

と問うと、ゴローニンが一言、

「サダスケ」

それを聞いて殿は通詞の貞助をきっとにらんだ。その威容、そばで控えておるわしまで縮みあがったぞ。貞助は地べたに這い蹲(つくば)って、殿の詰問に青くなったり赤くなったり、しどろもどろだ。

以前にも言うたと思うが、殿はヲロシヤ語のできる通詞がおらんので甚だ難儀しておった。異人の言葉なら似たようなものだろうと、蝦夷通詞の熊次郎にヲロシヤ語を学ばせたのだが、これがどうにも飲み込みが悪い。そこで奉行所の書吏をしていた貞助に命じて、これに当たらせることにした。貞助は、年は若いが筆が達者で仕事も早い。この男ならばとあてがわれたわけだ。しかし、学ばせると言っても当のヲロシヤ人たちから学ぶ他はない。そううまくはいかんだろう、皆そう思っておった。ところがだ。この男、筋がよいと見えて、みるみる上達してな。ほどなくヲロシヤ人とのやりとりにも不自由しなくなったのだ。

殿も重宝しておる。いや、かわいがっていると言ってもよいな。ややもすれば用人の我らを差し置き、おそばにはべらせることもしばしばであった。そんな中で殿のお嘆きあるのを聞いていたのであろう。御役目とは申せ、ヲロシヤ人のもとに通い詰めるのだ。いつの間にか気を許し、つい話してし

まったのだな。貞助ばかりを責めるわけにもいくまい。

殿は話を転じた。

「では、わし宛ての書状を書いたのは誰じゃ」

ゴローニンたちは逃亡に当たり、「通詞役のアイヌの者への処分を寛大なものにしてほしい」と認めた置き手紙を残しておった。するとな、

「それは私です」

と、ムールが言うのだ。

「私ではありますが、ゴローニンの命に背けなかったのです」

いかにも自分は一味ではないと言いたげだった。だが、これには皆唖然としたぞ。つい今しがた「自分だけはゴローニンの命に従わず、逃亡に加わらなかった」と言ったばかりだ。その舌の根も乾かぬうちにこう言うのだからな。

ムールには前もって陳述書を書かせてあった。その中でも自分だけは助かろうという存念がありありと見て取れた。

このときの殿は、寂しげであったな。ヲロシヤの都からはるばる当地まで来る間、幾多の困難を伴に乗り越えたはずだ。その仲間を裏切るところまで追い詰められておるのだからな。ムールは、なかなか押し出しのよい男前であったが、囚われの身で一年近く過ごすうちに心を病んでしまったのだろう。それを憐れんでおられるのだ。

殿は改めてゴローニンの方へ向き直り、語りかけた。

「いかにその方らと言えども、小舟でヲロシヤまで戻るのは難しかろう」

「島伝いに北に向かえば、必ず戻れるはずである」

「万一ヲロシヤへ帰れたなら、我らのことをいかに申し述べるつもりであったか」

　これに対してゴローニンはきっぱり言い切ったぞ。

「当地で見聞きしたことを何の誇張もまた何を差し引くこともなく、ありのままに伝えるでありましょう」

　その言葉に殿はいささか口許を緩められた。（なかなか言いよるわい）そんなお顔であったな。そしてこう申し渡した。

「もしその方らが我が国の者であったなら、こたびのことは重罪に値する。しかしながら、そなたたちは異国の民であり、我が国の法を知らぬ者である。また、こたびのことは祖国へ帰りたい一念より起こしたこと。何ら我が国に害をなそうとするものではない。人であれば故郷を思わぬ者はおらぬからのう。

　よってわしはそなたたちに対し、これまで通り接するつもりじゃ。ただ、江戸におられる御老中方が何と思われるか。わしからできる限りの取りなしはいたす。さりながら、差し当たって落着（らくちゃく）まで入牢を申し付ける」

　まったく、また殿のお仕事が増えてしもうたわい。江戸に戻っても御老中方への周旋に奔走せねばならぬ。何とか穏便に納まるのを願うばかりだ。

　それにしても早く江戸に戻って、そなたや松寿丸に会いたいものだ。そなたたちと離れて暮らす一年は、もう何年にも思われる。故郷に戻りたいと思うあやつらの心も今のわしと変わらんのかもしれんな。まだまだ寒い日もある。風邪などひかぬよう気をつけるのだぞ。わしが戻るまで皆のこと、くれぐれも頼む。

文化九年四月四日　　朝比奈仲兵衛

菊殿

＊　＊　＊

菊、帰ったぞ。えらく冷え込んできたな。帰り道、小雪がちらついておったぞ。すまぬが熱い茶を一杯もらえぬか。この春、蝦夷地より戻った折はなんと暖かなところかと思ったが、年の瀬ともなると、江戸の町もなかなかに寒いものよのう。もっとも蝦夷地の冬に比べれば、何のことはないがな。殿が在府奉行となられ、やっと一息つけると思ったが、そうもいかんようになった。御同役の小笠原伊勢守様がお亡くなりになったのだ。松前在勤の奉行がいなくなってしまった。御後任に服部備後守様が当てられたが、事の次第を承知しているのは殿だけだ。結局、在勤奉行の御役目も殿が一手に担わねばならんことになった。

それにしても小笠原伊勢守様は、まことにお気の毒なことであった。ヲロシヤ人が見上げるほど背の高いお方でな。松前でお引き継ぎした折には、いたってご壮健のようにお見受けしたが。やはり七十五というご高齢のお体には蝦夷地までの長旅が堪(こた)えたのであろう。

それはそうと例のヲロシヤ人どものことだ。これがますます厄介なことになっておる。この夏再びトマリ湊の沖にヲロシヤ船が現れたことは話したであろう。なに、よう憶えておらんと。しょうがないやつだ。もう一度話して聞かすゆえ、今度はしかと憶えておくのだぞ！

こたびヲロシヤ船は、現れるとすぐにトマリの会所へ使者を遣わしてきた。ゴローニンらの安否と在所を教えろとな。指揮を執っているのはリコルドという男だ。大将だったゴローニンが囚われた後、この男が代わってヲロシヤ船を率いているのだ。

なになに、異人の名は憶えるのが難しいと。そうだな。だがな、この名はよく憶えておけ。でないとこの先、話が分からんようになるからな。リコルドだ、リコルド。うん、何度も出てくるゆえ、まあそのうち憶えればよい。

今、トマリの会所を預かるのは奈佐殿から代わった太田彦助殿だ。このとき太田殿はどうしたと思う。事もあろうに、

「とっくに殺してしもうたわ」

そう言って使者を追い返したのだ。ヲロシヤ人どもが怒りにまかせて攻め寄せたところを返り討ちにしてやろう、そんな腹積もりだったらしい。それにしてもあまりに浅慮と言わざるを得まい。本当に戦になっておればどうする。ますます納まりがつかんようになるところであったわ。強硬派御老中へのおもねりもあってのことだろうが。この顛末を聞いた殿のお怒りようは尋常ではなかったぞ。静かに打ち震えるお姿に背筋が凍りついたわ。

だがな、このリコルドという男、なかなかの利口者と見える。その返答に対し、書面による回答を

求めてきたのだ。それに対して太田殿は返事をしなかった。書面を残せば、あとあと面倒なことになると思ったのだろう。いつまでも返事がないので業を煮やしたのだな。リコルドは、たまたま通りかかった高田屋の船を捕らえて嘉兵衛をはじめ五人の者をヲロシヤへ連れ去ってしまった。また新たな火種を抱えてしまったわけだ。

だがな菊、望みがないわけではないぞ。船上で一部始終を見ていた水主（かこ）の話ではな、

「リコルドにはいささかの害意もなく、嘉兵衛たちに対する態度もすこぶる丁重であった」

と、言うのだ。ただただゴローニンたちの身を案じておる様子であったとのこと。さあてこの始末、どのように付ければよいものか。殿も頭を痛めておいでだ。

ん、これはうまい茶だな。体の芯まで温まる。

そうそう、それはそうとな。今日、霊巌島（れいがんじま）の蝦夷会所で、おもしろい男を見たぞ。ヲロシヤ船から使者として遣わされた男だ。年は四十五、羅紗（らしゃ）の筒袖（つつそで）に皮の股引など履いておるが、ヲロシヤ人ではないぞ。髭も月代（さかやき）も伸び放題だが、まぎれもない日本人だ。小男ゆえヲロシヤの着物がだぶだぶでな。あの姿、異国の装束など見たことがないそなたでもおかしく思うであろうよ。

名を五郎次と言うてな。ほれ、先の丁卯事変でヲロシヤへ連れ去られた者がおったであろう。その男よ。元は津軽の漁師であったらしいが、蝦夷地へ出稼ぎに来ていた折、字も書けて小才も利くゆえ、同地で番人に取りたてられた。そこで件（くだん）の難に遭ったというわけだ。それにしても五年も前の話だ。

よく生きて戻れたものよ。

お取り調べは、蔵と勘定所に囲まれた広場で行われた。広場に面した帳場の縁側を桟敷に見立て、我ら用人は例によって殿の後ろに陣取った。なになに、なぜ町奉行所の御白洲ではないのかじゃと。ばかを申せ！　この一件は箱館奉行の管轄ぞ。江戸町奉行などが手出しできる道理がないわ！　いやすまぬ。殿のお立場を思い、ついむきになってしもうた。そなたは政を知らぬゆえ、そう思うのも無理はない。本来、蝦夷会所は蝦夷地の産物を扱うところだからな。お取り調べをする所ではない。こたびのことは異例中の異例だ。話を続けるぞ。

広場の真ん中に引き出された五郎次は神妙にうつむいておった。経緯はどうあれ、異国で暮らした者は罪人だ。

「その方、先の事変においてエトロフのナイボにて囚われし番人、五郎次であろう」

殿が問いただすと、五郎次は「へえ、相違ございません」と答えた。だが妙なのだ。と言うのも、リコルドからの書状にはこの男の名を良左衛門と記してあった。

「では何ゆえ良左衛門などと偽りの名を申したのか」

五郎次は、こう言った。

「ヲロシヤ人どもをたぶらかすためにございます」

これには一同失笑したぞ。

「重き役目の者ならばともかく、番人のような端役が良左衛門であろうが五郎次であろうがさしたる違いはなかろう」

殿がそう仰せになるとな、

「へへー、これはとんだ心得違いをいたしておりました。お許しくださいませ」

と、平伏しておったわ。よく聞けば、ヲロシヤ人どもから「ゴロージ、ゴロージ」と呼び捨てられるのが癪に障り、口からでまかせに名を変えたのだそうだ。

五郎次がナイボで囚われた折のこと、ヲロシヤの大男たちが五、六人も馬乗りになって有無を言わさず縄をかけられたらしい。まるで熊が人を狩るようにな。

「あの折はほんに悔しゅうございました」

そう言って、目に涙を浮かべておったな。その上「ゴロージ、ゴロージ」では腹が立つのも無理はない。殿が、

「その方がヲロシヤに連れていかれたあと、いかが相成ったか、その顛末一切を申してみよ」

そう仰せになるとな、

「へえ、それはそれは辛く苦しく、笑うた日など一日たりとてございませんでした」

と、言って話し始めたぞ。そのあらましがこうだ。


五郎次は、ともに囚われた左平と二人、薄暗い船倉に十日も押し込められた。ようやく降ろされたところは、森に包まれた湊だった。その様子から、かなり北地だと分かった、そう申しておったな。町の名はオホーツクだ。下船するとたちまち鑓(やり)付き鉄砲を持った足軽に取り囲まれた。このときは、

(もうこれで終いじゃ)

と、思ったそうだ。

ところが、どういうわけか二人はこのあと湊の交易所で養われることになった。その交易所というのが、丸太をいくつも積み重ねた小屋で、どの部屋にも大きなかまどが据えてある。おかげで家の中は冬でも襦袢(じゅばん)一枚で暮らせるのだそうな。蝦夷地より北地でいかにして暮らすものかと思ったが、それなりの備えがあるものだな。

彼の地の代官は存外優しく、

「おまえたちが早く国に戻れるよう、今、王都に書状を遣わしておる」

と、言ったらしい。

それにしても解せぬではないか。王都に伺いを立てるとはどういうことだ？　この狼藉を直接命じたのがレザノフであることは分かっておる。問題はそれにヲロシヤ王の裁可があったかどうかだ。そこがまさに我らの確かめたきところなのだ。ゴローニンらの処分にも関わる話ゆえな。ヲロシヤ船による狼藉について、ゴローニンはこのように言っておった。

「我が偉大なるヲロシヤ王が、たった二艘の商船で日本の小島を襲わせるなど、ありえぬ話ではないか」

それも道理だが。

そもそも何ゆえレザノフがそのような命を下したと思う。それはな、今から八年前、文化元年のことだ。このレザノフを乗せたヲロシヤ船が突如長崎にやって来て、我が国と交易したいなどと言いおった。もちろん祖法に則(のっと)り断ったが、それを逆恨みしてのことなのだ。だがな、決して彼の者を粗略に扱ったわけではないぞ。入用な品々は全て与え、丁重にヲロシヤへ送り返したのだ。にも関わらずだ。けしからん男であろう。しかし、そのレザノフもすでに病にて果てたと聞く。さてこの一件、落し所をどうするかだ。頭の痛いことよ。

おおそうであったな、五郎次のことよ。二人は年が明ければきっと日本に戻される、そう思っていたらしい。ところが、年の瀬のことだ。突然代官が交代すると風向きが変わった。

「ヲロシヤ国始まって以来の日本売りじゃ」

などとふれまわり、我が方から奪った品々を売り飛ばし始めたそうだ。これには五郎次たちもたまげた。

（我らも人買いに売られ、永代奉公の憂き目を見るに違いない）

そう思った。それはそうであろう。あのゴローニンさえ我らから逃げようとしたのだ。ましてや五郎次らの扱いは、食い扶ちさえ十分とは言えなかったようだからな。

春になるのを待ちかねて、二人は逃げた。だが辺りにはまだ雪が消え残り、河の水は身を切るほどに冷たかった。時折吹雪くことさえあったと言うぞ。この寒さだがな、何と言えばよいかのう。手足がちぎれんばかりに、いやいやそんな生やさしいものではないな。これは蝦夷地へ行った者でなければ分からぬであろうな。

野を駆け、河を渡り、二人は必死に逃げた。だが北地の夏は短い。暖かくなったかと思えば、もう秋だ。冬に備えねばならん。苦心惨憺（さんたん）、鮭を獲っているところを追手に見つかり、あえなく御用だ。

また交易所に連れ戻された。

　そうそう、五郎次らが預けられた交易所だがな、何を商っていると思う。驚くな。獣の皮じゃ。皮をどうするのかじゃと。それがのう、兎や狐ことに黒テンの毛皮はえらく高値で売れるのだそうだ。ヲロシヤの都に送るほか、清国とも交易しておるらしい。

　五郎次は、これら商い方にもよう通じておってな。それにヲロシヤ語の読み書きまでできるのだ。紙と筆を所望すると、

「ヲロシヤ文字のイロハにございます」

　そう言ってすらすらと書きおった。それがまたミミズがのたくったような字でな。何が何やらわしにはさっぱりだ。おそらく交易所の者にでも習ったのだろう。

（万が一にもヲロシヤと日本の交易が始まれば）

　そう考えてのことであろうな。この男、転んでもただでは起きぬやつよ。


　それから一年ばかりはおとなしくしていたらしい。だが、再び逃げた。午年の五月のことだ。囚われたのが卯の年だからな、彼の地で迎える三度目の春ということになるな。

　こたびは前もって交易所で磯船を借り受けた。だがな、まさか逃げると言って借りるわけにもいくまい。アザラシ漁をすると偽ったらしい。また、交易所で風呂焚きをしていたヲロシヤ人の男も誘ったそうだ。

「鉄砲がうまく、猟方に通じておるので引き入れましてございます」

そう言っておったが、おおかた日本に行けば銭儲けができるとでも言ってそそのかしたのだろう。しかし、明日には発つというときになって、急に左平が尻込みしたらしい。先の逃亡がよほど辛かったのだな。翌朝、いよいよ五郎次たちが出立となると、左平はまた心変わりした。

「やっぱり行く」

となあ。故郷への思いが捨て難かったのだな。

そして三人は、海に漕ぎ出した。勇んで出たまではよかった。だが海はまだ氷がびっしりだ。岸に近付くことさえできず、夜は氷の上で寝たと言っておったぞ。それでも、どうにかこうにかカラフトの北の端辺りが望めるところまでたどり着いたらしい。カラフトの北端と言えば、あの間宮林蔵が見てきたところだ。そう思えば、まんざら戻れなくもなかったのかもしれんな。

だが、そこまで。何度も言うが、北地の夏は短い。みるみるうちに海は凍り、陸は一面の真っ白だ。もうこうなっては冬支度どころではないぞ。さし当たっての食い物にも事欠く始末。

五郎次は、満州蝦夷の村をまわって慈悲を請うた。だが、北の果てだ。どの村も貧しい。居候などよい顔をされる道理がないわ。しぶしぶ承知してもらったが、ろくな物はあてがわれなかった。あるとき、寄り鯨の煮物を出されたが、これがどうみても腐っておる。とても食えたものではない。それを左平はたらふく食った。

「食って死ぬのも食わずに死ぬも同じことじゃ」

と、言ってな。案の定、夜中にウンウン唸り出し、二日二晩苦しんだあげく、三日目の朝には冷たくなっていたそうだ。かわいそうに毒見に使われたのだな。「一度は行かぬと言うたものを」と、五郎次も悔いておったな。

それからというもの、食い物と言えば、一日に三寸ばかりのカレイの干物が三切れだけ。あまりの空腹に立てば目が眩み、横になって目を閉じればそのまま死ぬのではないかと寝付けなかったそうだ。

「あれほどのひもじさは、聞いたこともございません」

そう言っておったぞ。いっしょに逃げてきたヲロシヤ人の男もたまりかねて「オホーツクへ帰る」と言い出した。そして五郎次が止めるのも聞かず、小屋を出ていってしまった。だが結局は行き倒れだ。とうとう五郎次は一人になってしまったたわけだ。

吹雪の夜など、寝ていると風の唸りが人の叫びにも聞こえ、立ち上る焚火の炎を眺めながら思ったそうだ。

(左平め、わしの言うことも聞かずに勝手に死におって。何ゆえわし一人がこれほどの苦しみに耐えねばならんのだ。死んだおぬしの方が、よほど安楽ではないか。魂あらば出でよ。恨みごとの一つも言わせてくれ)

とな。

ようやく春の兆しも見え始め、五郎次が逃げ支度を始めたまさにそのとき、またもや追手のヲロシヤ兵がやって来た。そして、たちまち五郎次の小屋は取り囲まれてしまった。万事休すだ！　だが「参れ」と言われてもそうやすやすと従うわけにはいくまい。せっかくここまで逃げてきたのだからな。行くの行かぬのと三日も押し問答が続いたあげく、しぶしぶ軍門に降ったようだ。また無理やり縛りあげられてはかなわんからな。

こたび連れていかれたのは、ヤクーツクという町だ。元いたオホーツクからはヲロシヤ道法で西におよそ九百三十里。ヲロシヤの四里が我が国の一里と言うからな。ざっと二百三十里も内陸に入ってしまったわけだ。ますます日本から遠ざかってしまった。五郎次は、そこではじめてゴローニンらの一件を聞いたらしい。このときばかりは大はしゃぎしたそうだぞ。

「それはそれはうれしく、そこら中を跳ね回りましてございます」

と言っておったな。ヲロシヤの役人もそのはしゃぎぶりには憮然として、

「それほど面白いか！」

と、言ったらしい。ここぞとばかりに五郎次は言い返したぞ。

「面白いのではない。道理に叶うことなれば、感心しておるのよ。何の咎もないわしと左平を捕らえ、飯もろくに出さず、これほどの難儀をかけてきたではないか。神仏でもヲロシヤ人に罰を与えるわ」

となな。この言い分には返す言葉がなかったか、五郎次はそれからしばらくの間、その役人の家で食客として養われたそうだ。

そして再び役所へ呼び出されたときのことだ。ここで何を見せられたと思う。日本語で書かれた書状だ。それにはこうあった。

「イルクーツクの大名がお前を不憫に思い、ここへ呼べと言うておる。別段恐れることはない。イルクーツクへ参れ」

ずいぶんと拙い字であったらしいが。イルクーツクというのは、ヲロシヤの東国一円を預かる奉行

がいるところだ。ずいぶん遠い所らしいぞ。当然、五郎次は断った。そうよ、例によって押柄（おうへい）にな。だが、東国奉行からの誘いだ。むげにもできぬ。終いには折れて、行くことにしたそうだ。

オホーツク、ヤクーツク、イルクーツク、ヲロシヤの町の名は、ややこしいであろう。なになに、なぜわしが手の平をちらちら覗くのかじゃと。気付いておったか。実はな、そなたに話してやろうと、ほれこの通り、ここに認（したた）めておいたのよ。

ヤクーツクからイルクーツクまでヲロシヤ道法で二千六百里、駅場八十二。我が国の道法でざっと六百五十里だ。御江戸日本橋から京の三条大橋まで東海道五十三次を行って帰って行って帰ってもう一度行くほどの里数だ。それでもヲロシヤの王都までは半分にも満たぬと言うからな。ヲロシヤとはなんと大きな国であろうか。それがな、驚くな。それほどの道程を十八日で駆け抜けたと言うのだ。なぜだと思う。雪車（ゆきぐるま）を使うからだ。雪車とは屋形船のような乗り物でな、それを馬が引くのだそうだ。冬になれば野山も河も凍りつく。それがかえって好都合なのだ。凍った河が御成り街道のようになるからな。なるほどであろう。

イルクーツクは、今まで見たヲロシヤの町で一番大きな町であったそうだ。町のまわりには麦畑が広がり、湖で獲れる魚もこの町を潤している。オホーツク、ヤクーツクとは比べものにならないほどの賑わいであったと言うぞ。

東国奉行の鎮台にいたっては、見たこともないほど堅牢な石の城だったらしい。さっそくその鎮台に呼び出された五郎次だったが、大広間でずいぶん待たされた。その大広間には六尺四方もある大きな絵が据えてあり、きらびやかな衣装の福々しい女が描かれていたそうだ。先のヲロシヤ王だ。待てよ、確かその名も手の平に記したはず、おお、これだ。よく聞けよ、エカテリーナ。ほれ、小石川の御薬園に今も囲われておる老人がおろう。大黒屋光太夫と言う男だ。あの者も彼の地で九年を過ごしたが、その間、西洋の文物を学び、おかげで今は蘭方医たちにもてはやされておる。その光太夫がヲロシヤの王都で会ったというのが、このエカテリーナという女帝だ。その絵がいかにもよくできてな。まるで生きているようだったと言うぞ。その前で一人控えておるのは、どうにも居心地が悪かったと言っておったな。

ときに菊、五郎次はそこでどんな男に会ったと思う。驚くな、日本人だ。

「お初にお目にかかります」

と、日本語で声をかけられて、五郎次もたまげたそうだ。名を善六と言ってな、元は仙台石巻の船乗りだ。そうよ、そなた察しがよいな。五郎次に手紙を書いたのは、この善六だ。船が難に遭って漂流し、ヲロシヤに流れ着いたのが寛政五年と言うからな、かれこれ二十年も彼の地にいることになる。その善六だが、今はヲロシヤの役所に通詞として仕えておるらしい。ヲロシヤ人からはキセリョフと呼ばれ、そこそこの暮らしぶりであったようだぞ。腰にも一本短刀を帯びていたと言うからな、奉行所手代ほどの身分かの。まずまずの出世と言ってもよいだろうな。

続いて現れたのは、ヲロシヤの東国奉行だ。

「ズダラステ、ズダラステ」

と、唱えながらな。呪文のようであろう。これがヲロシヤ語のあいさつらしいぞ。そこで五郎次が、自分を呼び付けたわけを尋ねるとな、

「ただ、お前を不憫に思えばこそじゃ。ところでお前はどのようにしてこのヲロシヤへ参ったのか？」

などとほざいたそうだ。東国奉行が経緯を知らぬということは、オホーツクの代官が王都へ宛てて出した書状は、同地にさえ届いていなかったのだろう。それにしても、この言い草には五郎次もよほど腹が立ったのであろうな、

「まさかヲロシヤ船が海賊であろうとは、思いもかけなんだわ」

そう言い放ち、積もりに積もった恨みをぶちまけたらしい。その勢いに気圧(けお)されたのだろう。奉行は取り繕うように酒を振舞ったそうだ。喉が焼けるほど強い酒をな。

そして、それからふた月の間、五郎次は善六の屋敷でやっかいになった、と言っておった。


おお、今夜はあらの煮付けか。わしの好物ではないか。うまそうだな。ではさっそく頂くとしよう。


そうそう、ここまで黙って聞いておられた殿がな、五郎次に問うた。

「ところでその方、イルクーツクで何か珍しいものは見なんだか」

すると「何でも取り揃える大店(おおだな)がございました」と、言うのだ。

「ほほう。それはどのようなものか、わしにも教えてくれぬか」

殿が、そう仰せになるとな。五郎次は再び筆と紙を所望し、絵を描き始めた。そしてまるで己の店

でも案内するように得々と話し始めたぞ。手拭い、煙管(きせる)に刻みたばこ、火打石、小刀、筆、紙、鋏(はさみ)、魚や麦の粉、着物まで、入用な物は何でもそこで買えるのだそうだ。

「そうか、それはよいのう」

殿が感心して見せると、喜々としておったわ。自分もこんな店をやってみたい、そんな勢いだったな。さらに「他には何か見なんだか」と、水を向けられると、

「町には寺が七つ八つありまして、きれいな絵と黄金づくめでございました」

と、言いおった。

「それも絵に描いてみてくれぬか」

そう促されたところで、気付いたのだな。たちまち平伏し、

「遠くよりちらと目にしただけにて、しかとは見てはおりませぬ」

あとは何を聞いても「お許しくださりませ」の一点張りだ。そうよ、キリシタンの嫌疑がかかるのを恐れておるのよ。

「それでは町並をおおよそでもよい、描いてみよ」

との仰せにも「市中は歩きませんでした」と、言うのだ。

「ヲロシヤ人が許さなんだのか」

と訊くと、出歩くようしつこく勧められたと言うではないか。引きこもっておっては病気になると言ってな。

「この機にすっかり見分いたし、帰国の際詳しく言上しようとは思わなんだのか」

そう詰め寄られるとな、

「お許しくださりませ」

と、言ってあとは縮こまるばかりよ。殿は、ヲロシヤの事情を詳しく知りたいだけなのだが。五郎次にしてみれば、これ以上やっかいなことに巻き込まれたくない、その一心だったのだろう。殿もすっかり呆れておったわ。


うん、うまい。いつもながらそなたの煮付けは絶品だな。疲れが吹き飛ぶわい。


さて、どこまで話したかのう。そうだな。五郎次が、善六の屋敷でやっかいになったところまであったな。五郎次はそこで年を越し、いよいよ今年、文化九年が明けるわけだ。

ああそうそう、ヲロシヤの暦では今年は一八一二年となるのだそうだ。耶蘇の国では皆そのように数えておるらしいぞ。何でも磔（はりつけ）になった耶蘇の仏が生まれた年から数えておるのだとか。ところ変われば、何もかもが違うものだな。

その正月下旬のことだ。五郎次は、再び鎮台に呼び出された。このとき、五郎次を呼んだのはリコルドだ。話が長くなったので、そなたもう忘れたであろうな。なに憶えておると！　そうだ、リコルドとは五郎次をトマリ湊まで送ってきた男よ。いやいや、リコルドの名を憶えておるとは、菊、そなた大したものだのう。

さてこのとき、リコルドは五郎次に一枚の書付を差し出した。

「ヲロシヤ語に訳してくれ」

と、言ってな。そのようなこと、善六にやらせればよいではないか、と思うであろう。だが善六は、読み書きが苦手であったらしい。五郎次が見せられたのは、奈佐殿がヲロシヤ船に宛てて送り付けた書付だ。ゴローニンらが捕らえられる前の話だな。それにはこうあった。

「小舟一艘に漕ぎ手四人で参れば、話を聞く。だが大勢で参れば打ち払う」

五郎次がそれを伝えると、リコルドは頭を抱えていたそうだ。そこで五郎次のやつ、何と言ったと思う。

「なあに囚われたヲロシヤ人は皆生きておりますよ。この話はきっと穏やかに納まります」

よくもまあ、ぬけぬけと。五郎次に殿の御意向など分かるはずがないではないか。何とか日本に連れ帰ってもらわねばならぬと思い、とっさの機転でリコルドに取り入ったのだろう。まったく油断も隙もないやつだ。

そのとき、リコルドは王都からの返事を待っていたらしい。ゴローニンらの一件に対する下知状をな。だが、その書状がまだ届かぬうちに急にオホーツクへ戻ることになった。氷が解ければ、雪車が使えぬようになるからな。焦っていたのだ。五郎次にも同道が命じられた。読み書きができるので、通詞をやらせようと思ったようだ。（連れ帰ってやるのだ、それくらいのことはやるだろう）と、軽く考えていたのだな。五郎次にすれば、してやったりよ。その上、

「道中当てじゃ、好きに使え」

と、紙銭をくれたそうだ。日本の銭にすれば、ざっと十両ばかりあったようだ。ことがことだけに

大盤振る舞いよ。だが日本に持って帰ってもしようがない銭だ。帰路、煙草を買い付けて、逃亡の折世話になった満州蝦夷に贈ってやったのだそうだ。存外、律儀なところがあるな。

リコルドに連れられて五郎次はオホーツクまで戻り、船出を待った。それからしばらくしてだ、七人の日本人がオホーツクの湊に送られてきたのはな。こたび五郎次と伴に日本へ戻ってきた者たちよ。リコルドが、カムチャッカから呼び寄せたのだ。囚われたヲロシヤ人と引き換えにするつもりで、同数の日本人を用意したかったのだな。

そうよ、そなたの言う通り。この者たちも漂流したのよ。元は摂津(せっつ)の船乗りだ。この中に雪焼けで足の腐りかけた男がおった。名を久蔵と申したかのう。それがずいぶん具合が悪く、ついには町はずれの療養所で片足を切り落としたらしいぞ。鋸(のこぎり)でこうゴリゴリとな。

菊、そのように痛そうな顔をするな。いやいやわしが悪かった。せっかくの煮付けがまずくなるな。

それにしても、ずいぶん多くの船乗りが漂流しているものだな。実はこの者たち、漂流した当初は十六人だったが、内九人は死んだと言うからな。久蔵は、生きているだけで運がよかったと言うべきだろう。だがな、足を切ったまではよかったが、傷口がなかなか癒えず、そばにおるだけでも臭くて臭くてかなわなんだらしい。

いよいよ船出の日、五郎次を含めた八人は、いったん揃って船に乗り込んだ。だがリコルドが「久

蔵を陸に戻せ」と、言い出した。あまりに足の傷が臭いので、

「これでは皆が病気になってしまう」

と、言ってな。五郎次は、久蔵も連れていくようしつこくかけあったようだ。この男が自分で「しつこく」と、言うのだぞ。さぞかし強引にねじ込んだのだろう。ついに根負けしたリコルドが、こう言ったそうだ。

「傷を洗っても痛がらんのであれば、連れていこう」

となった。五郎次は久蔵に言い含めた。「辛抱せいよ」と。しかし、医者は塩水で容赦なく洗ったらしいぞ。久蔵はこらえきれず、「うう」と、うなってしまった。それで泣く泣く陸へ上げられたそうだ。

「かえすがえすも、かわいそうなことをした」

と、五郎次は言っておったなあ。


と言うわけで、ここからが今年の夏の話に戻るわけだ。

トマリ沖にヲロシヤ船が現れたのが、八月四日のことだ。こたびヲロシヤ船は、現れるや否やまず会所へ使者を寄こした。最初に遣わされたのは、漂流した船乗りの中で最も年かさの与茂吉だった。リコルドは、与茂吉に書状を託した。ゴローニンらの安否を教えてほしいとな。

この書状を書いたのは五郎次だ。もちろんリコルドが命じたのだが、他に字の書ける者はいなかったからな。このとき五郎次は、これ幸いとヲロシヤ船の兵の数から大筒、鉄砲のことまで色々書き込んだらしい。

（日本語で書くのだ、分かりゃせんじゃろう）

とな。だが、リコルドも馬鹿ではないぞ。書状があまりに長いので怪しんだ。そして「ここには何が書いてある?」「ここはどうか?」と、いちいち問いただしてきたそうだ。五郎次もとうとうごまかしきれず、いらぬ所を切り取ると、まるめてゴクンと飲み下した。ざまあみろとばかりにな。ここまで来れば、通詞ができるのは五郎次一人だ。リコルドも五郎次のことを粗略には扱えん。その辺りをよく心得ているのだ。そしてこう言い放った。

「わしは通詞で参ったのではないぞ。ただ日本に連れ帰ってもろうただけじゃ」

どこまでもしたたかな男よ。リコルドは、またまた頭を抱えていたそうだ。

「善六を連れてくればよかった」

と、言ってな。

さあ、この書状を受け取った太田殿だが、与茂吉を捕らえて返事をしなかった。そればかりか、続いて遣わされた清五郎、忠五郎をにべもなく追い返してしまった。しかし、リコルドとてこのまま黙って帰るわけにはいくまい。それどころか、もしゴローニンらが殺されておれば、一戦交える覚悟だったようだ。だが、軽々に事は起こせぬ。まだ生きているなら、かえってゴローニンらの身を危うくすることになるからな。

船乗りどもを遣わしても埒が明かんと思ったのだろう。いよいよ五郎次にお鉢が回ってきた。しかし、もし五郎次が戻らなければ、たった一人の通詞を失うことになる。リコルドが迷っているのを見て取った五郎次は、すかさず言ったぞ。

「必ず戻る」

となｂ。このままヲロシヤに連れ戻されてはたまらんからな。嘘かもしれんが、リコルドも信じるしか術がなかったようだ。とうとう五郎次を遣わすことにした。

ついに陸揚げされた五郎次は、会所の表門までやって来た。そして大声で、

「『ゴローニンらの安否を教えてほしい』と、ヲロシヤ人どもが言うておりまする」

と、言った。それを聞いた太田殿は、どうしたと思う。まずは五郎次を門前にしつらえた筵掛けの仮小屋に一晩留め置き、翌朝こう答えたのだ。

「帰ってヲロシヤ人どもに伝えよ。捕らえた者どもはすでに残らず打ち殺したとな。当会所に命を惜しむ者など一人もおらん。どこからでも攻め来るがよい」

勇ましいことだが、話にならん。そうは思わんか。殿が何のために骨を折ってこられたのか。これほど分かっておらん者がいようとは呆れ果てる。

この返答には五郎次も肝を潰したであろう。考えてもみよ。「遣いが終われば解き放つ」そう言って送り出されたとはいえだ。こんなことを伝えれば、事が事だけに我が身もどうなるかも分からんぞ。五郎次にとって五年ぶりに日本で迎えた朝が、最期の朝になるかもしれんわけだ。ヲロシヤ船に戻ると見せかけてこのまま逃げる手もある。だがこやつ、なかなか肝が据わっておるわ。約束通り、ヲロシヤ船に戻ったのだ。船にはまだ仲間が残っている。放ってはおけぬとな。

五郎次から話を聞くと、リコルドは顔からみるみる血の気が引いていったそうだ。まわりのヲロシ

ヤ人どもも騒ぎ出し、

「まずはこの日本人どもを帆柱に吊るして撃ち殺せ」

と、口々に叫び出した。さすがの五郎次もこれはいかんと思ったようだ。だが、何度も修羅場を潜っただけはある。五郎次はこう言い放ったぞ。

「それでは話が違う。いかなる返答であろうと、わしたちをひどい目には遭わせぬと言うたではないか！」

すると、リコルドはしばし考えてからこう言った。

「もう一度会所へ行き、打ち殺したと言うならその旨認めた書面をもらってきてくれ」

このリコルドという男、なかなかに思慮深い。だがな、ここで「はいはいそうですか」と、言わぬのが五郎次だ。

「そのような物をもろうて、のこのこ帰ってきたとて同じことよ。ただ我らを撃ち殺すだけであろうが。どうしてもと言うなら、残る日本人もともに陸揚げせよ。さもなくば、もう二度と遣いはせぬ」

そう言い返した。それにしても五郎次の機転には驚かされる。他に手はないと思ったのだろうな。

リコルドは、しぶしぶ承知したようだ。

五郎次は、清五郎たちに身支度をさせ、仮にも世話になったヲロシヤ船の者たちに暇乞いの挨拶をさせた。そして最後に己の持ち物である手箱を持ち出だそうとした。だが、それはリコルドに差し止められた。

「お前はここに戻るのだからそれは置いていけ」

そう言ってな。よほど大事そうに抱えていたのだろうな。しぶしぶ手箱は諦めたと言っておった。そうして五郎次は、皆に続いて小舟に乗り移った。

「無理に引き留められん限り、わしは必ず戻る」

と、言い残してな。


会所に着くや、清五郎たちはさっそく中へ入れられた。が、五郎次だけは門の外に残された。と言うのも、このように口上したからだ。

「ヲロシヤ人七人を打ち殺したとの旨書付くだされたく先方が申しておりまする」

そしてまた筵(むしろ)小屋で一夜を過ごすことになった。何も正直に伝えずとてよかったろうに。よほど残してきた手箱が惜しかったのかのう。翌朝だ。五郎次は縄をかけられ、太田殿の前へ引き出された。そこで太田殿はこう詰め寄ったぞ。

「こたびはお前をヲロシヤ船には返さん。だがヲロシヤに味方し、遣いしたこと、許したわけではないぞ。戦になれば、お前を真っ先に押し出し、撃ち合いいたすつもりじゃ。その節、お前はヲロシヤ人どもを撃ち殺せるか」

太田殿にしてみれば、寝返ったものかどうか見定めるつもりだったのだろうが、ちと酷な話だな。

「人を殺す術(すべ)など存じませぬが、事そこに至れば矢面に立ちまする」

そう答えるしかあるまい。とは言え、太田殿もヲロシヤ船をどう扱ったものか迷っておったのだな。

「そこまで申すなら、あえて聞こう。あやつらをどうすればよいか、お前に何か心積もりでもあらば、申してみよ」

そう問うた。五郎次はどう答えたと思う。

「まずは褒美と言うて、何か下され物などなされてはいかがでしょう」

（はて何の褒美か？）と、思うであろう。つまり、こう言うことだ。日本人の船乗りを送り届けたこと、リコルドは恩にきせるつもりだ。それを褒めて、話の口火にすればよいと言うのだ。また、こうも言ったぞ。

「もとより恩などいっこうございません。何しろ例のヲロシヤ人どもをお召し取りくださらねば、我らは日本にも戻されず、彼の国にて飢え死にしたまでのことにございます」

なるほど、かけ引きにかけては、五郎次の方が一枚も二枚も上手だな。だが、それも入れられず、五郎次はそのまま押し込めとなった。


その後だ。リコルドが観世丸を襲って高田屋嘉兵衛ら五人の者を連れ去ったのは。五郎次が戻らねば、リコルドとて八方塞がりだ。焦ったのだろう。嘉兵衛はヲロシヤ船に連れていかれるとき、御公儀に宛てて一通の書状を残した。それにはな、

「この上は両国和平の儀相願い、何分にもよろしく取り計らい申したき心底に御座候（ござそうろう）」

と、あった。彼の地に参り、この一件の解決に尽力いたす覚悟のようだ。わしもあの者に一度会ったことがあるが、なかなか腹の据わった男であった。あの者ならば、うまくやってくれるかもしれぬ。

ひと通り五郎次の話を聞き終えた殿は、同心に向かって、

「例の手箱をこれへ」

と、お命じになった。リコルドが観世丸に託し、送って寄こしたものだ。そうだ、五郎次が持ち出そうとして差し止められたあの手箱よ。中身を改めさせると、入れていたはず日記がないと言い出した。五郎次は、ヲロシヤ人どもが合鍵して抜きとったに違いないと言っておった。ヲロシヤにとってよからぬことが書かれてあると思ったのだろうな。確かに、よいことは書かれていそうにないがな。代わりにヲロシヤ文字で書かれた書付が納めてあった。リコルドから五郎次に宛てたものだ。殿が「訳してみよ」と仰せつけると、殊勝に「へい」と答えて読み上げた。

「囚われたヲロシヤ人は、皆残らず打ち殺したとお前は言った。今また他の日本人を捕らえて聞けば、松前に生きていると言う。何ゆえ嘘を言って私をうろたえさせた。お前を善人と思えばこそ、これまで世話してまいったのだぞ」

これを聞いた殿は、ゴローニンのことが正しくヲロシヤへ伝わったことに安堵した御様子であった。読み終えた五郎次は、ややあってこう言い添えたぞ。

「ただ、ここにあります『ウイノシタ』という言葉、読めはいたしますが、はたして意味が分かりませぬ」

五郎次は、「リコルドに聞いてみねばしかとは分かりませぬが」と、前置きしてからこう言った。

「案じますに『かまうことはないから親の在所に戻れ』と、言うほどの意味かと存じます」

そなたが聞いてもおかしいと思うであろう。これだけなじっておいて、そうそう五郎次に都合のよ

いことを書くとは思えぬが。この男のことだ。誰にも分からぬと思い、この機に己が願いを申し立てたのであろう。まったくしたたかな男よ。

この書付の他、小箱にはヲロシヤ語の書物も入っておった。

「耶蘇との関わりはないであろうな」

殿が、おただしになると、

「めっそうもございません」

と、言って慌てて申し開きを始めたぞ。五郎次が申すにはな、何でも疱瘡のことが書かれた書物だとか。牛の疱瘡から出た膿を人の二の腕に擦りつける、するとそれにて生涯疱瘡の毒から免れる、その方法が書いてあると言うのだ。「植疱瘡（うえほうそう）」とか申しておったが。ヲロシヤの医者からやり方まで学んだと言っておったぞ。まことなら夢のような話だが。にわかには信じがたいであろう。


お取り調べもいよいよ終盤だ。最後に殿は、五郎次にこう尋ねた。

「その方、ヲロシヤ人は皆、武を尊び戦好きじゃと申しておるそうだが、何ゆえそう思う」

するとな、

「へえ、ヲロシヤ人の男の子は道端で棒きれなど見つけますと、たちまち拾い上げ、それを鉄砲に見立てて戦のまねごとをいたします。はたまた兵に至っては朝な夕なに調練をいたしておりました。あやつらはきっとまた日本を襲うに相違ございません」

殿は大いに笑い、五郎次を一喝した。

「たわけ者！　我が国でも子らは剣術のまねごとをし、武家ならば常より兵馬の調練を怠らぬものじゃ。それをもって他国を侵す準備だとは申せまいが」

五郎次がごとき者の言うことでも御老中の耳に入れば大変だ。なにしろ御老中方は皆強硬派だからな。それ見たことかと言い始めれば、話が振り出しに戻りかねん。穏便に取り計らいたい殿の御努力は水の泡だ。五郎次めは、殿の権幕に畏れ入ったのであろう。

「へへー、根も葉もないことを申し立て、申し訳ございません」

そう言って地べたに額を擦りつけておったわ。

それにしてもだ。来年の夏にはリコルドが嘉兵衛を連れて戻ってこよう。それまでに何とか御老中方を説き伏せ、話を取りまとめておかねばならん。ますます忙しくなるぞ。

いやいやとんだ長話になってしまった。明日も早い。早く休むとしよう。

＊　＊　＊

菊、今戻ったぞ。いやいや遅くなってすまぬ。松寿丸はもう寝たか。今夜は殿のお誘いでな。したま聞こし召しておるわ。それにしても、これほどめでたいことはないぞ。あのゴローニンらが、ヲロシヤに戻されたのだ。九月二十六日のことよ。殿はこの一件にずっと御心を砕いてこられたからな。にも関わらずだ。年明け早々普請奉行に御役替えとなってしまわれた。事の成否を見届けられぬ殿の御無念を思うといたたまれんでな。わしは服部備後守様の用人、星殿に事の成行きを知らせてほしいと頼んでおいたのだ。それが、今日送られてきた書状に全て首尾よく運んだと書かれてあった。

もちろん書状は、わし宛てだ。そのようなこと、御老中方に知れれば、お咎めは免れぬ。もう殿は松前奉行ではないのだからな。万一の責めは、わしが一身で負う覚悟であった。そんな顔をいたすな。心配をかけとうなかったゆえ、そなたには黙っておったのだ。許せ。

それにしても、あれほど安堵なされた殿を見るは久方ぶりだ。この二年半というもの、気の休まることがなかったからな。こたび解決に至った成り行きというのがこうだ。

再びリコルドがトマリ沖に現れたのが、五月二十六日のこと。昨年は勇ましかった太田殿も今度はおとなしかったぞ。「軽挙妄動すべからず」と厳命が下っておったからな。さっそく翌朝、嘉兵衛がトマリの会所に参った。そこで事前の方針に従い、こちらの書状を嘉兵衛に託した。リコルドに渡せとな。それにはこう書かれてあった。

「先のエトロフでの狼藉、彼の者たちの独断専行と言うなら、ヲロシヤ国政家のしかるべき弁明書を箱館に持ってまいれ。さすれば、捕らえし七名のヲロシヤ人は差し戻す」

しかし、事ここに至るのに、殿の御尽力は並大抵ではなかったぞ。粘り強い説得で、ついに御老中方も殿の意見を受け入れたのだ。だが問題はだ。いざ異国との折衝となると、

「祖法に従い、長崎に参れ」

と、言うのだ。なるほど、それが筋ではある。しかし、改めて長崎でと言われれば、ヲロシヤの側とて疑念を抱きかねぬ。それにあのゴローニンだ。長崎に移すと告げれば、またどのような挙に出るか。殿からあれほど厚く遇されておきながら、一度は逃げたのだからな。さらに、長崎では長崎奉行

の差配を受けねばならぬ。話が振り出しに戻らぬとも限らぬぞ。殿は、御老中方に対してこう主張された。

「そのようなこと、しかるべき蝦夷地の湊でこと足りるではありませぬか。各々の国には各々の法度がござりますれば、ただただ我が方のやり方のみをもって対するは、よろしからずと相存じまする」

それでも頭の固い御老中は、いっこうに納得せぬ。殿は、ついにこう言い放たれた。

「日月星辰（じつげつせいしん）、神が造りしものであって、しかもなおその黄道は一定せず。それが我が国においては、人がごときはかなきものによってこしらえし法を永久不変たらしめんとする。これ、はなはだ無謀につき、いささか笑止なることではござりますまいか」

だが、その結果どうなったか。そなたも存じておろう。殿は、蟄居を命ぜられてしまった。結局、普請奉行への転任と引き換えに了承を得た格好だ。致し方なしとは申せ、あとのことが心配でならぬ殿のお気持ちが察せられよう。

それにつけても服部備後守様に後事を託せたのは、我らにとってせめてもの救いであった。備後守様は、お若いが聡明な御方だ。殿が話すことを十分に御理解なされた。そしてな、このように言われたぞ。

「各々の国でいかに風俗が異なっておると言えども、真に正しきことは、いずれの国を問わず正しきものと認められまする」

とな。

ヲロシヤ船のことに話を戻すぞ。もとよりリコルドも我が方の意に異存はなかった。だが、まことに七人が生きておるかどうか、確証がなければ話に乗れぬところだ。その意向を受けてすぐに吟味役の高橋様がトマリへやって来た。松前からヲロシヤ人一人を連れてな。

ヲロシヤ人とリコルドとの再会は、周りで見ている者も胸が熱くなったと言うぞ。それからだ、リコルドが官印を付した弁明書を得るためにオホーツクへ取って返したのはな。この間に四十日余りを要した。もう七月の半ばだ。この頃になると北の海は荒れ始める。いかにヲロシヤ船とて年内に戻ってくるのは難しかろう。そう思われた。そんな中、約束通りエトモ沖にヲロシヤ船が現れたのだ。九月十一日のことよ。リコルドも決死の覚悟だったと見える。

箱館の湊に入ったのが、九月十七日。さっそく嘉兵衛を介して弁明書が受け渡された。オホーツクの代官が認（したた）めたもので、中身はこうだ。

まず先年の狼藉について、

「この一件は、ヲロシヤ国政家の全くあずかり知らぬことであり、彼の者らが勝手にしでかしたことである」

と、してあった。これこそ我らが欲してきた回答だ。まずは満足すべきものと言えよう。さらに、

「その頭分二名はオホーツクにて召し取られ、日本襲撃の罪により軍役を科せられた」

と、書かれてあった。「その後、当人らは川に落ちて死んだ」ともな。

次に彼らの奪った物が、どうなったかだ。こと武具については差し戻すようリコルドにきつく申し伝えておいたからな。しかし、すでにそれらが売りさばかれたことは、五郎次より聞き及んでおる。とは言え、御公儀の体面もある。散逸しておるなら、それなりの申し開きをいたすよう求めておいた。

するとな、

「まことに遺憾ながら、これらの物は交易所の主人が勝手に処分いたし、すでに所在が知れぬ」

と、詫びてあった。まあ、こちらもこの件をこれ以上蒸し返すつもりはない。謝っておるのだ。了簡してもよかろう。

だが問題は次の一条だ。

「ゴローニンが一件を解決し、近隣の親睦を回復することは、日本とヲロシヤ双方に益なすことと信ずる。和平なれば、蝦夷人の往来いっそう盛んとなり、交易盛大たらしむること可なり」

これは捨て置けん。これまでもアイヌを介しての交易にお目こぼしはあったにせよ、公に認めるわけにはゆかぬ。

「通商を議するは、我が国の禁とするところである。よって今後これを求めるとも益なく、過ちあるに至らん」

そうリコルドに申し渡し、「ことごとく承諾の上、そのこと必ずやヲロシヤ国政家に伝えん」との約定を認(したた)めさせた。

さらに、国境をエトロフとウルップの間とすること、後日改めて約定を交わすものとし、こたびの交渉を締めくくった。それにしても、これほどうまくゆくとは。殿が仰せになっていた通りに事が運んだわけだ。

そうそう、それからな、この弁明書の最後にはこう付け足してあった。

「これまでヲロシヤ国は、日本からの漂流人を官費でもって養い、多数の者を送り返してきた。こたび病にてオホーツクに居残りし久蔵を差し戻す」

そなた憶えておるかのう。雪焼けで腐った足を鋸で切られたあの男だ。それから五郎次のことにも触れてあったぞ。

「良左衛門は、当地でいたって慎み居り、悪事にも陥らず、願わくば御慈悲を賜り、身の上の罪一等を減じていただきたい」

とな。これには御奉行はじめ吟味役の方々もいたく感心しておったそうだ。「ヲロシヤもなかなか情のある国じゃ」と。

そして、いよいよ御奉行との会見だ。会見とは言っても、もう話はついておる。形通り、「オホーツク代官からの弁明書は甚だ満足できるものであった。これにより万事めでたく落着と相成った」

そうリコルドに申し渡すだけだ。ではあるのだが、それがまたなかなかにやっかいであったらしい。習俗がことごとく異なっておるからな。

リコルドは従者に鉄砲を持たせろと言うが、そのようなこともってのほかだ。それにな、会見場では履物を履いたままにさせよと言うのだ。畳の上だぞ。

「履物を脱いで公の場に出るのは罪人だけだ」

そのように言われてもできぬ相談だ。互いに面子もある。この件は足袋に履き替えることで何とか折り合いをつけたようだ。一事が万事、日本とヲロシヤ双方が納得できる形にするには、高田屋嘉兵衛の奔走があったそうだ。

こたび嘉兵衛の働きは大きかった。リコルドも嘉兵衛には一目置いていたらしいからな。嘉兵衛とともにヲロシヤに連れていかれた者の内、三人は彼の地で果てたと言うが、この者たちも功ありと言わねばならんな。

会見にはヲロシヤ側通詞としてキセリョフが伴われておった。そうだ、五郎次がヲロシヤで世話になった善六のことだ。こちらもすぐにキセリョフが日本人だと分かった。だが、善六は今やヲロシヤ側の通詞だ。日本人としてその罪を問えば、また話がややこしくなる。それで見て見ぬふりをしたそうだ。

昨年のこともある。リコルドも万全を期して善六を連れてきたのだろう。だが、こちらには貞助がおる。ヲロシヤ語を訳すのに不自由はなかった。貞助のヲロシヤ語があまりに上手いので、リコルドも驚いていたそうだ。その貞助だが、ゴローニンらの帰国をたいそう喜んでいたらしい。なにせ貞助は彼らに相当肩入れしておったからな。出過ぎたところもあったが、あやつもようやった。

やれやれ殿の御苦労も晴れて報われたということだ。いや実にめでたい。ようやく枕を高くして眠れるわい。

＊　＊　＊

一筆啓上仕候

こたび若殿が大坂目付に任ぜられ、供を仰せつかったときは、そなたも知っての通りほとほと困り果てた。

「大坂を知るそなたが、そばにおってくれれば心強い」

若殿はそのように仰せられたが、わしが大坂にいたのは大殿が普請奉行から大坂西町奉行に御栄進なされた折のことじゃ。かれこれ二十年も前の話だぞ。それにわしも、もうこの歳じゃ。とてもお役になど立てそうにない。

「家督も譲りましたゆえ」

と、丁重に御辞退申し上げたが、「頼む」と頭を下げられては致し方あるまい。亡き大殿への最後の御奉公と思うて、わしも腹をくくったわけじゃ。

だが、言わんこっちゃない。京まで来たところで、また例の癪（しゃく）が起りおった。何とも情けない限りじゃ。若殿にはかえっていらぬご心配をおかけしてしもうたわ。それがのう、こたびの癪は、いつもの煎じ薬では治まらず、はなはだ難儀いたした。宿の主人が、

「筋向いに当代きっての蘭方医、日野鼎哉（ていさい）先生がおいでです」

と、言うのでな。地獄に仏とばかりさっそく訪ねたのじゃ。

さすがは名医の誉れ高きお方。わしの腹をさするなり、「よし」と、うなずかれてな。下された薬を飲むと、一時（いっとき）もせぬうちに痛みが和らいだぞ。

（これで大坂までは何とかなりそうじゃ）

そう思うたのだが、日野殿が言われるのよ。

「大事をとって二、三日、当家に御逗留なされよ」

とな。若殿も「そのように致せ」と、仰せられる。だが、わしのために若殿を足止めさせたとあっ

ては家臣として末代までの名折れじゃ。

「若殿は、どうかお発ちくださりませ。あとで必ず参りますゆえ」

伏してお願い申し上げ、何とかご承知いただいた。

それにしても、日野殿はようしてくれたぞ。忙しい施療の合間をぬって、たびたびわしの様子をうかごうてくれるのじゃ。いやいや、案ずるな。もうけろりとしておる。それが証に今こうして文を認めていられるのじゃからな。

養生の徒然に日野殿と語り合ううち、わしもふと昔のことを思い出してな。こう言うた。

「やはり医は蘭方にかぎりますな。もう二十年も前のことじゃが、その折もここ京で蘭方のお世話になりましてのう」

「ほう、それはどなたに」

と、訊かれたので、

「小石元瑞殿よ」

と、答えた。するとな、日野殿は目を丸くされて、

「小石先生は、私が京で開業する折、ずいぶんとお骨折りくだされた方なのです」

と、言うではないか。何でも日野殿が豊後日田からこの地に移り、腰を据えることができたのは、ひとえに小石殿のおかげだそうじゃ。これも何かの縁であろう。

小石殿のことは、何度かそなたにも話したよのう。あのお方は話が病のことに及ぶと、にわかに熱が入り、素人のわしにもこんこんと語られるのだ。もちろん、わしにはちんぷんかんぷんじゃったが、

そんなことはお構いなしよ。さらに興が乗ると、顔がゆで上がった蛸のようになってな。終いには大きな屁をひるのじゃが、まるで知らぬ顔よ。それを日野殿に話すとな、

「いやあ、まったく」

と、言うて二人で大笑いよ。日野殿が言われるには、小石殿は三年前中風を患われてな。今は京のはずれでご隠居なさっておいでとか。歳はわしといくつも違わなんだが。そうじゃな、わしももうそういう歳なのじゃな。

ところで昨晩のことじゃ。日野殿に誘われ、酒宴に加わった。その酒宴は、ある者の快癒祝いだと聞いたが、

「朝比奈殿も本復祝いじゃ」

と、日野殿が言うのだ。断るわけにはいくまい。大丈夫じゃ、心得ておる。けっして深酒はしておらぬゆえ、心配はいらぬ。

それがな、連れていかれた所がそれは立派なお座敷だったので、さぞ銭もかかろうと気が引けたぞ。遠慮がちなわしの様子を見て取ったか、日野殿が言われた。

「勘定は、あの者が持ちますゆえ、遠慮は無用」

あの男と言うのが、この酒宴の主じゃ。その男、かの高名な儒学者、頼山陽殿に弟子入りしておったそうじゃが、病を得てのう。一時はもうだめかというほど病みこんだらしい。それが日野殿のおかげで命を拾うたわけじゃ。名を白鳥雄蔵と申してな。これがまた、ひょうきんな男よ。酔うた勢いでもろ肌を脱ぎ、裸踊りを始めた。とてもそんな大病を患ったあととは思えなんだな。それにしてもこ

の男、何ゆえそのように羽振りがよいのかと思うであろう。わしもよほどの大店の息子であろうと思うてな、聞いてみたのよ。するとな、

「父は、箱館で商いをいたしております」

と、言うではないか。いや、懐かしいのう。このようなところで箱館の名を聞くとは。蝦夷地と言えば、例のゴローニンらの一件で大殿が御苦労なさったところよ。

その時だ、隣にいた日野殿が、急に白鳥の左腕をねじりあげてな。こう言うのじゃ。

「このあざはどうした」

見るとな、確かに白鳥の二の腕には妙なあざが三つ並んでおった。白鳥はこう答えたぞ。

「これは植疱瘡の痕でございます」

日野殿は、丸い目をさらに大きく見開いてな。

「植疱瘡とな」

と、大きな声を上げた。すると、それまで上機嫌で騒いでおった門人の方々も急に我ら三人を取り囲んだ。皆目を皿のようにして、そのあざを見ておる。何のことやらわしにはさっぱりじゃ。

「いかがなされた」

と、日野殿に尋ねると、

「これにて疱瘡の毒を免れることができるのです」

とのこと。

「どこでこれを」

と、今度は日野殿が白鳥に尋ねると、

「子供の頃にございます。五郎次殿にしていただいたと親からは聞き及んでおりますが」

そう言って、白鳥はきょとんとしておる。

(五郎次)

どこかで聞いたような名じゃろう。そうよ、あの時、リコルドがクナシリのトマリ会所に使者として遣わしてきた男よ。そう言えば、お取り調べのとき、植疱瘡がどうのと申しておったような気もするが。あの折のことに思いを馳せておるとな、

「ヲロシヤより戻されたあの五郎次か」

誰に言うともなく、そうつぶやいておった。するとな、

「朝比奈殿は、その者を御存じか」

そう言って、日野殿が今度はわしの方へにじり寄ってきたのじゃ。「知るも知らぬも」と、あらましをお話しすると、皆感心しきりであったな。日野殿にうかごうたところ、今まさにその植疱瘡の種(たね)を手に入れんと奔走されておるそうだ。あの折は、よもやそんな夢のような話はあるまいと思うておったが、五郎次の話はまことであったのじゃな。

一件落着したあと、五郎次は松前に戻されて、奉行所の手代に取りたてられたと聞く。そのあと、どうなったのか。白鳥の話では、今は植疱瘡を生業(なりわい)にしておるとのことじゃ。もう齢七十は越しておろうが、しぶとく生きておったのじゃな。あの男らしいわ。もし世に身分というものがなければ、あのような者が何やら大業を成すのやもしれんな。

わしは、これまで大殿と若殿に一心にお仕えしてまいったが、おかげでよき生涯を過ごすことができた。本当にありがたいことじゃと思うておる。わしはお勤めのことばかりで、これと言って嗜（たしな）みもない。そなたに芝居一つ見せてやらなんだな。許せよ。そんなわしのおもしろうない話をそなたは今までよう聞いてくれた。じゃがな、菊。そなたがそばで静かに相槌を打ってくれるだけで、わしはどれほど心が励まされたことか。改めて礼を申す。

いやいや、これは湿っぽくなってしもうた。年をとると気が弱くなっていかんな。じゃが、一度は言うておかねばと思うておったのだ。わしもこれから最後の御奉公に精進いたすゆえ、そなたも体をいとえよ。

天保十一年三月十二日　朝比奈仲兵衛

菊殿

＊　＊　＊

【筆者覚書】

ゴローニン事件の平和的解決には、松前奉行荒尾但馬守成章（たじまのかみしげあきら）の存在が欠かせなかったであろう。これにより北辺における日露関係は幕末にいたるまで平穏を保つことになる。

この事件のきっかけとなった丁卯（ていぼう）事変（ロシア船による樺太、択捉、利尻襲撃事件）で、日本側は甚大な損害を被った。唯一得た物と言えば、五郎次の持ち帰った種痘書くらいと言ってよいだろう。

この種痘書は、後に幕府天文方訳官馬場佐十郎の手によって翻訳され、『魯西亜牛痘全書（ろしあぎゅうとうぜんしょ）』の名で世に出ることとなる。

疱瘡（天然痘）は、罹れば三人に一人が死に、運よく生延びても顔にあばたを残したり、失明に至ることもある恐ろしい伝染病である。一七九六年に発表されたジェンナーの種痘法(ワクチン接種法)は、人類に絶大な福音をもたらした。この報が日本の医家に伝えられたのは、文政六年(一八二三年)、シーボルトによってである。以来、種痘は多くの蘭方医により試みられたがうまくゆかず、ようやく長崎で成功例をみたのが、嘉永二年（一八四九年）のこと。これが京の日野鼎哉、大坂の緒方洪庵へと伝えられ、全国へと波及していく。白鳥雄蔵の裸踊りから九年後のことである。江戸においては、神田お玉が池種痘所（東京大学医学部の前身）を中心に普及がはかられ、漢方主流の時代にあって蘭方医台頭の端緒となった。そういう意味において、種痘は我が国医学史上に重要な位置を占めている。この本格的普及に先んずること二十数年、北辺で人知れず花開いた五郎次の種痘は、それが生業だったとはいえ、秀逸と言って過言ではない。

ちなみに若殿こと荒尾石見守成允（いわみのかみしげまさ）は、嘉永五年（一八五二年）に目付兼海防掛を拝命し、ペリー来航直後に長崎へやって来たロシア使節プチャーチンとの会見に臨んだ。父、但馬守以来実に四十年ぶりの日露交渉に当たったわけである。

なお、荒尾家家老朝比奈仲兵衛がこのあと無事江戸に戻り、妻の菊と再会できたかどうかは分からない。

# 阿蘭陀通詞（おらんだつうじ）中山得十郎ヲロシヤ滞船中日記

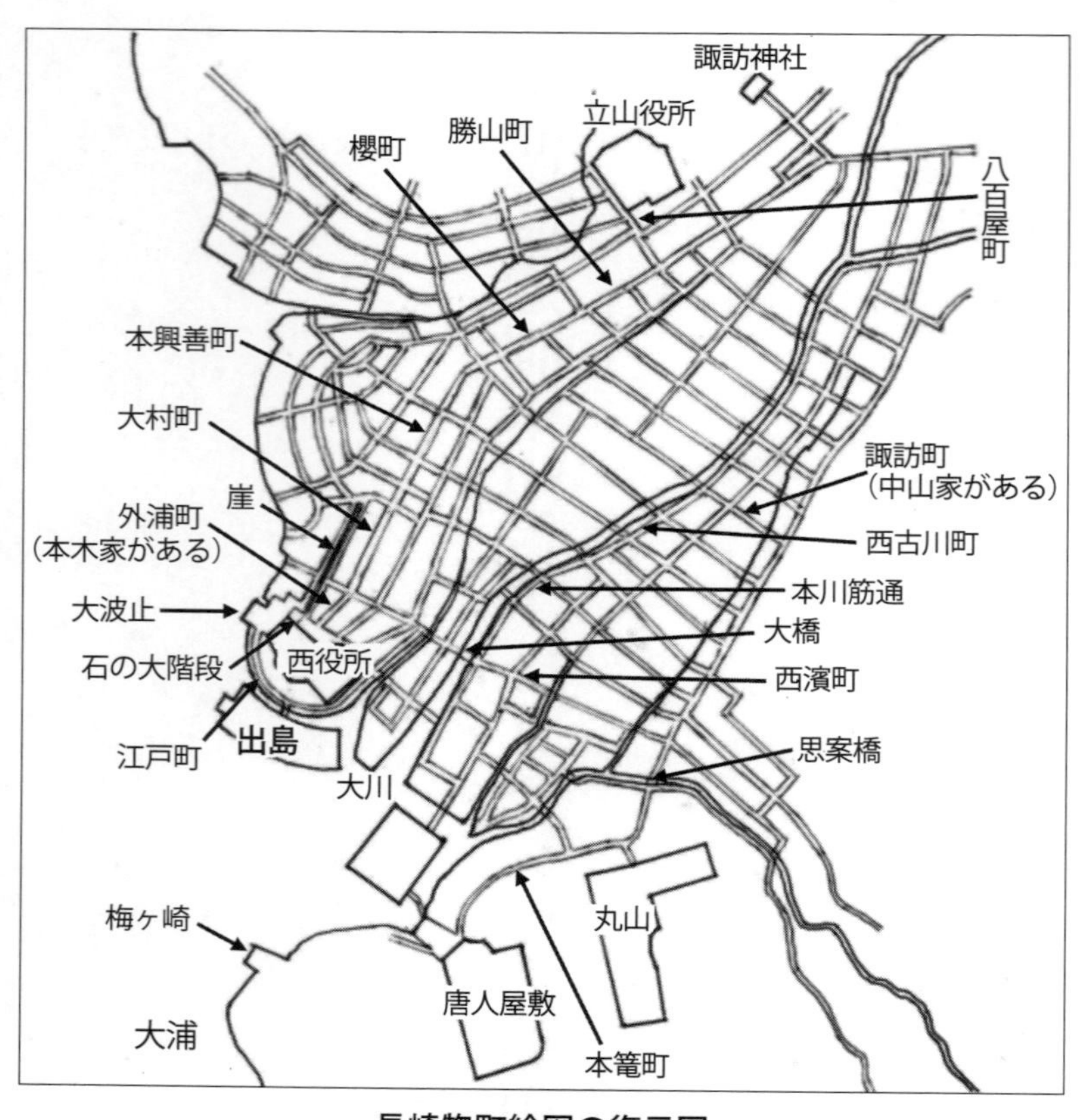


**長崎惣町絵図の復元図**

（復元！江戸時代の長崎　P.53　布袋厚　長崎文献社　第 6 版　2020 年 10 月 1 日を参考に作成）

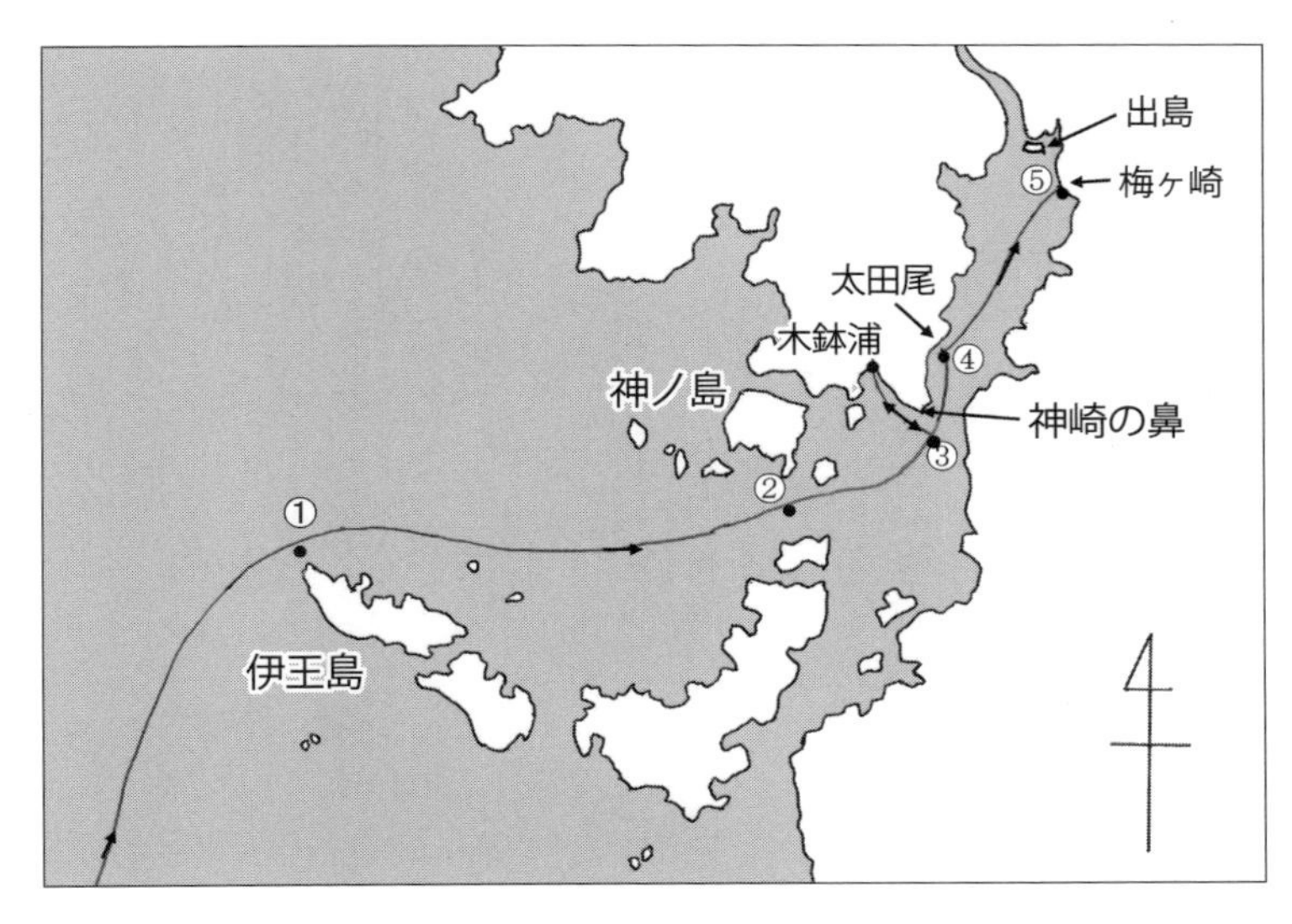


## レザノフの長崎湾侵入経路

文化元年

| | |
|---|---|
| 九月六日 | 長崎湾に異国船迫るの一報が入る。 |
| 九月七日 | ヲロシヤ船が伊王島沖に停泊する。（①） |
| 九月八日 | 神ノ島の手前まで引き入れられる。（②） |
| 九月十五日 | 神崎の鼻まで引き入れられる。（③） |
| 九月二十七日 | 木鉢浦の腰掛け場にレザノフが上陸する。 |
| 十月九日 | ヲロシヤ船を太田尾の泊へ引き入れる。（④） |
| 十一月十七日 | レザノフが梅ヶ崎の屋敷に入居する。（⑤） |

（日本滞在日記　第２刷　P.15　レザーノフ著　大島幹雄訳　岩波書店
2008 年 9 月 16 日発行を参考に作成）

文化元年子　九月六日　晴

今日も一日、阿蘭陀（おらんだ）語修行怠りなし。

今朝、長崎奉行所より父、作三郎に急なお召し出しがあった。天草見張番所より飛脚船をもって御注進があったようだ。それによると、南の方角に異国船が見えるとのこと。阿蘭陀船は年二艘までと決まっており、その二艘はすでに湊内（みなとうち）にある。玄関を出るとき、父上がつぶやいた。

「やはり、来たか」

何か心当たりでもおありなのだろうか。

それからしばらくしてのこと、外海（そとうみ）の方で大筒が鳴り響いた。表通りに出てみると、

「いずこの異国船じゃ」

「湊口に迫っておるらしいぞ」

町の者たちが肩を寄せ、ささやき合っていた。まずは父上のお帰りを待つほかあるまい。

九月七日　晴

早朝、父上帰宅。曰く、

「やはりヲロシヤ船であった」

七月のこと、今年の阿蘭陀船がもたらした風説書（ふうせつがき）に「ヲロシヤ船が日本に向かうかもしれぬ」と、

書かれていたそうだ。そのこと、佐賀藩聞き役、関伝之丞殿にも内々に伝え、密かに準備を進めていたと言う。その甲斐あって、軍船の手配や石火矢台の整備など、湊内の警固は万事手抜かりなしとのこと。

今、ヲロシヤ船は伊王島の沖合五町（約五百四十メートル）に碇を降ろしているらしい。昨晩、御検使様がその詮議に向かわれ、通詞四人が同行。沖出役に選ばれたのは、大通詞石橋助左衛門様、同じく名村多吉郎様、小通詞本木庄左衛門殿、同じく馬場為八郎殿であったとのよし。カピタン（阿蘭陀商館長）も引き連れたと言う。

ヲロシヤ使節は、名をレザノフと言うそうだ。父上が言うには、

「それがのう、レザノフがヲロシヤ国王の書簡を江戸の上様へ直々に渡したいと申すのだ。『そのようなことは叶わぬ』と、突っぱねたいところじゃが、厄介なことに御信牌を持参しておる」

御信牌とは「交易を議するなら長崎へ参れ」と、認めた書付のことだ。十二年前のこと、ラクスマンという男が蝦夷地に来航した折、御公儀が差し下したものだと言う。十二年前と言えば、私がまだ六つの頃。

「なぜ今さらそのような話を蒸し返すのか」

父上も首を傾げておられた。はてさて、この先どのようなことになるものか。

＊　＊　＊

「おい、聞いたか！」

向かいに座った石橋助十郎が、文机（ふづくえ）越しに得十郎の顔を覗き込んだ。

「何をだ？」

「決まっておろう。ヲロシヤ船のことよ！」

むろん気になっている。だが、今は修行の身、そのようなことを論じる立場ではない。

「今はこれがお勤めぞ」

得十郎は軽くたしなめると、「サーメンスプラーカ」の書写を続けた。「サーメンスプラーカ」とは、阿蘭陀語のイロハが書かれた手習い書のことである。

「何だ、おもしろくないやつだ」

助十郎は、鼻の頭をぐりぐり掻いた。

「何ですか！　勉強に身が入っているようには見えませんねえ」

二人のいる奥座敷に茶菓子を運んできたのは、得十郎の母、静（しず）である。その名によらず勝気な静は、二人をきっと見据えた。

「これはこれは、母上様、いつもありがとうございます」

助十郎は居住いを正し、畏（かしこ）まった。

「何だか無駄話をしているように聞こえましたよ」

「いえいえ、無駄話ではございませんぞ。我らは、代々大通詞を勤める家柄。世事に疎いようでは、この御役目は勤まりませぬ。何しろ通詞の仕事は、交易の仲立ちから阿蘭陀風説書の和解（わげ）、果ては阿蘭陀人の身のまわりのことまで多岐にわたります。されば、こたびのヲロシヤ船のこととて知らぬふりでは済まされませぬぞ」

「そうですねえ、でも阿蘭陀語をしっかり修練してこそ、そのお役目も果たせるというもの。そうではありませんか？」

「ごもっともです。いやいや、母上様にはかないません」

こりゃ一本取られたという風に、助十郎はまた鼻の頭を掻いた。静は満足そうな笑みを浮かべ、部屋を出ていった。やれやれ一難去った、とばかりに助十郎は膝を崩した。そして「サーメンスプラーカ」をにらみながら言った。

「阿蘭陀語とは実にやっかいなものだな。だってそうだろう。我ら通詞の家に生まれ、物心ついた頃から阿蘭陀語の修行をしている。それなのに、稽古通詞となった今でもだ。何を書いているのか、さっぱり分からんこともしばしばだぞ」

「そうだな」

得十郎もうなずく。

「それにしても佐十郎よ。やつは天才だな！」

助十郎が言っているのは、馬場佐十郎のことである。二人と同時期に稽古通詞となった佐十郎だったが、その差は歴然。ときに大通詞でも首を捻るような阿蘭陀文をみごとに解いてみせる。

「さすがに為八郎殿の弟だ。我らもうかうかしておれんぞ。おぬしの母上が言うように、家柄だけで勤まる役職ではないからな」

それはその通り。ため息をついていても始まらない。だが話が佐十郎のことに及ぶと、どうしても心に浮かぶのはお琴さんのこと。志筑忠雄、通称忠次郎殿の愛娘だ。幼い頃から愛らしい瞳をしていたが、今では見目麗しい娘に成長していた。

志筑家は、代々通詞の家柄。だが、それを担う才覚の者がなく、御家は途絶えそうになっていた。そこで跡目として中野家から養子に入ったのが忠次郎だった。しかし、齢十七で稽古通詞となったものの、病と称して、僅か二年で辞職。爾来三十年、人にもめったに会わず、ひたすら阿蘭陀書物の訳業に没頭していると聞く。得十郎の父、作三郎とは本木良永塾の同門である。その才を誰よりも認めていた作三郎は、忠次郎が職を辞した後も折に触れ世話を焼いた。それがため得十郎と琴は幼馴染、子供の頃には兄妹のように遊んだものだった。

そんな忠次郎だったが、去年急に三人の弟子を取った。己の習得した阿蘭陀語の解読法を後の世に伝え残したい、そう思ったのかもしれない。その弟子の一人が佐十郎である。佐十郎の大器ぶりは通詞仲間の間でも有名だ。弟子入りさせたとなれば、次は娘を嫁がせたいと思うのが道理。佐十郎と琴は近いうちに許嫁となるだろう。いつしかそう噂されるようになっていた。

(しかたない)

そう思いつつも、得十郎は二人の仲を気にかけずにはいられなかった。

九月八日　晴

父上の話では、件のヲロシヤ船は神ノ島の手前まで引き入れられたとのよし。それでもレザノフは「早く湊に入れろ」と口うるさく言っているらしい。その上、御国法だというのに鉄砲や剣も差し出

さず、

「鉄砲は武士の刀と同じ」

などと、言い張っているとのこと。レザノフという男、なかなか強引な男のようだ。致し方なく、衛兵や頭分の者が所持するのは許したが、火薬だけはこちらで預かる、ということで折り合ったと聞いた。さらに、奉行所御家老、西尾儀左衛門様がわざわざ船まで出向いて、ヲロシヤ国王の書簡を差し出すように申し伝えても、

「それはできぬ」

の一点張り。間に立つ助十郎の親父様は、大変御苦労されているという。せめて書簡の大意を教えてほしい、と申し入れたが、

「先年、蝦夷地において御信牌を賜ったことへの返礼である。そのため、献上品も持参した。江戸表へ参って上様に御拝謁賜れば、書簡は直ちにお渡しいたしましょう」

と、言うばかり。このような大事、即答できるはずがない。それどころか、書簡の大意も分からぬままでは御老中へ言上のしようもない。だが「問題は次だ」と父上は言う。

「この機に交易を許してほしいと申すのだ。御信牌に『長崎にて議する』と、記したのは確かだ。だが長崎に来ればそれが許される、そう思い込んでいるようなのだ」

異国人と直に接するのは通詞である。結局のところ交渉の矢面に立たなければならない。しかも父上は、年番大通詞。この一年の通詞方取りまとめ役である。明日は「おくんち」だというのに、眉根のしわをいっそう深めておいでであった。

＊　＊　＊

「ヲロシヤのやつめ、わざわざこんな時にやって来なくてもよいものをな」

助十郎が人を掻き分けながら言った。今日は諏訪神社の大祭「おくんち」だ。

「役所は休みだと言うのに、親父殿は朝から出ずっぱりよ。得十郎、お前のところもそうであろう」

二人は、何とか宮前の踊馬場（おどりばば）にたどり着いた。普段なら長坂と呼ばれる七十三段の大石段が眼前にそびえるのだが、今日は、この石段が観客で埋め尽くされている。見上げれば、大門に掛けられた大（おお）注連縄（しめなわ）まで窮屈そうに見えた。さらに踊馬場を囲むように桟敷席が設けられ、そこにも人がぎっしりだ。助十郎と得十郎は、年番踊町（おどっちょう）の乙名（おとな）が居並んでいる踊馬場右手の列に向かった。

「阿蘭陀大通詞、石橋助左衛門名代、石橋助十郎です」

「同じく、中山作三郎名代、中山得十郎です」

そろって頭を下げると、二人は黒紋付で鎮座する乙名たちの末席に腰を下ろした。

演（だ）し物を持つ間、助十郎が言う。

「レザノフめ、豪気なものよ。『どうして奉行にすぐ会えんのか』、『いつになったら湊に引き入れられるのか』などと、うるさく言ってるそうじゃないか」

やはり助十郎も親父様から話を聞いているのだ。対応に当たる通詞たちは、今まさに書簡の和解（わげ）に忙殺されている。やっとのことでレザノフから手に入れた写しを日本語に訳しているところなのだ。そればかりか、ヲロシヤ人たちの食物の手配までしてやらなければならない。多忙を極めている。

毎年、秋には江戸在府の長崎奉行と長崎在勤の奉行が交代する。もうじき肥田豊後守様が長崎に到着されることになっている。なので、謁見のことや湊引き入れについては「それまで待ってほしいと、レザノフには伝えておるのだが」と、得十郎は聞いている。

上座にいた年長の乙名が、おもむろに立ち上がり、踊馬場の中ほどへ歩み出た。そして厳かに「招き入れ」の口上を述べると、拡げた扇子を下手の入場口に向かって高々と掲げる。いよいよ演し物が始まるのだ。

シャギリの奏でる笛や締め太鼓に合わせて、笠鉾が入ってきた。大笠の上に据えられた飾は、鶴の描かれた丸額と箱庭を模した飾り。丸山町の笠鉾だ。黒い天鵞絨の輪で縁取られた大笠が勢いよく回ると、金糸で三社紋をあしらった赤い垂が風に舞う。

「フトーマワレー」

大観衆から声がかかる。笠鉾と入れ替わるように入ってきたのは、二人の芸妓衆。三味線小唄に合わせ、色留袖で艶やかな小舞を披露する。紅白粉の美しい芸妓に、得十郎はいっとき目を奪われた。隣では、助十郎がだらしなく鼻の下を伸ばしている。

「ショモウーアーレー」

鳥居の方へ下がっていく芸妓の背に、引き留めの掛け声がかかる。その声を遮るように、今度は銅鑼の音が鳴り響いた。

「お～、来た来た！」

助十郎は、子供のようにうれしそうだ。笠鉾の飾は紅白縮緬を巻いた龍声喇叭に銅鑼と鞨鼓、輪には金糸で阿吽の双龍が刺繍されている。次の踊町は本籠町、奉納するのはもちろん蛇踊だ。唐人服の男たちが操る龍が、金の玉を追う。

ひとしきり舞い、下がっていく龍に、またまた観衆から声がかかる。

「モッテコーイ、モッテコイ」

白法被の男どもが、両手を天に差し上げ、さらに観衆を煽る。

「モッテコーイ、モッテコイ」

この時、得十郎は何げなく長坂の方へ目を向けた。大観衆は総立ちである。踊馬場に面した最前列には御役人方が座るが、そのすぐ後ろにお琴さんがいるではないか。母上といっしょに見に来ていたのだ。お琴も得十郎を見て、にっこりと頭を下げた。

（お琴さんは、いつから気付いていたのだろう。さっき芸妓に見とれていたのを見られてはいないだろうか）

得十郎がどぎまぎしていると、助十郎が袖を引いた。

「おい、見たか！　お琴さんが、おれに微笑んだぞ。これはまんざら脈がないわけでもないな」

どうしてお琴さんのことを知っているのか。助十郎のことだ。お琴の噂を聞き、どこかで盗み見たのだろう。問いただすのも野暮だ。

「ばかを言うな。お前が佐十郎にかなうはずなかろう」

得十郎は、助十郎をたしなめたつもりだったが、己の言葉に胸が苦しくなった。

「そんなこと分かるもんか！　佐十郎のやつ、顔を擦りつけて本ばかり読んでいやがる。あんな面白くない男より、おれといっしょになった方がよほど楽しいと言うもんだ」

　むじゃきにはしゃぐ助十郎に少し心が癒された。

九月十日　晴

　ヲロシヤ船には四人の日本人が乗り込んでいると聞いた。およそ十年前に漂流した陸奥の廻船若宮丸の水主（かこ）たちだと言う。レザノフは「友好の証に連れてきた」と、言っているそうだ。この者たち、ヲロシヤ語が話せるらしいのだが、「通弁せよ」と申し付けても畏れ入るばかり。事情はどうあれ、国外で暮らした者は国禁を犯したことになる。ましてや粗相があれば、取返しがつかぬことになる、そう考えているのだろう。どう言い含めても、まるで埒（らち）が明かぬようだ。

　書簡の写しは、都合三通。ヲロシヤ語で書かれたもの、満州語で書かれたもの、それに日本語で書かれたものだ。父上はこぼしておられた。

「それにつけても、この日本語の書簡があまりにもひどい。全く意味が分からんのだ。字も拙い。善六と言うたか、こたび戻ってきた者たちの仲間が書いたそうだが。その者は、ヲロシヤに居残ったらしいがな」

　所詮はただの水主。まともな書簡を書けるはずがない。しかたなく、ヲロシヤ語の書簡をいったん阿蘭陀語に直させてから和解を進めていると言う。幸い、ヲロシヤ人で阿蘭陀語を書ける医者がいたので助かったとのこと。

「このようなことでは先が思いやられる。この上は、我らがヲロシヤ語を学ぶほかあるまい」

父上はそのように言っておられた。まったくやっかいなことだ。

九月十一日　雨

作日、肥田豊後守様が、ご到着されたとのよし。成瀬因幡守様も江戸には戻らず、この一件が片付くまで伴に事に当たられるとのこと。父上によると、どうにか書簡の和解も調い、明日にも御奉行様方へお渡しの運びとなったそうだ。まずは、ほっとした御様子であった。

九月十三日　晴

書簡の和解には、御奉行様方もいたく御満足なされたよし。

「昼夜を分かたぬ働き、大儀」

との思し召しにて、奉行所において和解に関わった通詞一同に振舞い酒があったそうだ。

それにつけても、レザノフだ。「いつになったら湊に入れるのか」と、相変わらずせっついているそうである。

「八日もの間、外海に留め置くとは、友好的とは言えぬ」

と、かなり立腹しているとのこと。ヲロシヤ船来航以来、海上には厳重な警固が敷かれている。番船の数も五十は下らない。それなのに、

「そのようなことをしても無駄だ。このまま湊に入れぬなら、囲みを破ってヲロシヤへ戻る」

そう豪語しているらしい。レザノフとは、どこまでも強引な男のようだ。

「番船に取り巻かせているのは見張りではなく、敬意を表してのこと。守護しているのです」

と、父上や助十郎の親父様で何とか取り繕っているようだが。

「このような大事、そうやすやすとは決められぬ。まずは、江戸からの下知状を待つほかあるまい」

どうにもできぬはがゆさに父上も顔をゆがめておられた。

＊　＊　＊

「何だ、お前たちか」

本木庄左衛門は、眠そうな顔を両手で撫でながら、得十郎と助十郎を玄関に迎えた。

「今日は久しぶりの非番だというのに、何の用だ」

「阿蘭陀語御指南のお願いにあがりました！」

助十郎が、勢いよく言った。年は一回り半も離れているが、二人は庄左衛門を兄のように慕っている。

庄左衛門は小通詞筆頭、大通詞に次ぐ役職だ。今は、沖出役としてレザノフとの折衝の前面に立っている。助十郎や得十郎の父たちよりもレザノフの思いを肌で感じているはずだ。表向きは阿蘭陀語指南などと言っているが、内心二人は（レザノフのことで何か面白い話を聞けぬものか）と、思っている。

「まあよい、上がれ」

庄左衛門は、二人を自室に招じ入れた。いつもながら、部屋の中は辺り一面蘭書が山積みになっている。が、ふと見ると、文机に置かれた帳面には何やら見慣れぬ横文字が並んでいるではないか。のぞき込む得十郎に庄左衛門が言った。

「おお、それか。『カクエータナヴァーエツァ』と、書いておる」

庄左衛門は乱れた髷頭（まげあたま）をゴリゴリ掻きながら、

「今は阿蘭陀語どころではない。ヲロシヤ語のことで頭がいっぱいだ」

と、言った。助十郎は、ほれきたとばかり得十郎に目配せした。そしてすかさず、

「それはどういう意味にございますか？」

「『これは何と言うのですか？』と、尋ねておるのだ」

この言葉を使って、手当たりしだいに物の名を聞き憶えているとのこと。

「まあ見ておれ。ヲロシヤ語など三月（みつき）もすれば話せるようになる……と、言いたいところだがなあ。これは為八郎の弁だ」

庄左衛門は、ややばつが悪そうに文机の前で胡坐（あぐら）をかいた。自然、二人も庄左衛門の前に端座する。

馬場為八郎は、元は三栖谷（みすみや）という商家の出である。それが、通詞株を買って馬場姓を名乗るようになった。ゆえに庄左衛門と同年輩だが、未だ小通詞並に甘んじている。とは言え、その実力は誰もが認める一級品。この職を得るにふさわしい才気溢れる人物であった。今度の一件でも、沖出役としてその才を遺憾なく発揮している。

為八郎には子がなく、十八歳年下の弟を養嗣子とした。それが佐十郎だ。これがまた、兄に勝るとも劣らぬ天才である。通詞は、実力がものを言う役職。それだけに、庄左衛門ならずともばつの悪い

ところだ。

　庄左衛門によると、レザノフは多少日本語ができるらしい。

「あやつ、『日本人は皆よい人だ』などと、ぬかしおった。妙な日本語でな。それがな、よくよく聞けばあの男、思いの外偉いやつのようなのだ。ヲロシヤ国の宮中へ自由に出入りを許されていると言うぞ。胸に立派な飾り物もぶら下げておってな。『私は、最高の官位をもらっている』と、言うのだ」

　いよいよおもしろくなってきた。二人は、にじり寄るように庄左衛門を見つめている。そんな二人を前に、庄左衛門はしばらく考える風をみせた。そして何を思ったか、ポンと膝頭を打つと、

「よし、山へ行こう！」

　言うが早いか、すっくと立ち上がった。一方、助十郎と得十郎は、顔を見合わせた。「山」とは、丸山のことである。丸山といえば、言わずと知れた遊郭の町。京の島原、江戸の吉原と並ぶ日本三大遊里の一つだ。ことに、長崎は交易で潤っているだけあって、丸山には京大坂からも芸妓が集い、たいへんな賑わいだと聞いている。

「作日、御奉行様より振舞い酒があったのは、お前たちも聞いておろう。遠慮はいらんぞ。今日は、そのお裾分けじゃ」

　そう言って、庄左衛門は着流しのままぶらりと表へ出た。勢い、二人もそれに続いた。歩きながら、

「どうする？」

　得十郎は、助十郎の脇を突いた。

「どうもこうもあるまい。ついていけばよいのだ」

強がってはいるものの、助十郎の横顔は爽やかな秋風の中で紅潮している。本木家のある外浦町（ほかうらまち）から丸山へは、横町（よこちょう）を通り抜けて大橋を渡り、そのまま真っ直ぐ進んで四つ辻に出る。ここを右に折れれば、もう思案橋。この橋は丸山へ人を誘うための橋、思い留まるならここである。

「イコカ、イクメカ、シヤンバシ」

庄左衛門は、妙な鼻歌を歌いながら、すたすたと橋を渡った。二人が躊躇していると、

「おい、何をしている。早う来んか！」

橋の向こうで、庄左衛門が呼んでいる。それでもぐずぐずしている二人に、

「世事を知らねば、通詞は勤まらぬぞ！」

と、促す。助十郎が意を決したように渡り始め、つられて得十郎も歩を進めた。

丸山町は、全て囲いの中にある。そこへ入るには、二重門（ふたえもん）と呼ばれる黒瓦の棟門を潜らねばならない。この門が、笠をさせばつかえそうなほどに低いのだが、ここを抜けると、まるで別世界。石畳の大路小路に遊女屋、茶屋が軒を連ね、囲いの中とは思えぬほどの華やぎである。文字通り山を切り開いて作られた町ゆえに、所々段差となっている。格子越しに居並ぶ遊女に目を奪われ、得十郎はうっかり石畳の段差につまずいた。

「おい、こっちだ、こっち」

きょろきょろしている二人を庄左衛門が呼んだ。見上げる先の大楠の傍らで手招きしている。そこは「中の茶屋」と呼ばれる茶屋の入り口。その店構えが、また一段と立派だった。暖簾（のれん）を潜ると、土間を挟んで座敷が二間、裏手には庭が垣間見える。この庭が、枝ぶりのよい松や硝子障子をはめ込ん

だ見事な石灯籠を配し、いかにも贅を凝らした造りだ。表看板は茶屋でも、みな裏口で遊女屋と繋がっている。中の茶屋も遊女屋築後屋の持ち物で、庭の向こうは総二階の遊女屋となっていた。

「ここはな、御巡見の折、御奉行様もお休みになられるところだ」

庄左衛門は、誇らしげに胸を張った。

「あ〜ら、あたいの青餅さんじゃないのォ」

白粉を塗りたくった飯盛女が、顔をのぞかせた。青餅とは情夫の隠語らしい。庄左衛門は、急にでれでれとなり、

「こいつら、初めてらしいのだ。まずは、景気付けに二、三本つけてくれ」

と、言った。女は「へェ〜、はじめて！」と、素っ頓狂な声を上げ、御銚子を取りに奥へと下がった。

庄左衛門がぐびりと杯を煽る。

「レザノフのやつ、このところ御検使様にも会わぬのだ。病だと称してな。おおかたへそを曲げておるのだろう」

こちらも譲歩し、明日には神崎の鼻までヲロシヤ船を引き入れることになっている、と言う。

「まあ、分からんでもないがな。ヲロシヤの王都からカナリヤ島、ブラジリを通って、カムチャッカまで一万四千里じゃ。気が遠くなるほどの遠路よ」

そう言って、またぐびりと杯を上げた。そうかと思うと、

「カナリヤだぞ、カナリヤ、カナリヤ！」

と、叫ぶ。カナリヤにどんな思い入れがあるのかは分からないが、そこが地球の裏側であることは

得十郎、助十郎も承知している。

「その挙句だ、上陸どころか、湊にも入れぬ。苛立つのも無理はないわな……とは言え、こちらにも御国法がある！　どうにもならんわ。さあ、飲め飲め」


どれほど飲んだか、気が付くと、行燈に灯が入っている。その時、つんと白粉の匂いが鼻をついた。

「おやおや、やっとお目覚めだねェ」

傍らには、件の飯盛女が添い寝しているではないか。床からがばりと身を起こした得十郎は、一糸まとわぬ己の姿に赤面した。

「『おことさん』って誰なんだい？」

飯盛女が、気だるそうな大あくびで訊いた。驚いた得十郎に、

「何だい。なんにも憶えてないのかい。いやだねェ、さすがのあたいだって、いい気はしないよォ。他の女の名を呼ばれりゃあさァ」

得十郎は、何も言えずにうつむいた。

「そんな顔するんじゃないよ。あんたの筆おろししてあげたんだからね……いいんだよォ、お代はあの男が払ったから。あんたら通詞は、羽振りがいいんだねェ」

通詞は、阿蘭陀人からの音物(いんもつ)をほどほどになら受け取ってよいことになっている。それを売れば、多少の小遣いにはなる。言わば、役得だ。だが、あまり大っぴらにやると『ばはん』と、みなされる。抜け荷のことである。一方で、御奉行や町年寄は、私的な交易が脇荷と呼ばれ、公然と認められてい

る。というわけだから、そこは魚心あれば水心。要はうまくやればよいのだ。庄左衛門なら、お手の物だろう。

「庄左衛門殿は？」

「あんたを頼むって、宵の口にとっとと帰っちまったよ。何でも、明日は早くから大事なお勤めがあるんだとさァ」

茶屋で見た時は若く見えたが、年の頃は二十四、五といったところか。得十郎より六つか七つは上だろう。お国訛りから察するに、東国辺りから流れてきたのか？　美しくはないが、あっけらかんとした笑顔にどこかあどけなさの残る女だった。

「あたいだって、生まれた時からこんなことしてるわけじゃないんだよ。人並みに親兄弟だっていたよ。でもさァ、あたいなんざァまだいい方さ。阿蘭陀行きだけは、ごめんだね！」

丸山には、日本人向け遊女の他、唐人行き、阿蘭陀行きがある。長崎に居留する唐人、阿蘭陀人向け遊女のことだ。唐人の相手ならまだしも、阿蘭陀人相手はどの遊女も嫌うところだった。

「それにしても、園生姐（そのおねえ）さんはかわいそうだよ。家が貧乏なばっかりに、阿蘭陀行きにさせられちまって。それに、子まで産んでさァ」

園生は、築後屋の遊女、カピタンであるヅーフの寵愛を受け、出島に居続けていると言う。

「おもんちゃん、って言うんだ、その子。もう四つになるよ。目なんかクルクルしてさァ、かわいいよォ」

子を成すと、阿蘭陀商館から実家へ砂糖籠が贈られる。養育のための賄い料というのが名目だが、その実、日々の暮らしの手当として支払われる。言わば、迷惑料だ。

「そんなもんもらったって今だけさ。どうせ阿蘭陀に帰っちまうんだ。続きゃあしないよ。どうなるんだろうね、おもんちゃんは」

得十郎は、そそくさと着物をまとい、茶屋に戻った。先に待ち受けていた助十郎が、

「どうだった？」

にやにやしながら、得十郎の顔をのぞき込んだ。

「それが、よく憶えとらんのだ」

「何だ、お前。それでは何をしに来たのか、分からんではないか。おれは醜女（しこめ）に当たってさんざんよ」

その時、そんな二人を横目に小男がすーっと通り過ぎた。

「おい、ありゃ佐十郎じゃないか」

助十郎がささやくのも聞こえたはずだが、佐十郎は振り向きもせず。本当に気付かないのか、あるいはこんなところで挨拶を交わすのも無粋の極みということか。いかにも常連の風を背に醸しながら暖簾を潜り、さっそうと表へ出ていった。

「あいつ、阿蘭陀語しか興味ありません、なんて顔しやがって。案外好き者だぜ」

助十郎が、袖口の残り香を楽しみながら言った。

帰り道、助十郎は己の初体験がいかに悲惨であったか、身ぶり手ぶりを交えて、得十郎に説き続けた。それを聞き流しながら、得十郎は遊女たちの心情に想いを巡らせていた。

九月十五日
今日、ヲロシヤ船が神崎の鼻まで引き入れられたとのよし。これまでより一里余り、町に近付いたわけだ。引き船八十二艘、その周りを番船が取り囲み、これ以上ない仰々しさであったと言う。その様子を一目見ようと、碇泊地は見物の小舟で埋め尽くされたらしい。
「レザノフは『棚田の石垣が美しい』と、いたく満足気であった」
父上もやや安堵した風であった。だが、それも一時のこと、このまま事が進まねば、また騒ぎ始めるだろう。まだまだ気は許せぬところだ。

九月十九日
近く、阿蘭陀船がバタビアに向けて船出する。明日には、最後の荷積みのため外湊である太田尾の泊りに移ることになっている。ところが、それを聞きつけたレザノフが、ヲロシヤ国王への手紙をこの阿蘭陀船に託したい、と言い出したそうだ。また、やっかいなことを言うものだ。

九月二十二日
阿蘭陀船は外湊にいる間、明け六つと暮れ六つに大筒を放つことになっている。それがまた、レザノフには気に入らぬらしい。
「なぜ阿蘭陀船に許して、ヲロシヤ船には撃たせないのか」
と。父上は、いちいち突っかかられてはたまらぬ、と言いたげなお顔だった。

＊　＊　＊

「どがんもこがんもなか！　とことん手の掛かる男ばい」

お勤めから戻った作三郎は、裃（かみしも）を解きながら言った。

「レザノフめ、次から次へと難題を吹っかけてきおる。御奉行様方は『何とか説き伏せよ』と仰せだが、小手先の話ではどうにもならんぞ。しかしながらだ、お二方とも言を揃えて『何より御先例が大事。とにかく、江戸よりの御沙汰が届くまでは、何も決められん』と、言われるのだ」

作三郎は、拝聴する得十郎の前に腰を据えた。

「まず、ヲロシヤ国王へ送る手紙の件だ。封を開けたまま、こちらに渡してもらいたいとレザノフに伝えた。すると、レザノフは『そのようなことはできぬ』と、突っぱねた。そこを何とかなだめすかして、どうにか写しは、もらったもののだ、これがヲロシヤ語で書かれているからな。例によって、ラングスドルフという医者に訊き、何が書かれているか教えてもらったのだ。それによると、『無事、長崎に到着し、江戸へ上る許しを待っている。万事厚く遇されている』というほどのものらしい。だが、考えてもみよ。ヲロシヤの医者が言うのだ。嘘偽りがないとも限らぬぞ。そこで、為八郎だ。為八郎が仔細に吟味したところ、大筋相違なしと言う。それで何とか、御奉行様方へ言上できたというわけだ。それにしても、為八郎のヲロシヤ語の上達ぶりには、目を見張るものがある。まったく大した男だ」

さすがは、佐十郎の兄上である。作三郎は続けた。

「朝夕に大筒を撃たせよと言い立てている件だ。『阿蘭陀人に許して、ヲロシヤ人に許さぬのは、侮辱である』と、言うのだ。だが、阿蘭陀人は二百年もの間、御公儀に年貢を支払っておるのだぞ。『急にそのようなことを言われても、できぬ相談だ』そう伝えたのだが、どうしても納得せぬのだ。しかたなく、阿蘭陀船に大筒を撃たぬよう申し付けることにした。『番屋が火の粉を被る恐れあり』としてな」

レザノフは、どこまでも強引にねじ込んでくるようだ。

「その上、船頭のクルーゼンステルンを阿蘭陀船まで遣わしたい、と言い出しおった。『阿蘭陀人には二度も訪問を受け、砂糖籠も贈られた。その返礼をせねばならぬ』と、言うのだ。それは叶わぬ、御国法ゆえ致し方ないのだ、と諭しているのだが」

今、通詞らで説き伏せる手立てを考えているところだと言う。

「阿蘭陀人のごとく、御国法にすなおに従えばよいものをのう」

父の嘆息に合わせ、得十郎も大きくうなずいた。すると、それを見た作三郎が言った。

「得十郎、お前はまことにそう思うか？」

得十郎が（えっ）という顔をすると、

「仮にも、先方は御公儀が渡した御信牌を携え、国王の命を受けて参っておる。その使者に対し、当方のみの御国法を楯に湊には入れぬ、上陸も許さぬでは、レザノフが苛立つのも無理はなかろう。阿蘭陀風説書で知るかぎりにおいても、欧羅巴（ヨーロッパ）の国同士の有様とは、そのようなものではあるまい」

幕府は、阿蘭陀商館に命じ、交易船がやって来るたびに風説書を差し出させている。ここで言う風説とは、世界情勢のことである。これを和解するのも通詞の大事な仕事だ。言うなれば、通詞は世界の情勢に誰よりも通じている。昨今の阿蘭陀風説書により、今、欧羅巴がナポレオン戦争の渦中にあることも承知している。ヲロシヤ船が、わざわざこの時期にやって来たとなれば、そういった事情と全く関連がないとも言いきれぬ。ここでレザノフの扱いを誤れば、我が国にも何らかの禍が降り掛からぬとも限らない。作三郎は言う。

「ヲロシヤは、世界の半分を占めるほどの大国じゃ。近頃は千島にまで顔をのぞかせておる。今や隣国と言ってもいいだろう。交易云々を議するは、我ら通詞の役目ではないが、『他国に礼を失することのなきように』と、御奉行様方に御助言申し上げることはできよう」

レザノフは「船に留め置かれたままでは、まるで虜囚ではないか」と憤り、「早く接岸して船の修繕もせねば、せっかくの献上品も台無しになってしまう」とも言っているそうだ。

「具合が悪いと言うのも、まことのようだ。体の節々が痛むらしい」

このままにしてておけないのも確かである。

「わしは、御奉行様方にこう申し上げた。『腰掛け場ということにしては、いかがでございましょう。上陸を許すのではなく、慈悲深き上様の御威光を示すのだとすれば、何ら不都合はありますまいと存じます』とな」

初めは渋い顔をしていた御奉行様方も、終いには折れて了解されたとのこと。そこで、木鉢浦辺りの適当な場所に休み所をこしらえることになったと言う。

「得十郎、お前もそのうちレザノフに会ってみるがよかろう」

そう言い残し、作三郎は座を立った。

九月二十七日
木鉢浦の腰掛け場が整い、今日、レザノフが上陸したとのよし。海と山に挟まれた三百坪ほどの平地に小屋が一軒建てられているとのこと。父上と助十郎の親父様、庄左衛門殿が御検使様とともにレザノフらに付き添ったそうだが、皆が懸念した通り、レザノフは気に入らなかったらしい。

「なぜこのように柵を巡らすのか。周りを見せないようにするためか、それとも我らが逃げられないようにするためか！」

強い口調で父上たちをなじったそうである。確かに人里離れた所で竹矢来に囲まれていては、ますます虜囚のごとく感じることだろう。御奉行様方からの餞別として茶菓子を贈ったが、その怒りは容易に治まらず。父上も、

「我が国の法が厳しく、まずはこれにてご了簡くだされ」

そう言うほかなかったとのこと。

九月二十九日
レザノフは、木鉢浦の腰掛け場には二度と行かぬと言っているそうだ。
「お望みなら、そこで食事も摂れるようにいたしましょう」
と誘ったが、そこはレザノフも慇懃に断ったと言う。先日上陸の際、まわりの山際からわらわらと

人がのぞいていた。

（晒し者になるのを嫌っているのだろう）

そのように慮り、のぞかないよう触れを出したのだが、そのことを伝えると、

「それは逆です。人がいやなのではない。ヲロシヤ国王が好意を抱く人々を見るのは、喜ばしいことだ。その命令は取り下げてほしい」

と、またまた怒りだしたそうである。

十月五日
父上は、ヲロシヤ船の漏水がひどいことを気にかけ、
「修繕を急がねばならん」
と、言っていた。船頭のクルーゼンステルンは、木鉢浦でもそれはできると言っているそうだが、急務であることは間違いない。阿蘭陀船が太田尾の泊を出た後、そこにヲロシヤ船を引き入れて、修繕できるように話を進めているとのこと。

十月九日
今日、ヲロシヤ船を太田尾の泊に引き入れたとのよし。挽船五十四艘、静々と引かれて、午後には西泊番所の目の前に碇を降ろしたと言う。ようやく内海に入ったわけだ。まだ長崎の町からは遠いが、レザノフの心も少しはほぐれただろうか。

＊　＊　＊

この日、得十郎は庄左衛門と伴に小舟に揺られていた。

「まあ、そのように硬くなるな。船酔いするぞ」

そう言って、庄左衛門は得十郎の肩を揉んだ。二人は今、ヲロシヤ船に向かっている。「得十郎も連れていってもらえぬか」と、作三郎が庄左衛門に頼んだのだ。

「お前の親父様は、偉いお人だ」

と、庄左衛門は言う。レザノフは、日本のやり方に不満である。「このような扱いの中で自分が死ねば、ヲロシヤ国がどのような挙に出るか、責任が持てぬ！」とまで言っているそうだ。

「それをだ、お前の親父様は、こう言い返したぞ。『もし私が上様ならば、直ちに法を変えるでありましょう。だが、我が国の法は厳しいのです。ただ、これだけは信じてもらいたい。御奉行も私と同じ気持ちだということを』とな。さすがのわしでも、そこまでは言えんぞ」


そうこうするうち、ヲロシヤ船が近付いてきた。大きい。千石船を三つ四つ合わせたほどもあろうか。天を突くような三本の帆柱。八十人余りが乗り込み、一万里の波濤を乗り越えられたのもうなずける。はためく旗は、白地に青のバツ印、ヲロシヤ軍船の旗だと言う。舷側に厳めしく並ぶ砲門を横目に、縄梯子をよじ登り、得十郎は庄左衛門に続いて甲板に上がった。レザノフの部屋は、艫の側にある。鑓付き鉄砲を持ったヲロシヤ兵が、戸口の左右を固めている。庄左衛門が大声で名乗ると、中から声が返った。涼やかな声だ。するすると入っていく庄左衛門。得十郎も慌ててこれに続いた。

急な階段を降りていくと、階下で男がにこやかに出迎えてくれた。レザノフだ。レザノフは、思っていたよりも小柄だった。庄左衛門も笑みを返し、互いに手を握り合った。さっそく船室に招き入れられ、ターフル（阿蘭陀語でテーブルのこと）の前に据えられた椅子に腰掛けるよう促された。そして、今いれたばかりなのだろう、レザノフは熱いコーヒーを二人の前に差し出した。年は四十一と聞いている。だが、クルクルした眼差しは、

（いたずら好きの少年のようだ）

と、得十郎は感じた。部屋は八畳敷きほど、硝子障子から差し入る陽光で隅々まで明るい。正面の壁際に半間四方くらいの台が据えてあり、その上に大きな箱が一つ置いてある。箱は、いかにも大事そうに薄黄色の羅紗で覆われていた。この中にヲロシヤ国王からの書簡が収められているに違いない。

コーヒーは、出島でもよくふるまわれる。だが、今日のは格別よい香りがした。庄左衛門は遠慮なく、立て続けに二杯飲み干した。そこでレザノフが「刀を見せてほしい」と、言い出した。通詞は、名字帯刀が許されている。身分は町人なので、腰の物は一本である。武士であれば即座に断るところだろうが、庄左衛門は無造作にそれを差し出した。形ばかりの物なので、名刀のはずはない。だが、レザノフは引き抜いた太刀の出来栄えに目を輝かせていた。

通詞役のラングスドルフが呼ばれると、庄左衛門はさらにあけっぴろげな態度になった。

「御公儀もばかげた法を作ったものよ、国を閉じるなど」

むろん阿蘭陀語である。異国の言葉だからか、ずいぶん大胆な物言いだ。

「わしは、日本に生まれて不幸だと思っている。漂流人たちが、羨ましいわ。なにせ、世界を見ることができたのだからな。もし、諸物を見てやろうという心を少しでも持っていたなら、やつらはそのことだけでも満足すべきなのだ」

漂流人たちは、まだその処遇が決まらず、今もこの船のどこかに囲われている。軽く相槌を打つレザノフに庄左衛門は続ける。

「いったい我らに何があると言うのか。人がこの世に生を受けたのは、飲み食いするためだけではないぞ。学ぶためだ！」

コーヒーに酔ったのかと思うほど、庄左衛門の勢いは止まらない。おもむろに懐から地図を取り出し、レザノフに示した。長崎湾の全景図だ。

「ここが伊王島、ここが神ノ島、ここが神崎の鼻、そしてここが、今いる太田尾の泊だ」

異国人に地図を渡すのは、御法度である。得十郎は気が気ではない。こっそり庄左衛門の袂を引くと、「見せるだけならよいのだ」と、その手を払われた。レザノフは、満足気だった。そして、しばらく見入っていたかと思うと急に顔を上げ、「一つ尋ねたいことがある」と言った。何かと思えば、

「上様の名前は何と言うのか？」

と、言うではないか。畏(おそ)れ多くも、上様のお名前を尋ねるとは。もちろん教えられるはずがない。

庄左衛門は、にやりとして一言、

「それはまたの機会に」

すると今度は、「ヲロシヤ語を学びたいか」と言い、庄左衛門に一枚の紙を差し出した。それには、

ヲロシヤ語が百余りも書かれていた。庄左衛門が大喜びで、

「フセェ　ラシア　ドゥブリー　リュージ」

と言うと、レザノフは笑っていた。得十郎が小声で、

「何と言ったのです？」

「ヲロシヤ人は皆よい人だ、と言うたのだ」

加えて庄左衛門は、

「これからは毎日通いますよ」

と、言った。すると、レザノフが口ごもったように何かを言う。日本語だろうか？　たどたどしくて、得十郎にはうまく聞き取れない。これに対し、

「ああ、それなら次に持ってまいりましょう」

庄左衛門は、そう返した。「何ですか？」と訊くと、

「字引だ」

と、言う。レザノフは、前々からそれを欲しがっているらしい。だが、それも御禁制の品。ここで庄左衛門は話題を変え、さらりと、

「ときにレザノフ殿。御奉行様は上様の御名代なれば、当地を守護する筑前、肥前の御領主も大大名ながら頭を下げますぞ」

これを聞いたレザノフは、その手は食わぬと言わんばかりに冷ややかな笑みを浮かべ、

「私もヲロシヤ国王の名代です。御奉行は同格と思い、敬意を表していますよ」

と、やり返した。レザノフは、カピタンのヅーフが御検使様に対し、ひざまずいて頭を垂れる姿を見ている。そのような仕来り(しきたり)など、とうてい受け入れ難いと言いたいのだ。庄左衛門は、

「それも一理ござろうがな」

と、言ってからりと笑った。最後に庄左衛門が言った。

「ところで、ここにある麦の粉をお渡しくださらんか。さすれば、パンを焼かせて持ってまいりましょう」

長崎にはパン屋武右衛門がいる。この者に焼かせるのだと言うと、レザノフは笑って快諾した。庄左衛門も満足げな顔をして、

「プラシャーイ」

と言い、席を立った。そして得十郎を促し、船室を後にした。


「どうであった?」

小舟に乗り移った庄左衛門が、得十郎に訊いた。

「どうもこうもありません。冷や冷やいたしましたぞ。これでは首がいくつあっても足りません」

「なあに、これくらい言わんでどうする。見たであろう、レザノフのやつ、まんざらでもない顔をしておったわ。それくらい肝が据わっておらねば、通詞などとても勤まらぬぞ。あちらが欲しい物を与え、こちらが欲しい物を取る、それが交渉事というものだ」

そう言い放ち、庄左衛門は高笑いした。

十月十六日

昨日、太田尾の泊に清国のジャンク船を引き入れたとのこと。ヲロシヤ船の荷を移して、船底を修繕するためだ。だが、そのジャンク船が小汚い上に船室の天井も人が立てぬほど低かった。庄左衛門殿によると、それを知ったレザノフが、

「だれが、こんな豚小屋に移れと言ったのか」

と、カンカンに怒ったらしい。

「いやいや、わしも冷汗をかいたぞ。船が大きいので大丈夫だと思ったのだが」

庄左衛門殿もたじたじのご様子であった。おまけにそのジャンク船が潮に流され、あやうくヲロシヤ船にぶつかるところだったと言う。それにつけてもヲロシヤ船の修繕は、喫緊の課題。

「修繕の間、ヲロシヤ人たちの陸揚げもやむなし」

そう御奉行様方へ御進言申し上げたそうだ。何とか御了解を取り付け、近く急使をもって江戸表へ伝えることになったとのよし。

十一月一日

本日、出島で宴会が催されたと父上から聞いた。カピタンのヘンデレーキ・ヅーフが自分の生まれた日を祝うために開いたものだと言う。西洋ではめいめいの生まれた日で一つ年をとる、そのように年を数えるらしい。なんでも今日で二十八になったとか。もっと年行きだと思っていたが。西洋人の

歳は分からぬものである。

父上によれば、出島中に提灯が掲げられ、煌々と照らし出された阿蘭陀屋敷は、なかなか見事であったとのこと。

ヅーフは時折、ヲロシヤ船に差し入れをする。そこで父上は、ヅーフに尋ねてみたそうだ。「レザノフをどう扱ったものか」と。すると、しばらく考えて、

「我らも儀礼的に付き合いをしているに過ぎません。そのようなことは御公儀がお決めになられればよろしいでしょう」

そう答えたと言う。

レザノフは、長崎来航に当たり一通の手紙を用意していた。阿蘭陀本国からヅーフに宛てた手紙だ。それにはこうあったそうだ。

「レザノフの計画を幇助するように」

それを踏まえて、父上は言う。

「阿蘭陀国は、ヲロシヤ国に比べて小国だ。頼まれれば無下にはできず、そのような手紙を書いたのであろう。ヲロシヤと日本の間に交易が始まれば、阿蘭陀にとってヲロシヤは商売敵だ。かと言って粗略には扱えば、国同士の関係にもひびが入りかねない。ヅーフとしても難しい舵取りを迫られているというわけだ」

なるほど、そう言うことなのか。

「ヅーフという男、さすが若くして商館長を任されるだけのことはある」

父上も納得の表情であった。

＊　＊　＊

「うーん、どうも分からん」

助十郎は「サーメンスプラーカ」を前に首を捻っている。今日は、石橋家の奥座敷で阿蘭陀語修行だ。「サーメンスプラーカ」は、日常会話集である。助十郎が腕組みしながら言った。

「『ik leer』は『我学ぶ』であろう」

「そうだ」

「それが『汝学ぶ』だと『gij leert』だ」

「それがどうした」

「佐十郎が言うのだ。これは『leeren』という語が基となり、末尾が転じたのだとな」

「そう言われれば、確かにそうかもしれんな」

「さらに過去や未来のこととなると、この語がまた転じるのだ、とも言っていたぞ」

(なるほど佐十郎はそのように学んでいるのか)

得十郎は感心した。二人して眉根にしわを寄せていると、助十郎の親父様、助左衛門が顔をのぞかせた。

「おお、励んでおるか！」

落ち着きのない助十郎がちゃんと学んでいるのか、父としても気になるのだろう。助十郎にしてみれば、そんなことはお構いなし。そろそろ勉強にも飽きてきたところだ。ここぞとばかり父に問い返した。

「ところでヲロシヤ船のこと、いかがなりましたか？」

「おお、そのことじゃが」

今度は、助左衛門が難しい顔になった。親父様によれば、梅ヶ崎に屋敷を建て、早々にヲロシヤ人を上陸させることになったとのこと。梅ヶ崎と言えば、大浦の手前、レザノフはまた少し長崎の町に近付くわけだ。だが、それはあくまでヲロシヤ船の修繕が名目。

「その旨、ヲロシヤ側から願い出たと、レザノフに書面を認めさせよ」

と、御奉行様方からお申し付けがあったそうだ。「急を要すことゆえ、ヲロシヤ語でもよい」との御沙汰であると言う。あとで「けしからん」となったとき、御老中への言い訳にするためだ。

「世界から見れば、日本は小さな島国じゃ。それゆえ何もかもが小さい」

助左衛門が言っているのは、御奉行様方の器量のことである。

長崎奉行は、禄高三千石以上の旗本が任ぜられる。三千石といえば高禄だが、体面を保つとなれば、それなりに物入りである。長崎奉行に任ぜられれば、御役料の他、御調物と称して交易品を安く手に入れ、京大坂で高く売ることができる。さらには九州諸藩からの贈答品や商人からの付け届けなど、諸々実入りが多い。数年の任期で一財を成し、あとは左団扇の老後が待っているという寸法だ。それだけに、猟官運動も激しく「長崎奉行三千両」などと揶揄されるほどである。当然のことながら「任期中、何事もなくやり過ごせれば」というのが本音であろう。

「御老中も御老中よ」

と、助左衛門は言う。先日、ようやく届いた江戸からの書状は、どうせよと言う下知状ではなく、質問状であった。しかも、

「慶長の頃には、他国からの使節が差し越したこともあろう。その折はどのように扱ったのか、そちらにある古い帳面には書かれておらぬか」

というもの。さらには、

「ヲロシヤ使節は、いつまでそこに居座りそうか」

などとも書いていたそうだ。

「もうヲロシヤ船が参ってよりふた月にもなるのだぞ。これではどうにもならん」

助左衛門は、大きなため息をついた。とにかく、梅ヶ崎上陸に当たり、先だってのジャンク船のような不手際が起こらないよう、通詞一丸で事に当たっているとのこと。梅ヶ崎の屋敷には、レザノフのくつろげる部屋はもちろん、献上品を納める蔵も調えたそうだ。さらに、

「彼らが自分たちの料理を作れるよう、台所も用意しておる。そのために、彼らの持っている鍋釜の大きさまで測っておるのだぞ」

また、レザノフが風呂に入りたいと言うので、どのようなものがよいか細かく聞き取るなど、目の回るような忙しさだと言う。

頃合いを見て、助十郎が言った。

「父上、私も一度レザノフに会わせてくださりませ。得十郎はもう会ったと言いますぞ！」

助左衛門は（またやっかいなことを言い出しおって）という顔をして、

「そうじゃな、それも通詞修行と言えるかもしれんな。今少しことが落ち着けば、そうしよう」

そう言って、重い体を引きずるように部屋を出ていった。

「こりゃ、いつのことになるやら分からんな」

二人は、顔を見合わせた。

十一月十七日

今日、レザノフが梅ヶ崎に上陸したとのよし。一行を岸へ運ぶ御座船は、肥前鍋島公が用意されたと聞いた。父上によると、その御座船は千石船に屋形を乗せたような立派な造りであったらしい。屋形の内は金箔や黒漆で化粧され、

「それはそれは、目もくらむばかりの美しさであった」

とのこと。挽船に曳かれて御座船が進み始めると、ヲロシヤ船からは「ウラー」という歓声が、三度上がったそうだ。勝どきのようなものだろうか。

梅ヶ崎の屋敷には、レザノフのために四部屋が用意された。その他、船頭部屋と頭分の部屋が合わせて四つ、大部屋が一つと賄いも付いている。それぞれの部屋には、真新しい畳が敷き詰められ、美しい屏風や手の込んだ行燈、逸品の火鉢まで備えてあるらしい。敷地の要所要所には番所が置かれ、警固も怠りない。

「御奉行様の御役宅でもあれほど立派ではないぞ」

と、父上は言っていた。それでもレザノフは、

「私は大切な客人ですか、それとも囚われているのですか」

と、言ったそうだ。どうやら屋敷を取り囲む竹矢来が気に入らないようだ。

「これは日本の習慣で、奉行所も塀で取り囲まれておりまする」

そう諭すと、

「そうですか。だが、御奉行も一日中そこに引き籠もっているわけではないでしょう。では、さっそく明日にでも町に連れていってもらいましょう」

と、言い出す始末。

「どうか、今しばらくの御辛抱を。十日もすれば、急使が参りますゆえ、何がしかの対応がなされましょう」

なだめすかし、今日のところは何とか収まったようだが。

「実際、急使が到着したところで、町中を自由に見て回るなどありえぬ話だがな」

相変わらず、父上のお顔は厳しかった。このところ目の隈がとれぬご様子。お体に障らねばよいが。

十一月二十二日
作日、江戸からの下知状が届いたとのよし。それが「ヲロシヤ船の入津は許すが、病人以外の上陸は許さぬ」というもの。そんなことをそのまま伝えれば、ここまで何とか丸く収めてきた話が振り出しに戻ってしまう。

「今、梅ヶ崎にはレザノフはじめ十五人のヲロシヤ人とこたび連れ戻された四人の漂流人が暮らしている。それらすべて病人とするほかなかろう」

そう父上は言った。それでも下知状は下知状、正式に申し渡さねばならぬ。だが、いざ伝えるに当たり、また一悶着あったらしい。上意は平伏して承らねばならないのが定め。しかし案の定、レザノフはこれを拒否した。

「私に頭を下げろとは、ヲロシヤ国王に対する侮辱である」

と、言うのだ。父上は言った。

「ヲロシヤ国王は国書の中で『望まれれば、ヲロシヤ使節は日本の習慣に従う』と言っておられますぞ、そう詰め寄ったのだが。それに対し、レザノフは言うのだ。『分かりました。ただし、私が国王の意思で話すとき、あなた方はお辞儀しなければなりません。聡明で洞察力あふれる我が国王と公方様は同等です』とな。ああ言えばこう言う。何とも一筋縄ではいかぬ男よ」

父上たちは、御奉行様方とレザノフとの間で板挟みだ。結局、

「互いに歩み寄り、手と手を握ればそれでよい」

ということになったと聞いた。だが、事そこに至るにも一苦労だったと言う。

「それでは公方様の威信に傷が付く」

と、御奉行様方が難色を示したのだ。助十郎の親父様が奔走し、

「梅ヶ崎では、それでもよい。だが、奉行所に参った折には日本の慣習に従ってもらう」

そう釘を刺すことにして、御奉行様方に御料簡いただいたそうだ。やれやれ、こんなことでは先が

思いやられる。

十一月三十日

今日は、阿蘭陀正月である。つまり西洋では、今日が一八〇五年の元旦となるそうだ。毎年のことだが、ヅーフは出島のカピタン屋敷に友人を招いて、三日三晩の宴会を催す。もちろん通詞も招かれる。父上が、

「こたびはお前も連れていってやろう」

と、言ってくださった。明日が楽しみだ。

＊　＊　＊

出島は、長崎湾に築造された扇型の島である。得十郎は父に従い、今、制札場に立っている。御触書の制札板が立つこの場所が、言わば扇の要。掘割を挟んで正面に表門、左右に石垣と白壁が弧を成している。右手に目をやると、高々とはためく赤白青の三色旗、西洋の帆柱を旗竿のようにしている。それが西洋のものだと分かるのは、帆柱の中ほどに見張り台があるからだ。得十郎は、父に続いて表門へ繋がる石橋を渡った。

小門を潜ると、すかさず探番（さぐりばん）が現れ、人改めを行う。出島門鑑（でじまもんかん）を持たない者は、通さぬのが御定法。だが、通詞は毎日のように訪れているのだ。顔は見知っている。作三郎だと分かると、男はすぐに頭を垂れた。

出島は、奥行三十五間（約七十メートル）。二人は、表門から真直ぐ続く道を進んだ。板塀で挟まれた道がぱっと開けると、左右に大通りが広がっている。出島を貫くこの通り沿いに総二階の家屋が軒を連ね、日行使（ひぎょうじ）や料理人、庭番にコンプラ仲間と出島で働く者たちが忙しなく出入りしている。コンプラ仲間とは、阿蘭陀人のための日用品買い付けをする者たちだ。そんな人々の中に粗末な丈の短い股引を履いた肌の浅黒い男たちがいる。黒坊（くろぼう）、ジャガタラで雇われた下僕である。彼らが裸足で歩きまわるのが特に目に付いた。

その大通りを左に取り、少し歩くと街並みが切れる。そして道の左側が花畑になっていた。その花畑を望み見るように建っているのが本日の宴会場、花畠涼所だ。ちょうど得十郎が稽古通詞となった年、寛政十年の大火で元のカピタン屋敷が焼失した。それ以降、ここが新カピタン屋敷として使われているのだ。白黒市松模様の玄関敷石を踏み、一階の玉突き場を抜けて、二人は階段を上った。

二階は畳敷きの大広間、そこが宴会場に設えてある。部屋の真ん中に大きなターフル（テーブル）が据えられ、それを囲むように、椅子が並べられていた。すでに御検使の行方覚左衛門様、上川伝右衛門様が御着席され、助十郎の親父様や馬場為八郎殿、庄左衛門殿もいる。ふと見ると、一番端に佐十郎が座っているではないか。ここでも熱心に本を開いている。

「佐十郎」

声をかけると、

「得十郎君じゃないか」

佐十郎は、驚いたように顔を上げた。その小さな鼻の上には眼鏡がちょこんと乗っかっている。

「お前、眼鏡をかけたのか」

鉢の張った頭に糸くずのような目、それに丸い眼鏡が妙に似合っていて、おかしかった。

「そうなんだよ。これで、ますます本が読めるってもんだよ」

佐十郎の言葉は、どこか江戸風だ。江戸の役人や商人たちから聞き憶えるのか、はたまた江戸から流れてきた女郎から習うのか。さすが言葉の習得にかけては天賦の才があるようだ。今、カピタンのヅーフからフランス語、ヘトル（商館次席）のブロムホフからは英語を習っていると言う。得十郎は、佐十郎と庄左衛門の間に腰掛けた。

皆が揃うのを見計ってヅーフが現れ、その合図とともに給仕の黒坊たちが大皿に盛られた料理を次々とターフルに並べていく。得十郎は、珍しい料理の数々に目移りしていたが、鶏や子豚の丸焼きが目の前に置かれると、一気に食欲を失った。

ヅーフが皆に向かって、

「御慶申し入れます」

そう言って、丁寧にお辞儀をする。来日五年、年礼のあいさつも堂に入ったものである。やや禿げ上がってはいるが、肌艶はなるほど二十八くらいに思われた。隣の庄左衛門がいつもの調子で、

「遠慮はいらんぞ。さあ、飲め飲め」

と言いながら、足の付いたガラスの器にブドウ酒を注いだ。

「これはな、レザノフがヅーフに贈ったもんだ」

庄左衛門は自分の器にも注ぐと「こうやるんだ」と言って、自分の器と得十郎の器を合わせてチン

と鳴らした。見れば、周りで皆チンチンやっている。初めてのブドウ酒は、なかなか美味であった。

「なんだ。腹が減ってないのか？　そうか、これの使い方が分からんのだな。よし、わしが取ってやろう」

　そう言うと、庄左衛門は三又鑽（ホコ）（フォーク）と快刀子（ハアカ）（ナイフ）を器用に使い、鶏の丸焼きを切り分けて、得十郎と自分の皿に盛った。それをむしゃむしゃと食いながら、

「食ってみろ。うまいぞ～」

と、言う。そう言われても、鯛の尾頭じゃあるまいし、それが庭を駆け回っていた鶏では容易に喉を通らない。何か食べられそうな物はないか、見回していると、つくね芋のような料理があった。「アルターフル　ストウフ」と、言うそうだ。これならばと、三又鑽で突き刺して食べた。相変わらず、佐十郎は本を読んでいる。口許は動いているので、それなりには食っているようだ。

　上座の方では、芸妓が酌にまわっている。深い紺地の着物に赤い襟足をちらりとのぞかせ、色鮮やかな朱の帯をキュッと締めている。立ち居振る舞いも優雅なものだ。やがて、その芸妓が得十郎の傍らに立った。

「いかがでありんす」

　廓詞（くるわことば）だ。白粉の匂いが鼻を突き、丸山でのことを思い出した。得十郎より七、八つは年かさか。ほっそりとした鼻筋に涼やかな目許をしている。しばし見とれていると、

「もらっておけ」

　隣で庄左衛門が、にやにやしている。注がれた酒が妙に泡立っているのが気になったが、そんなこ

とはどうでもよい。勢いよくぐいと飲み干した。

「なんですか、これは！」

　思わず、顔が歪んだ。庄左衛門と芸妓は大笑いしている。

「悪食物（あくじきもの）だろう。ビイルだよ。麦でこしらえた酒だそうだ」

　なんだか急に気分が悪くなってきた。風にあたりたくなった得十郎は「厠へ」と言い残し、階下へ向かった。そして、そのまま表へ出た。

　花畑は、ずらりと吊るされた提灯の灯で煌々と昼間のようだ。いつの間に抜け出したのか、そこに佐十郎がいた。石の台座に腰掛け、やっぱり本を読んでいる。佐十郎は、得十郎に気付くと、無表情でするすると近付いてきた。何かと身構えていると、

「これは、内緒の話だけどね」

　と前置きし、

「近々、兄様がレザノフに字引を渡すんだよ」

　と、耳打ちした。佐十郎が兄様と呼ぶのは、もちろん馬場為八郎のこと。そう言えば、レザノフは庄左衛門にも「字引が欲しい」と、言っていた。

（きっと庄左衛門殿が、のらりくらりとはぐらかしたのだ。それで、為八郎殿に頼んだ、そうに違いない）

　と、得十郎は思った。沖出役の為八郎は、レザノフ来航以来、そのやり取りに当たっている。レザノフと過ごした時も長い。その分、親しくなっていても、おかしくはなかった。だが、字引を渡せば

重いお咎めがあることは、通詞なら分かっているはずだ。

「だって、そうすりゃヲロシヤ語も習えんだぜ。おもしれえとは、思わねえかい」

佐十郎は、妙に口許を歪めて笑った。さらに、

「知ってるかい。西洋には疱瘡に罹らないための施術があるらしいんだよ。それも読んでみたいだろう」

古来、日本でも疱瘡（天然痘）には悩まされてきた。そんなうまい話があるものかと思いつつも、佐十郎が言うのだ、あながち全くのホラとも思えない。訝しむ得十郎をよそに、佐十郎は続けた。

「あっ、それから庄左衛門殿には気を付けた方がいいぜ。兄様から聞いたけど、『あの男は信用できない。私の言うことを正しく伝えていないのではないか』なんて、レザノフが言ってたらしいぜ」

そう言うと、佐十郎はカカと笑った。言いたいことを言い終えて満足したのか、また無表情に戻ると、くるりと踵を返し、佐十郎は表門の方へすたすたと去っていった。その後ろ姿を見送ったあと、

（そうだ、カステイラとコーヒーを頂こう）

と思いつき、得十郎は玄関の方へ向き直った。すると、玄関の前に小さな女の子が立っている。着物を着ているが、提灯の灯りに照らされたその目は透き通るように青い。花畑で摘み取ったのだろう、胸の前に水仙を握りしめている。何を思ったか、女の子は得十郎の前へ歩み寄り、両手で握った花束をすっと差し出した。得十郎がそれを受け取ると、はにかむように微笑み、館の中へ駆け戻っていった。

（おもんちゃん？）

阿蘭陀人との間に生まれた子は、数え七つになるまで出島で暮らすことが許されている。その後は、母親の実家で養われることになるのだが、もともと娼家に娘を売るような家である。裕福なはずがない。ヅーフもいずれ本国へ帰ってしまう。阿蘭陀人の父親が日本を去るに当たっては、砂糖籠を奉行所へ預けて、つどつどに売った代金を渡してもらうと聞いている。だが、それとて終生というわけにはいかない。唐人の子であれば目立たないが、西洋の血を引く顔だちは、一目瞭然。まわりからは快く思われない。暮らし向きが苦しくなるのは、目に見えている。得十郎は、おもんの先行きを思うと、胸が苦しくなった。

十二月十七日

こたび日本に連れ戻された太十郎が髭剃りで自分の舌を切り、死のうとしたらしい。午上刻（午前十一時頃）のことだ。父上から聞いたところでは、

「ヲロシヤ人が止めに入り、何とか一命を取り止めたが、口の中は血が溢れていたらしいぞ」

長崎きっての蘭方医、吉雄幸載（よしおこうさい）殿が呼ばれ、治療に当たられたそうだ。傷は長さは一寸二歩、深さは一歩余り、

「咽（のど）の内だけに難しいようだ。良くなるかどうかは、分からぬそうじゃ。吉雄殿が言うのだ、致し方あるまい」

ようやく帰国が叶ったというのに、御奉行様は四人の受け取りを拒否。長崎に着いてからも、ふた月に余ってヲロシヤ船に留め置かれた。やっとのことで上陸できたものの、未だ梅ヶ崎でヲロシヤ人

と暮らしている。十二年前に同じく日本に戻された大黒屋光太夫が、今もなお幽閉されていると聞けば、落胆するのも無理はない。ことに太十郎は、重い気鬱となっていたそうだ。不憫なことである。

＊　＊　＊

諏訪町、中山家の奥座敷。静が茶菓子を置いて出ていくと、さっそく助十郎が始めた。

「得十郎、おれもレザノフの所へ行ってきたぞ」

見れば、文机に肘をついて得意げな顔をしている。

「親父殿が、なかなか連れていってくれんのでな。今だ、と思ったのよ」

奉行所は、太十郎の舌切り事件の後始末に追われている。その時その場にいたヲロシヤ人にどんな次第だったのかを聞き取り、詳細をとりまとめなければならない。この騒ぎの中で助十郎が、

「レザノフの部屋着は、私が持ってまいりましょう」

そう申し出ると、

「おお、そうしてくれるか」

と、簡単に聞き入れられ、御検使の行方覚左衛門様に託されたと言うのだ。少し前のことになるが、肥田豊後守様がレザノフに綿入れの部屋着を贈った。だが、丈が合わず。手直しを終えて、今日明日にでも渡そうとしていた。その矢先に舌切り事件が起こったのだ。この期をとらえて、そのような申し出をするとは、助十郎らしい。油断も隙もないやつだ。

梅ケ崎は、唐人屋敷のさらに先、大浦の方である。市中からは外れているが、出島とは海を隔てて

向かい合っている。出島の脇にある大波止の船着場から、伝馬船に乗れば、目と鼻の先だ。レザノフの居所は、門を入って右手。鉄砲を担いだヲロシヤ兵が入り口を固めていたので、そこだとすぐに分かったそうだ。

「どんなやつかと思ったが、案外穏やかな男であったな、レザノフは。綿入れを差し出すと、いきなりおれの右手を握って、ぐるぐると振るのだ。面食らったわけじゃないが、何だか調子が狂っちまった。まごまごしているうちに、親父殿が飛び込んできてな。奉行所から大波止の船着場まで走ったんだろう。ぜいぜい肩で息をしながら、

『倅(せがれ)でござります』

と、きたもんだ。そうとう慌てていたなあ」

助十郎は、愉快そうに笑った。助十郎が梅ケ崎へ向かったのを知った親父様は、

(あいつのことだ、何をしでかすか分からん)

そう思ったのだろう。急いで後を追ったのだ。奉行所から大波止までは、およそ十町（約千百メートル）。その間を駆け通しに駆けたに違いない。

「いろいろ訊き出してやろうと思っていたが、すぐ横で親父殿が目を光らせているのだ。どうにもならんだろう。ラングスドルフが阿蘭陀語を話すのは、お前も知っているな。この男が傍で見ていて、我ら親子の気まずい気配を察したのだな。

『実験をお見せしましょう』

と、言い出した。それから妙な小箱を持ってきたぞ。何だと思う？　エレキテルだ。書物で見たこ

とはあったが、実際見るのはおれも初めてだ。パチパチと薪が爆ぜるような音がしていたな。

しばらくすると、親父殿が言うのだ、『倅にもいい勉強になりました』と。それでおれの袖を引く。もう帰るぞってことだな。何とか居残ってやろうと思ったのだが。ここでまた、ラングスドルフが気をまわし、

『次に来た時には、空船を空に上げるところをお見せしますよ』

などと、いらんことを言いやがる。（ん、空船って何だ？）って思ったが、親父殿が急かずので、仕方なく引き下がることにしたわけよ。あ～あ、今度はどうやって乗り込んでやろうかな～。

そうそう、レザノフが門まで見送ってくれたんだが、その時遠くで子供の声がした。『ロシアサマ～』ってな。レザノフは、竹矢来の向こうを見やりながら『オヒサ』ってつぶやいた。うん、確かにそう言った！　近くに人家もあったからな。普段話などしているのかもしれんぞ。そうか、唐人屋敷の方から回り込めば、梅ヶ崎に近付けるかもしれんなあ」

「やめておけ！」

ここまで黙って聞いていた得十郎が、たしなめた。

「他の者ならいざ知らず。お前は通詞だぞ。女子供ならば番人も見逃すであろうが、お前が行ってみろ、どうなる。身元が知れれば、親父様にも迷惑が掛かる話であろうが」

助十郎は、少し鼻白んだ様子で、

「あ～あ、つまらんなあ」

と言って、そっくり返り、しばらく天井を眺めていた。

十二月三十日

レザノフは、ますます体の具合が悪いらしい。上陸すればよくなるかと思ったが、そう簡単にはいかないようだ。梅ケ崎は、小高い山を背にしている。そのため、冬となれば日当たりも悪い。

「屋敷が湿気ているのでどこかもっとよい場所に移れないのか。これでは、とても友好的扱いとは思えぬ。私も死にたくはないし、何より、私に対する仕打ちはヲロシヤ国王への侮辱であり、もっと許せない。このまま返事を引き延ばすのであれば、私は船に戻る」

と、例のごとく怒っていると言う。父上の話では、

「そのように言われても、どうすることもできぬ。御奉行様方は、『江戸からの下知がなければ、いかんともしがたい』そう仰せになるばかりだ」

レザノフにしてみれば、いつまで経っても御奉行様への御目通りも叶わず、苛立ちが体に障るのだろう。

それはそうと、今日は大晦日。梅ケ崎のレザノフ屋敷にも正月飾りが施されたとのこと。玄関先に松の木が植えられるのを、レザノフは興味深げに見入り、鴨居に掛けられた注連縄を珍しそうに触っていたそうだ。また、部屋の隅に据えた宝来飾(ほうらいかざり)がいたく気に入ったようで、

「これは何のために置くのか」

と、三方にのせられた海老やだいだい、裏白(うらじろ)の意味をしきりと訊いてきたと言う。これで少しでも気が晴れ、具合がよくなればよいのだが。

文化二年丑　一月一日

今日で父上の年番大通詞としてのお勤めは明け、その御役目は名村多吉郎様に引き継がれる。だが、今は非常の時だ。年始挨拶回りのため裃（かみしも）に着替えた父上が、

「この難事、なお皆で心を一つにして当たらねばな」

打刀（うちがたな）を一振り腰に差しつつ、口許を引き締めていた。早く事が治まり、例年のように雑煮を頬張る柔和なお顔に戻ってほしいものである。

一月八日

今日の昼頃、大変なことがあった。本篭町（もとかごまち）の商家で小火（ぼや）騒ぎがあったのだが、それがただの小火ではない。梅ヶ崎の方から飛んできた大凧が屋根に落ちて、くすぶっていたというのだ。父上曰く、

「大きな巾着袋のようであったわ」

だが、その大きさが尋常ではない。縦が五間（九メートル）、横が二間（三・六メートル）。その大きな袋のごとき凧には、首が二つある鷲の絵が描かれていたそうだ。和紙を張り合わせて作られていたが、ヲロシヤ人どもの仕業であることは明白。しかも、凧の下には火薬のようなものも仕込んであり、それが盛んに燃えていたらしい。父上が梅ヶ崎にて問いただしたところ、

「炎の勢いにて袋を空に浮かべる仕掛けだと言う。風向きが悪く、町の方へ飛んでいってしまったのだと言っておったな」

とのこと。助十郎の言っていた「空船」とは、これのことか。凧を作った騒ぎの張本人はやはりラングスドルフ、父上たちの詰問に平謝りだったという。

「まったく、もし大火にでもなっていたら、どうするつもりだったのか。正月の凧揚げということにして、何とかことを荒立てずに済ましたが。大事な時だ。これ以上、面倒は起こさないでもらいたいものだ」

父上も嘆息しきりであった。

＊　＊　＊

阿蘭陀語はやっぱり難しい。分からないことは、先輩に訊くのが一番だ。

「お前たち、もうここまで進んだのか」

ここは「ヲップステルレン」のこと、つまり長文読解と作文だ。得十郎と助十郎は、外浦町(ほかうらまち)の本木家書斎を訪れている。

「ん～、これはわしにもよく分からんなあ」

二人の示す例文に、庄左衛門は首をひねりっぱなしである。そんなことはお構いなし、子供たちが騒ぎながら周りを駆け回っている。

「もう少し静かにできんのか」

庄左衛門は、子沢山である。二男一女の実子がいる上に、男の子と女の子をそれぞれ一人ずつ養子に迎えている。さらに今、妻の綾は身重だ。苛立っている夫を気遣い、綾が子供たちを叱りつけるが、よけいに騒がしくなるばかり。

「そうだ！」

庄左衛門が、急に顔をあげた。

「こんな時は、あのお人に訊いてみるにかぎる」

そう言うと、二人を引き連れて表へ出た。庄左衛門の言う「あのお人」とは、志筑忠次郎忠雄（しづきちゅうじろうただお）、つまりお琴さんのお父上である。

「今は、中野姓を名乗っているようだがな」

居宅は、同じ外浦町にある。本木家からは目と鼻の先だが、得十郎には近くて遠い場所。忠次郎は、人にはめったに会わぬので、庄左衛門も尋ねるのは久しぶりだ。道すがら言う。

「若い頃、わしの親父殿のところに入門してきたのだ。その頃は、わしも忠次郎殿を兄と慕っていた」

庄左衛門の父、本木良永（りようえい）は、大通詞を勤めるかたわら私塾も開いていた。忠次郎が、中野家から通詞の家柄である志筑家に養子に入ったのも、その才を高く買っていた本木良永の世話による。そして稽古通詞となったのが、忠次郎十七の時。

「それがな、人付き合いが大の苦手ときている。それでは通詞は勤まらんわな。たった二年でお役を辞した。それよりこのかた三十年、ただただその道に専念してきたのだ」

その道とは、訳業のこと。特に天学窮理（てんがくきゅうり）（天文科学）に通じている。

忠次郎の出里である中野家は、商家である。三井越後屋の出先として、長崎での商い方いっさいを担っている。阿蘭陀の反物、荒物を会所で落札し、京大坂に送っているのだ。その実家からの援助で暮らし向きには困っていない。

「わしの親父殿も変わり者でなあ。お天道様のまわりを地球が回っている、とかなんとか言っていたぞ。だが、それが面白かったのだろう、忠次郎殿にはな……」

庄左衛門は、妙に頭をぐるぐる回しながら言った。

「阿蘭陀の書物を読みたいばかりに、なんでも『和蘭詞品考（おらんだしひんこう）』とやらいう解読秘伝の書まで書いたらしい。わしも見せてもらったことはないがな。まあ、ちょっと取っ付きにくいが、大したお人だぞ。お前らも一度はきちんと挨拶しておいた方がいい」

洋書が解禁された享保の頃よりすでに八十年が経っている。通詞の口伝であった阿蘭陀語も、今では書物を正確に読む技能が求められていた。とは言え、異国の言葉は難解である。ようやく阿蘭陀語文法が分かったと言えるのは、この忠次郎に至ってと言ってよいだろう。

「ここのところ弟子も二、三人取っていると聞くが。齢五十近くとなり、己の学問を残したい、そう思っているのかもしれんな」

その弟子の一人が、馬場佐十郎である。志筑忠次郎こと、中野忠次郎。近頃は柳圃（りゅうほ）と号し、その翻訳した本は数知れず。今や中野柳圃と言えば、江戸蘭学界で知らぬ者はない。

そうこうするうち、お琴さんの家の前に着いた。家は京風町屋の総二階。ここまで来て、得十郎は妙に胸がざわついた。庄左衛門の呼びかけに応じて格子戸を開けたのは、お琴さんだった。

「本木先生。あら、得十郎さんも」

「なんだ、知り合いか」

庄左衛門が、やや驚いたように得十郎を見た。

「小さい時分にはよくいらしてましたのよ」

お琴さんが、代わりに答える。得十郎がまごまごしていると、すかさず横合いから割って入ったのが助十郎。

「石橋助十郎です。以前、お会いしたことがありますよね。いや、確かあったような～なかったような～」

にやにやしながら訳の分からないことを口走っている。

三人は、お琴さんの案内で玄関から通り土間を伝って、裏の坪庭が見える座敷へ通された。しばらくすると、忠次郎が現れた。臥せっていたのか、顔色が悪い。それを差し引いても、

(陰気なお人だ)

と、得十郎は思った。庄左衛門が少し慌てて、

「これは失礼いたしました。大した用事ではないのです。出直します」

すると忠次郎は、

「他ならぬ本木先生ですから」

と、弱々しい笑みを見せた。庄左衛門は、恐縮しきりである。

「いやいや、こいつらが、分からん分からんと言うものでしてな。少々ご指南いただけませぬか」

庄左衛門が、二人を紹介すると、

「さようでしたか。作三郎様と助左衛門様の」

忠次郎は目を細め、改めて頭を垂れる。そして手渡された本の例文に目を落とし、即座に読み上げた。

「Gronden der starren kunde gelegt in het Zonne-Stelzel Behatlijk gemaakt, in Een Beschrijving van het maatsel en gebruijk der Nieuwe Hemel en Aard globen. 星術の本源は、太陽窮理の了解であり、新制の天地二球用法を記することである。これは、良永先生が訳されたご本の一節ですな」

忠次郎は、さらりと言った。庄左衛門の父、本木良永は安永三年（一七七四年）に『天地二球用法』を著わしている。庄左衛門は、これを読んでいなかったと見えて、たちまちしどろもどろになった。

この様子に気をきかした助十郎が、

「それでは、ここはいかがでしょう」

「ならば、ここは？」

などと、矢継ぎ早に質問した。忠次郎の読解は、いずれも明快である。

一通り質問が済んだ頃合いで、庄左衛門は「ふむ」と一つ息をつき、

「分かったか、二人とも！」

と、叱りつけるように言った。そして忠次郎に礼を述べ、早々に引き上げることとした。すると、最後に忠次郎がこう言い添えた。

「文章を読み解くには、その構造を理解しなければなりません。『ガランマチカ』を勉強なさい」

ガランマチカとは、文法書のことだ。

「お見送りいたします」

お琴が、にっこりほほ笑んだ。玄関まで出たところで、庄左衛門がつぶやいた。

「さすがだな」

そして、おもむろに玄関の敷居をまたごうとしたとき、表通りからするりと小男が入ってきた。佐十郎である。佐十郎は、三人には目もくれず、我が家のように上がり込むと、足音を響かせて階段を上っていった。二階に忠次郎の書斎があるのだろう。佐十郎のぶっきらぼうはいつものことだが、得十郎は、それを見つめるお琴さんの暗い表情が気になった。

一月十九日
本日、下知状が届いたとのよし。だが、父上は夕餉(ゆうげ)も進まぬご様子であった。御沙汰の主旨は、次の三条であったとのこと。

一、ヲロシヤからの書簡、献上品は受け取らぬ。江戸参府など言うに及ばず。
一、再び我が国に参らぬよう御信牌を渡した折にも含めおいたが、どのような心得違いをいたしたのか、問いただすべし。
一、ヲロシヤ側が「望みが叶わぬのなら漂流人を引き渡すことは難しい」などと申すならば、漂流人はそのまま連れ帰らせよ。そして、再び連れてくることはあいならぬ。どうしても帰したいなら、阿蘭陀船に託して送り付けるべし、と申し伝えよ。

「案じておった通りであった」

父上は、すっかり肩を落としておられた。

昨年暮れに御目付、遠山金四郎景晋（かげくに）様が、江戸を発たれていると言う。早ければ、あと二十日あまりでここ長崎にご到着されるだろうとのこと。そして下知状には、このようにも書かれてあったそうだ。

「謁見の折には、ヲロシヤ使節をあくまで丁重に扱うよう」

どんなに丁重に扱ったところで、こんな返事で納得するはずがない。レザノフが怒りだすのは、目に見えている。

「御奉行様は諭せと言われるが、はたしてどのように諭せばよいものか」

父上は箸を止めたまま、じっと遠くを見つめておられた。

＊　＊　＊

またまた二人は、庄左衛門の書斎にいる。このところレザノフは、ずっと節々が痛むと言っているそうだ。

「あの男は、わがままなのだ。篠田殿、池尻殿に頼み込み、なんとか梅ヶ崎まで出向いてもらったのだぞ！」

レザノフが「日本の医者に診せろ」と言うので、段取りを付けたそうだが、「それなのに『自前の薬で治った』などとぬかして、断るのだ」

庄左衛門は、火櫃の炭を突きながら憮然としている。

「そりゃ、こちらにも非はある。すぐに診てやればよかったのだが、御奉行様に伝えるとこう仰るのだ。

『もし日本の医者が診て死んだとしても、当方に責任は問わぬ、そのように証文を書かせよ』

そんなこんなで段取りに三日もかかった。そうしたら、もう臍を曲げたというわけだ。それにしても腹の虫が治まらんので、言ってやったのだ。『三月や四月、閉じ込められたからなんだというのか。我らは、もう二百年もの間この国に閉じ込められているのだぞ！』ってな」

節々が痛むというのも全くの嘘ではなかろうが、振り回される方はたまったものではない。レザノフは、あれだけ大騒ぎしていたにも関わらず、天気のいい日などは表に出て、警固の者たちと談笑しているそうだ。いっしょに煙草をふかしていることもあると言う。ずいぶん打ち解けているらしい。日本語も少し話せるようになっているとか。

「警固の者から何を聞き出したか知らんが、どうもわしを疑っているようなのだ。阿蘭陀に味方し、自分たちの邪魔をしているのではないかと」

そう言えば、以前佐十郎が言っていた。「レザノフは、庄左衛門殿を疑っている」と。

（そのこと、庄左衛門殿に伝えるべきか）

得十郎が迷っていると、急に庄左衛門が火箸を差し上げ、二人の顔の前でくるくると輪を描いた。

「お天道様がどんなふうに回ってるかは知らんがな。天学窮理の法が分かったところでだ、誠に分からんのは人の心よ。そうは思わんか」

ここで何かを思いついたようで、しばらくブツブツ言っていたかと思うと、

「春霞み崎陽唐破風どこへやら」

と言い、満足げな笑みを浮かべた。庄左衛門は、俳諧も嗜むようだ。すぐに傍らの文机に向かい、忘れぬように書き付けていた。俳号は蘭汀というらしい。唐破風とは、長崎奉行所玄関の御屋根のことだろう。その右往左往ぶりを皮肉っているのだが、お世辞にもよい句とは思えなかった。

一月二十八日
今日、馬場為八郎殿と西義十郎殿がヲロシヤ船に行き、修繕の進み具合を確かめてきたそうだ。父上は言う。

「急がさねばならぬ。十日もすれば、御目付様がご到着になる」

レザノフが梅ヶ崎に移った後、ヲロシヤ船は太田尾の浜に引き上げられ、長旅で傷んだ船底の修理をしている。

「御目付様との謁見が終われば、早々に長崎を退去することになろう」

必要な松の板や銅板は、こちらですべて用意し、船大工も手配しているとのこと。費用を支払わせれば、交易とみなされる。よって全て無償。

「とは言えだ。半年近く留め置いたあげく、その願いをことごとく突っぱねるわけだからな。黙って

帰国してくれれば、よいのだが……」

　はたして、どのような仕儀と相なるか。

＊　＊　＊

出島の通詞部屋（通詞詰所）は、表門から向かって右手の最も奥まったところにある。

「お前たちも通詞の端くれなら、交易の何たるかを知っておいたほうがいい」

そう言う庄左衛門に連れられて、今日、二人はここへやって来たのだ。通詞部屋は入母屋二階建、一階が仕事場で二階が休み所となっている。阿蘭陀船が滞船する八月から十月は泊番や勤番の通詞が常駐し、この間は積荷目録や乗船人名簿の和解（わげ）、交易の立合など、目の回るような忙しさだ。だが、今は誰もいない。

　建物の一階は、広場側に面して全面板戸となっている。庄左衛門は、

「風通しだ」

と言って、その板戸を大きく開け放った。そして三人は、土間に面した上がり框に並んで腰を掛けた。庄左衛門は言う。

「泊番のときにはな、ヅーフにハムやベーコンをもらって、ここで一杯やるのよ。お前の苦手なビイルでな」

　庄左衛門は、にやにやしながら得十郎の顔を見ている。あの時の、まさに苦い思い出がよみがえった。助十郎は（何のことだ）と、いうふうに二人を見比べている。かまわず、庄左衛門は続けた。

「交易、交易と言うが、阿蘭陀船は何を持ってくるか、お前たち知っているか」

なるほど、日々入用な物はすべて国内で賄われている。阿蘭陀から買う物と言えば、羅紗、更紗などの舶来反物が主で、その他は薬種(やくしゅ)、荒物(あらもの)といったところか。薬種とは染料や薬の原料で、荒物とは鮫皮(さめがわ)や象牙、ガラス器など、どれもなくてはならぬ物ではない。

それでは、ヲロシヤは何を売りたいのか。

「それがな、やつは言うのだ。売りに来たのではない、買いに来たのだと」

レザノフは、とりわけ「米がほしい」と、言っているらしい。ヲロシヤ船は、千島の遥か先、カムチャッカの湊からやって来ている。そこは極寒の地。食物にも窮しているのだろう。

「それがな、『一石一両(いっこく)』と、叫ぶのだ。日本語でなあ。そんな物はくず米だ、その三倍はするぞと教えてやった！」

きっと仲よくしている警固の者から教えてもらったのだろう。

「それではと、ターラーをどれくらい持っているのか訊いてみた。だが、やつは答えんのだ。やはり、わしを疑っているのだな」

ターラーは、欧羅巴(ヨーロッパ)の銀貨である。およそ三ターラーで日本の一両に当たるのだと言う。庄左衛門は、そのあたり商い方にも詳しい。

「船底の重りに塩もほしいと言っていたな。それは、なんとかなるだろうが、やはり売りたい物は言わん」

売り込むとなれば、阿蘭陀はヲロシヤを商売敵とみるだろう。知れれば、日本との交渉を邪魔されるかもしれない。「それを案じているのだろう」と、庄左衛門は言う。

「あの男は、気位が高いからいかんのだ。『私は、ヲロシヤ国王とも親密に話ができる仲なのだ』などと、何かにつけて言い立てる。ことは商売の話だぞ。さっさと頭を下げればよいではないか。御検使様にも平伏せんとは。阿蘭陀人がそうするのを『恥だ』などとぬかす。なにが恥だ！　それが恥なら、我らはどうだ。二百年もの間、ずっと頭を下げ続けておる。誠の恥とは、心から屈服することであろう。高見から頭を垂れてやればよいのだ。そうであろう！」

庄左衛門は、腕組みしたまま、眼前の広場を見据えている。

「あそこにはな、立派なカピタン部屋があったのだ」

広場を挟んで向かいが検使部屋、その右隣りが大きな空き地となっている。そこは、かつてのカピタン部屋があったところ。寛政十年（一七九八年）の大火で焼失したのだが、以来、再建の目途も立たないまま。間の悪いことに、ナポレオン戦争で欧羅巴が混乱の極みとなり、そのあおりで阿蘭陀船は来航もままならない状態が続いている。去年こそ二艘でやって来たが、積荷はバタビア辺りの物ばかり。商談も振るわず、ヅーフは金銭的に困窮している。庄左衛門の主張はこうだ。

「ヲロシヤに新たなカピタン部屋を建てさせ、レザノフを住まわせればよい」

阿蘭陀は、出島の借地料として、毎年銀五十五貫を御公儀に納めている。同じようにヲロシヤ人にも支払わせればよいと言うのだ。得十郎と助十郎の父は大通詞だが、その俸給が年に銀十一貫（現在の価値で、およそ千八百万円）である。銀五十五貫は、かなりの高額と言える。ちなみに、父が在職中なので、得十郎と助十郎は無給である。

「今、出島の蔵は空っぽだ。遊ばせておくくらいなら、ヲロシヤ人に使わせてやればよいではないか。もっと商い高が増えれば、我らの立場も上がるというものだ。唐通事には銀四十貫も取っているやつがいるんだぞ。我らのお役が軽すぎるとは思わんか」

さらに、

『御公儀が献上品を受け取らぬというなら、持って帰ることはない。私が買いましょう』レザノフにはそう言ってやったのだ」

いつもながら大胆な物言いである。いっそここで先例を作ってしまえばよい、そんなつもりかもしれない。さらには、木蝋（もくろう）を買わないかとレザノフに勧めたそうだ。

「わしの知ってる京商人に口利きしてやると言ったのだが、なかなか乗ってこぬ。その手は食わぬとばかりに冷ややかに笑いやがった」

庄左衛門の妻の実家は、糸割符（いとわっぷ）仲間である。つまり輸入生糸の落札業者。その縁で懇意にしている京商人も多いのだろう。木蝋は、櫨（はぜ）の実から作る和蝋燭（わろうそく）の原料だ。和蝋燭は火持ちがよく、蝋が垂れない。阿蘭陀人にも評判がよく、輸出の主力商品である。

「助十郎、おぬし、レザノフのところに持っていってくれんか」

見本を持っていって見せてやれと言っているのだ。急に話を振られた助十郎は一瞬きょとんとしたが、「はい」と満面の笑みを見せた。

「そろそろ桃の花が咲く。それでも持って、またレザノフを見舞ってやるか。少しは、わしの苦労も察してもらいたいものだ」

そう言って、庄左衛門は腰を上げた。

二月三十日

本日、御目付、遠山金四郎景晋様御来着とのよし。まずは無事の御来着を祝って、御奉行様方がおもてなしの宴を催されたとのこと。

「いよいよだな」

父上も改めて気を引き締めておられた。ここ数日内には、レザノフの拝謁を受けねばならない。その諸事段取りは、通詞の仕事である。これまでのことを思うと、事はそうやすやすとは進まぬであろう。

三月五日

今日、拝謁の手筈についてレザノフに申し伝えるため、梅ヶ崎に行ったと父上から聞いた。助十郎の父上、石橋助左衛門様ならびに同じく大通詞の名村多吉郎様もごいっしょだったとのこと。父上は、いつものごとく眉間に深いしわを寄せ、

「レザノフが言うのだ。『到着したならすぐに伝えるのが、半年も待った者に対する礼儀ではないのか』と。こちらが話す前から立腹している。『手筈が整った上で知らせるのが、我が国の礼儀なのです』と、答えたのだが」

その手筈とは概ねこうである。

辰の下刻（午前九時頃）、御検使様が御用船で迎えに行き、梅ケ崎から大波止まで渡海。上陸後、籠に乗り、拝謁が行われる立山役所に移動。控え部屋で軽いもてなしのあと、拝謁の運びとなる。

「それがだ」

と、父上は言う。

「随従は五人までとするが、拝謁するのはレザノフ一人であることを申し伝えたところ、また怒りだしたのだ。『そちらが三人なら、こちらも三人だ』とな。確かに、こちらは御奉行様方と御目付様の三人ではあるのだが」

なんとか説き伏せようとしたものの「こちらにも通詞が必要だ」と、言い出したそうだ。だが、レザノフは阿蘭陀語が堪能だ。なので、

「『阿蘭陀語で話してもらえば、我ら三人も立ち合いますゆえ、ヲロシヤ側の通詞は必要はありません』と言ったのだが、『会見はヲロシヤ語で行う』と、言い張るのだ」

父上もほとほとお困りのご様子であった。結局、レザノフの他二名が同席することで折り合いを付けたと言う。はてさて、明日の拝謁、すんなりとゆくのであろうか。祈るばかりだ。

＊　＊　＊

庄左衛門ら小通詞が、レザノフの案内役。稽古通詞に役はないが、得十郎、助十郎は庄左衛門にくっついて、梅ケ崎まで来ている。

梅ケ崎の屋敷は、切妻屋根の平屋を三つ寄せ集めた造りになっている。中央の一番大きな棟に玄関

が備わっているが、レザノフの居所は、それに向かって右手の棟。棟脇に大きな旗が掲げられているので、すぐにそれと分かった。旗に描かれた双頭の鷲は、ヲロシヤ王家の紋章だ。いよいよ拝謁とあって、屋敷と蔵に囲まれた広場では見送りに出たヲロシヤ人たちが勝利に沸き立っている。そればかりか、これまでヲロシヤ人の警固に当たってきた大村藩の者たちまで意気盛んだ。

玄関から颯爽と現れたレザノフは、紅白鳥毛の付いた二角帽をかぶり、裾の長い萌黄色の筒袖に白い股引という出で立ちだった。左肩から右脇へ紫の帯を掛け、右胸には煌びやかな星形の飾り物、腰には金鞘の剣を佩いている。異国装束ではあるが、きりりとした立ち姿には気位に劣らぬ威厳が感じられた。庄左衛門の先導で、レザノフは旗持ちと共に門を抜けた。それに随従のヲロシヤ人五人が続いていく。随従の者は皆、髭を蓄えてなかなか押し出しがよい。だが、その最後尾、細身の男だけは、つるりと髭がない。

「一番後ろがラングスドルフだ」

助十郎が耳もとでささやいた。

(そうか)

と、改めて見る。以前、ヲロシヤ船を訪れた際に会っているはずなのだが、レザノフに気を取られていたからだろう。まったく覚えていない。短髪で縮れ毛の頭が印象的だった。

船着場へと続く石段を下ると、伝馬船が控えている。ヲロシヤ人とは別船で、得十郎、助十郎も沖合の関船に向かった。関船は、本来軍船である。全長二十間(およそ三十六メートル)、がっちりとした船体に屋形が乗り、屋形の両側面には、深紅の幕が垂らされている。その幕に描かれた杏葉紋は、肥前鍋島藩の定紋だ。この時、梅ヶ崎の方から軽やかな太鼓の音が鳴り響いた。ヲロシヤ兵が、レザノフを励ますために打ち鳴らしているのだ。

屋形の内部は、全て漆塗り。正面の壁には、定紋入りの紫の幕が掛けられ、天井は薄い絹の天幕が施されている。部屋の真ん中に赤い毛氈（もうせん）が敷かれ、そこにヲロシヤ人用のターフル（テーブル）と椅子が据えられていた。全員が席に着くと、煎茶と煙草が出される。寛ぐようにというもてなしの意味が込められている。曳舟（ひきぶね）に引かれ、船は静々と動きだした。舷側に垂らされた幕の切れ間から、カピタン部屋で手を振る阿蘭陀人たちの姿が見えた。

梅ヶ崎から大波止の船着場までおよそ六丁（六〇〇メートル余り）。大波止は、長崎奉行所西役所が建つ高台の麓にあり、出島とは隣合っている。長崎の町に降り立ったレザノフは、感慨深げにぐるりと周りを見渡した。だが、広場には幔幕が張り巡らされ、町の様子をうかがい知ることはできない。西役所の石垣の脇にある石の大階段が、まるで「登れ」と、言わんばかりに口を開けているだけだ。御検使様に促され、レザノフは大名駕籠（かご）のような立派な駕籠に乗り込んだ。駕籠がするりと宙に浮き、滑るように動き出す。列を先導するのは番所衆、続いて足軽、そして旗持ちを先頭にレザノフの駕籠と随従のヲロシヤ人たちが続く。通詞は、その後ろ。先頭は、本木庄左衛門と馬場為八郎。得十郎と助十郎は、通詞の殿（しんがり）だ。二人の後ろに馬上物頭（ものがしら）が威儀を正し、さらに陣笠の奉行所お役人方と、総勢百名を超える大行列である。おしゃべりの助十郎も今日に限っては神妙だ。石の大階段を登りきると、西役所表門前の広場に出る。そこから左手に延びる本通りは、外浦町（ほかうらまち）の町筋だ。

拝謁は長崎奉行所立山役所で行われる。その立山役所は、西役所からこの本通りに沿って東へおよそ十丁（約一・一キロメートル）。幅四間（約七・九メートル）の本通りには人っ子一人なく、家々の窓には全て簾（すだれ）が下がっている。「見物は厳禁」と、御触れが出ているのだ。しかも横町（よこちょう）との辻々は、板塀で目隠しするという念の入れよう。がらんとした通りの真ん中を黒紋付が列をなす。

（まるで葬列のようだ）

と、得十郎は思った。お琴さんの家の前を行き過ぎるときは、やや気になったが、今はそれどころではない。

外浦町を抜けると大村町。本興善町（もとこうぜんまち）、櫻町と進み、勝山町で左に折れて八百屋町（やおやまち）に入る。ここまで来れば、右手の山裾に立山役所の石垣が見えてくる。十丁を小半時（約三十分）もかけて、奉行所表門下の広場に着いた。

駕篭を降りたレザノフは、随従の者たちを伴い、表門へつながる石段を登っていく。門を入れば、玄関までは布石（ぬのいし）に沿って真っ直ぐ進むのみ。レザノフが表門を潜るのを見届け、庄左衛門が言った。

「わしができるのは、ここまでだ。あとは、お前らの親父様方の仕事だ」

得十郎は、庄左衛門の祈るような眼差しに不安を覚えた。

＊　＊　＊

父、中山作三郎が疲れた顔で帰宅したのは、夜も更けてからのことだった。こたびの通弁は、父、作三郎と助十郎の親父殿、石橋助左衛門様、それに年番大通詞の名村多吉郎様の大通詞三人で当たったと聞いている。

裃を脱ぎ、ようやく腰を落ち着けた作三郎が、

「心得にも知っておいたほうがよかろう」

と言って、得十郎を前に話し始めた。

「玄関で出迎えた我らは、まず式台でレザノフらに履物を脱がせた。最初は『靴を脱いで公の場に出るのは、罪人だ！』などと言っていたが、それはすでに承諾済み。畳の上まで土足というわけにはいかんからな。レザノフは、拝謁の場に旗を持ち込みたいとも申していたが、それはできぬ相談だ。旗持ちはここまで、玄関の脇で待たせることにした。

お前も知っての通り、玄関から奥へ向かう大廊下に沿って一の間、二の間、三の間と対面所が並んでいる。こたびレザノフの休み所としたのは、二の間だ。拝謁に同席する随従二人もいっしょだが、他の三人は一の間で控えさせた。

奉行所内は、部屋の中から廊下まで一面金屏風（きんびょうぶ）を立てまわしてあった。一見、使節を丁重に扱っているようだが、そうではないぞ。目隠しの代わりだ。表が見えぬようにな。まずは型通り、休み所で茶と煙草を出してもてなした。さあ、ここからだ。事前の申し合わせに従い、武具を預からねばならん。またごねはせぬかと心配したが、ここは大人しく渡してもらえた。

拝謁は大廊下の突き当たり、書院の間で行われる。しばらくすると、奉行所用人の池田殿がレザノフを呼びにやって来た。我ら通詞も案内に従い、ともに書院の間へと向かった。

すでに御三殿（おさんとの）（両長崎奉行と御目付）は、熨斗目長袴（のしめながばかま）にて座にお付きであった。向かって左の床の間側から肥田豊後守様、成瀬因幡守様、一番右が御目付、遠山左衛門尉（さえもんじょう）様だ。それぞれ御近習を従え、

凛と構えておられた。

　こたびは書院の間の襖を取り払って次の間と併せ、一つの広間としていた。御三殿とヲロシヤ人三人、それに我ら通詞や奉行所のお役人方も入るとなると、書院の間だけでは狭すぎるからな。我らが所定の位置を示し、レザノフらを座に着かせた。次の間の敷居手前にレザノフが座り、その後ろに随従のフリードリッヒとフォッセが座った。敷居の際に座らせるというのも気が引けたが、互いに二間離れて座るというのもレザノフの意向に沿ったもの、仕方あるまい。着座に当たり、レザノフらはお辞儀も平伏もせず、軽く目礼することで済ませた。レザノフと御三殿、互いに面目を潰さぬ程度にな。ここまでは上出来だ。

　だが、ここでにわかにレザノフの顔色が変わったぞ。と言うのも、御近習がそれぞれ御三殿の太刀を掲げていたからだ。この時は、わしも妙な汗をかいたぞ。拝謁の場に太刀は持ち込めぬと説明していたからな。ここはレザノフもよく堪えてくれた。あとでずいぶん文句を言われたがな。太刀のことだけではないぞ。

『会見は互いに三人ずつだと言ったのに、そちらは大勢ではないか！』

　とも言われた。確かに、レザノフの右手には長崎代官、高木作右衛門様と奉行所御家老が、左手やや後ろに勘定方、徒目付、後方には普請役と大勢が居並んでおったからな。それが気に入らなかったのだ。しかし、上意の申し渡しぞ。御三殿だけで誰も立ち合わぬというわけにはいくまい。

　レザノフは、足が痛くてどうしても正座はできぬと言う。昨日、梅ヶ崎でのこと、簡単なことだと何度もやって見せたのだが、どうしても聞き入れん。しかたなく、拝謁のときも足を投げ出してよいことにしたのだが、これとて御三殿の御了解を得るにはずいぶん苦労したのだぞ。

御三殿とレザノフは、しばし向かい合ったまま沈黙した。重い空気の中、御三殿のうち年長であられる肥田豊後守様がこう切り出された。

『我が国の習慣とは申せ、滞在中退屈させてしまったこと、誠に遺憾である』

通弁したのは、レザノフの左手に座った石橋殿だ。レザノフはこれにどう答えたと思う。

『全くです。ここで味わった退屈は、私の生涯で初めての経験です。ですが、滞在中に御奉行様から授かったご厚意には感謝します』

と、言うのだ。さて、どのように訳したものか。真っ正直に伝えて、拝謁を台無しにするわけにはいかん。石橋殿は、謝意のところだけを伝えた。最初からこれだ。先が思いやられたが、ここからが本題だ。続けて豊後守様が、

『そなたが来日した理由は、我ら奉行、すでに承知しておる。だが、御目付、遠山左衛門尉様が直にそなたから聞きたいと仰せである。今ここで申してみよ』

レザノフは、やや身を乗り出すようにして、ここぞとばかりに言い放ったぞ。

『先年、松前に漂流人を送りしとき、御国からラクスマンが受けた御仁恵にお礼申し上げたく、またその節、次は長崎に参るべき旨の信牌を下され、こたび交易の道を拓かんと、まかりこしました。書簡にもあります通り、ヲロシヤ国王は日本の御好意に深く感謝しております。はれて交易がかないましたならば、ヲロシヤの浦々に漂流する者幾人あれど、必ずや御国へ無事に送り返しましょう』

しかし、どのように言おうが、こちらの答えは決まっておる。交易を議するなど、もってのほかだ。

成瀬因幡守様は、肥田豊後守様と遠山左衛門尉様に目配せしてから、こう仰せられた。

『確かに、一艘だけなら長崎に来ることは許した。しかし、例え長崎に参るとも、書簡など決して持ち渡らぬようラクスマンには諭しおいたはずだ。それをこのたび、いかなる料簡で持ち参ったのか』

さあ、どうする。書簡の中身を云々する以前に、そもそも書簡を持ってきたことが心得違いだと言っているのだ。しかも交易がかなうと思い込み、書簡にはヲロシヤ国王の謝意が述べられていると言っている。御公儀としては、とうてい受け入れ難いことだ。だとしても、このような高飛車な物言いでは、レザノフは到底納得せぬぞ。それでも両者の間に立って通弁するのが、我ら通詞の勤めだ。伝えるべきは、伝えねばならん。石橋殿は、こちらの意がレザノフにも理解できるよう丁寧に言葉を選びながら、こう言ったぞ。

『公方様に書簡を出すことだけは許した。だが、交易を許すとは言っていない。ヲロシヤ国王の謝意に公方様はいささか驚いておられる。交易がならぬことは、十二年前、ラクスマンにも申し伝えたはずだ。こたび約定を違えたのは、ヲロシヤの側である。それでも公方様は、そなたらを寛大に処遇してきた。我が国は慣例に従い、どの国とも書簡のやり取りはせぬ。よってヲロシヤ国王の書簡に対する返答は行わない』

石橋殿の通弁を聞きながら、レザノフの形相はどんどん険しくなっていった。そして、レザノフは怒りに打ち震えながら、こう言い返した。

『この無礼には、驚くばかりである。ヨーロッパの王家はヲロシヤ国王との書簡のやり取りを身に余る光栄と考えている。ヲロシヤ国王と公方様は、同等である。ラクスマンごとき者に伝えただけで、約定したことにはならん！』

レザノフの申すことにも理はある。だが、我ら通詞に何ができると言うのだ。それでも、何とかこの場を取り繕わねばならん。いよいよ窮した石橋殿は、御三殿に対してレザノフの言葉をこう伝えた。

『ただヲロシヤ国王の命により、来たまででございます』

となぁ。レザノフの様子を見ていれば、御三殿とて察しがついたはずだ。そんなはずはなかろうと。だが、ここで石橋殿を責め立て、本当のことを聞き出したところで、話は泥沼に陥るだけだ。場は気まずさで満ちた。とても申し渡しなど、行うどころではない。そこで肥田豊後守様が、こう締めくくられた。

『当方の仕来り（しきたり）に従っての拝謁、さぞや疲れたであろう。今日のところは、ここまでとする。明日、改めてといたそう』

休み所に戻ったレザノフは、出された煎茶とカステイラに手も付けず、そのまま梅ヶ崎へ戻っていった。庄左衛門がレザノフを説き伏せ、何とか明日の拝謁を了解させたが、さてどのようなことになるものか」

レザノフの怒りが天に届いたか、表は滝のような雨音である。肩をすくめるほどの雷鳴にも、作三郎は微動だにせず、静かに目をつむったままだ。やがて大きなため息をつき、

「明日はいよいよ申し渡しだ」

そうつぶやいて、重い腰を上げた。得十郎は、明朝また梅ヶ崎へ行くことになっている。

（いったいレザノフは、どんな顔で我らを迎えるのだろう）

何とも気が滅入った。

＊　＊　＊

昨夜来風雨強く、「拝謁は日延べだろう」そう思われた辰下刻（午前九時頃）、急に雨足が弱まった。拝謁は予定通り行われることとなり、得十郎、助十郎は昨日に続いて庄左衛門とともに関船に乗った。もちろんレザノフは不機嫌だったが、どこか悟ったようにも見える。昨日の木で鼻をくくったような御三殿の態度を見れば、申し渡しが意に沿わぬものであることは明らかだ。だが、今朝はレザノフよりも庄左衛門の方がいっそう深刻な顔つきをしている。

庄左衛門が、隣に座っていたフリードリッヒに言った。

「もし、日本が交易を拒否すれば、ヲロシヤ国の法では戦になるのか？」

このくらいの阿蘭陀語なら得十郎にも聞き取れる。（御検使様もいるところで）と、得十郎は気を揉んだが、当の庄左衛門は意に介していない。少し間をおいて、フリードリッヒが答えた。

「今度のことは、ヲロシヤ国王の慈悲から始まったことである。交易は我々のためではなく、あなたたちのためなのですよ」

この会話が聞こえたのだろう。レザノフはフリードリッヒに向き直り、（よくぞ言ってくれた）と言わんばかりにうなずいた。そして、庄左衛門に向かってこう言った。

「雨が降り、足下が悪い。大波止から立山役所まで随従の者にも駕籠を用意せよ。そうでなければ船から降りぬ！」

庄左衛門と為八郎が御検使様に取次ぎ、その手配に右往左往している間、レザノフはいっしょに乗り込んでいた出島絵師に自分の姿を描かせながら悠然としていた。そして細かな刺繍を描くのに苦労する絵師に、

「もっと近くで見なさい」

と、にこやかに促している。

駕籠の手配に手間取り、下船となったのは正午頃。立山役所まで駕籠が六つ並んだ以外昨日に同じ。

＊　＊　＊

父、中山作三郎の話。

「まず、肥田豊後守様に『御教諭御書附』を乗せた大広蓋(おおひろぶた)が、恭(うやうや)しく差し出された。豊後守様は、それを朗々と読み上げ、

『この旨、しかと申し伝えるように』

そう我らにお命じになった。そして大広蓋は、助左衛門殿のもとに下げ渡された。続いて『長崎奉行申渡』を乗せた小広蓋(こひろぶた)が、成瀬因幡守様に差し出された。因幡守様が読み上げ、同じく申し伝えるよう念押ししたあと、これはわしのもとに下げ渡された。ここで改めて通詞一同、伏してお申し付けを承った。

さあ、ここからが我らの仕事ぞ。レザノフたちをいったん休み所に引かせ、申し渡しの詳細を伝えねばならぬ。昨夜も話した通り、両者の言い分は全くかみ合っておらぬ。それを何とか料簡させよと

言うのだからな。容易なことではないぞ。

その申し渡しのあらましがこうだ。

『ヲロシヤ国王からの国書や献上品を受け取れば、我が国はそれに対して返礼の者を送らねばならぬ。だが、我が国の者は祖法により何人たりとも国外に出ることができない。よって、国書、献上品は一切受け取らぬ。また、我が国は新たに他国と交易する必要がない。よって、ヲロシヤ国との交易は行わぬ。以上、衆議により決せられたことである。

元来、異国人は我が国への往来が認められていないが、こたびはヲロシヤ使節の殊勝なる振る舞いに敬意を払い、ヲロシヤ船が帰国することを差し許す。半年もの間、日本に船を留め置くなど、他国であれば決して許されないことであるが、これは公方様のご慈悲であると受け取ってもらいたい』

昨日の拝謁からこうなることは分かっていた。とは言え、憤怒を抑えるレザノフの姿には、通弁する我らも心が痛んだぞ。レザノフは、己を落ち着けるように二度三度大きく息をして、こう言った。

『ヲロシヤ国王は、必要な物を手に入れられない日本人に対し、慈悲の心から交易を申し出たのである。それを断るのは、賢明とは言えぬだろう。日本からの返礼など、期待していない。せめて友情の証として、はるばるヲロシヤ国の都から持参した献上品は、受け取るべきではないか』

至極もっともな言い分だ。だが、我らの役目は申し渡しを納得させること。

『献上品を受け取るのは、特別な許しを得なければできないことなのです。また江戸へお伺いを立てれば、ふた月はかかりましょう。友好の結び目は、一方だけが強く引いても、うまく結べないのではないでしょうか』

こう言い含めてはみたが、そうやすやすと、事は運ばぬ。どのようにすれば納得するものか、思案しておると、再び御三殿のもとへ参るよう仰せ付けがあった。そして、そこでの申し渡しはこうだった。

『出帆に際しては、薪水食糧など入用の物はすべて提供する。しかし、二度と日本に来ぬことを条件とする。差し当たって、こたびの渡来に掛かりし薪水料として、米百俵、塩二千俵、真綿二千把を与える』

このような申し出、火に油を注ぐようなものではないか。すべてを恵むゆえ、二度と来るなと言っているのだぞ。再びレザノフを休み所へ引かせ、その旨を石橋殿が伝えた。慎重に言葉を選んでな。

『ヲロシヤ国には、日本からの漂流人を長らく撫育くださりました。米や塩は、そのお礼です』

するとレザノフはこう言うのだ。

『ならば、昨秋来ここでの滞在にかかった費用、船の修理代金を是非にもお支払いしたい』

さあ、困ったぞ。代金をもらえば、交易したことになる。

『それは御法度なのです』

と答えると、今度はこうだ。

『こちらからの献上品を受け取ると言うなら、米や塩を頂きましょう』

『いかに言われようとも、それはならぬのです』

御公儀の体面もある。ここは、こちらの申し出をいったん飲んでもらう他なかろう。案の定、レザノフは怒りだした。

『半年も苦しみを与えられたあげく、ヲロシヤ国王の好意を無にするような者に食べ物を恵んでもらう道理はない！』

となる。もう手の付けようがなくなった。たまり兼ねた名村殿が、随従のフリードリッヒにレザノフを説き伏せてくれるよう頼んだ。

『日本では、たった一つの火花が大火につながることもあるのです。ここはどうか、お引きください』

何ともならずとも、何とかせねばならぬのが、我らの勤め。

『献上品は、受け取れるよう何とか取り計らいます』

そう言わねば、治まるまい。さらに、

『帰路船中の者たちの命にも関わることゆえ、米と塩だけは、なにとぞご受納ください』

そう諭すと、レザノフもやや冷静さを取り戻したようであった。しかし、今度はこう言い出したぞ。

『ならば、捨切手（すてぎって）を与えてほしい』

つまりは、こう言うことだ。悪天候のため図らずも日本に漂着するヲロシヤ人がいれば、これを保護し、長崎に連れていくのではなく、そのままその場所からヲロシヤ国へ戻してほしい。それを確約する書付を与えよと。そうだ、これが、レザノフの繰り出した最後の一手だったのだな。また、こうも言った。

『ヲロシヤ国の沿岸で日本人を救助したとき、いったいどこに届ければよいか？』

そのようなこと、我らでは即答できぬ。さっそく奉行所御家老、西尾儀左衛門様にお伝えした。

そうこうするうち、もう暮れ六つ（午後六時頃）ともなった。

『献上品のこと、捨切手のことなど、このあと我らから御三殿にお願いし、明日必ずお返事いたします』

そのようになだめて、今日の拝謁を終えることとした。

そしてレザノフが帰ったあと、我らは御三殿に御目通りを請うた。改めて、レザノフの望みを申し上げるためにな。すると捨切手のことは、

『すでに下げ渡した書付を見せれば、事足りる。改めて書き記したものは、必要なかろう』

との仰せであった。これは、そのように伝えるしかない。だが、問題は次だ。こちらが献上品を受け取らぬなら、米も塩も受け取らぬと言っていること。これには、御三殿もいたく御立腹の御様子であった。肥田豊後守様は、こう仰られた。

『レザノフが、いかにつべこべ言おうとも、米塩は持たせよ。いらぬと言うても、船中へ投げ込め！上様からの賜り物であるぞ！』

我ら一同、平伏して承った。我ら通詞が、どのように怒鳴りつけられようともかまわん。だが、何としても折り合いは付けねばならぬ。御三殿にも少しは譲っていただかねば、話はまとまらぬ。レザノフばかりに我慢を強いることもできんだろう。

『献上品の一部だけでも受け取るのであれば、食べ物はありがたく頂くとも申しております。何とか叶いますまいか』

御三殿とて、我が国の品位をおとしめたくはない。我らが悲痛な思いを少しはおもんばかっていただけたか、豊後守様がこう仰せになった。

『いかなる理由であれ、我ら奉行が受け取るわけにはまいらぬ。だが、通詞に対してなら音物（いんもつ）を認めよう。そなたらは昨秋来、彼の者どもの面倒をあれやこれやと見てまいったからな。この筋で話をまとめよ』

と、相成った。最後に御三殿から、またまたきつく念押しされたぞ。

『申し渡しの件、くれぐれも諭（さとし）おくように』

となᴑ。さあて、明日は梅ケ崎に参り、どうあっても話を詰めねばならん。もうひと踏ん張りだ」

三月八日

今朝、父上は石橋様、名村様とともにレザノフの居所を訪ねたとのよし。捨切手の件、御三殿の返答を伝えると、

「御教諭御書附と長崎奉行申渡の阿蘭陀語訳したものを作ってほしい」

と、レザノフが言ったそうだ。さっそく、横文字の書付を認めるよう本木庄左衛門殿と馬場為八郎殿に命が下ったとのこと。

献上品の件、こちらは手こずったようだ。御三殿は受け取ることができぬと伝えると、

「ならば、こちらも食糧は受け取らぬ」

と、言い出す始末。

「『阿蘭陀とは二百年もの間交易しておるが、御奉行様が音物を受け取ったことはない』そう伝えたのだが、納得せぬ」

父上は、いつものごとく難しい顔をしておられた。レザノフ来航以来、ずっと気苦労の絶えない日々。お困りでない顔を忘れてしまうくらいだ。さりとて、困ってばかりはいられない。

「よいか得十郎、ここからが駆け引きぞ。こちらも歩み寄ったと、レザノフに思わせねばならん。『通詞が代わりに受け取ります』と、いきなり言い出しても容易に納得はすまい。この落としどころへどう導くかだ。要は、相手に考えるいとまを与えること」

と、父上は言う。まずは、御三殿に再び伺いを立てるとして、献上品の品立（しなだて）を聞き出したそうだ。

その音物というのが、次の品々。

大鏡、羅紗の布地、硝子燈篭（がらすどうろう）（シャンデリアのこと）、焼き物茶器一式、金モール（金糸の飾りひも）、石のターフル（テーブル）、

「ここで、もう一つ大事なことがある」

と、父上。

「レザノフは『取るに足らぬ物だ』と言うが、国王からの献上品だぞ。贅（ぜい）をつくした物に違いなかろう。我ら通詞がもらって、うらやましく思われるようなことがあってはならぬ」

なるほど、そういう配慮も必要なのだ。品立一覧を御三殿にお見せし、

「そのくらいの物なら、そなたらが如何いたそうが勝手次第」

とのお墨付きを頂いたそうだ。

夕刻、再び梅ヶ崎へ出向き、通詞以外は誰も音物を受け取ることができぬと伝えた。すると、さすがのレザノフも、もう御奉行様に贈るとは言わなかったようだ。だが今度は「世話になったお役人方

ひとりひとりに渡す」と、レザノフは言い張る。

「『異国の者から音物を受けるのは御法度。知れれば、死罪にもなりかねん。誰も受け取るとは言わぬだろう』そう伝えたのだが、なかなか折れてくれん」

そこで機転を利かし、いったんは通詞が受け取るが、改めて皆に分け与えるということで、何とか折り合いを付けたらしい。

また、漂流人受け渡しの件は、御奉行様より直に言い渡すと申し伝えたそうだ。

ようやく、すべての懸案に目途が付いたわけだが、父上の話はこれで終わりではなかった。レザノフに対して、通詞一同から返礼品を渡すことにしたのだと言う。もちろん、御三殿の御許しは得ての上でだ。返礼品は、蒔絵小道具や扇、反物類。

「我が国の美しい品々を見せておけば、いつか交易が叶ったときの役に立とう」

なんと、そのようなことまで見据えておいでとは。父上らの深慮遠望には驚くばかりである。

さあ、これでいよいよ明日は暇乞いの拝謁が行われる。早く事が終わり、父上には、また以前の柔和なお顔に戻ってほしいものだ。

＊　＊　＊

三月九日の朝。これで祖国へ帰れる、そんな安堵感からか、大波止へ向かう関船の中で、レザノフは晴々としていた。船では肥前の者たちがレザノフを取り囲み、残念がって口々に別れを惜しんでいた。

「ヲロシヤ人は、皆親切だ」

「我らは、ヲロシヤ人のことを決して忘れませぬ」

中には白い扇と筆を差し出し、

「ここに何か書いてくだされ。家宝といたしまする」

と、言う者までいる。レザノフは、笑顔でこれに応じていた。

「いよいよ、今日で終いか」

隣で助十郎がつぶやいた。この半年、なんだかんだと気を揉んだ。だが、これで終わりかと思うと、胸にぽっかり穴が開いたような寂しさがあるのも確かだ。

「我らの御役目は、まだ終わっておらぬぞ！」

得十郎は、自分自身にも言い聞かせるように言った。


夜分に帰宅した作三郎は、やや酒気を帯びていた。御三殿の振る舞い酒でもあったか、久しぶりに見る穏やかな顔だ。さっそく得十郎を前に据え、作三郎は最後の拝謁の様子を語り始めた。

「もう根回しは、すべて終わっている。とは言え、レザノフも使節としての意地があるからな。冒頭『捨切手を頂きたい』と切り出した。

『事前に上様の承諾がない書付を渡すことは、固く禁じられておる』

と、豊後守様が返された。だがレザノフは、なおも食い下がったぞ。

『帰路、対馬と朝鮮との間を北に向かうが、あるいは時化(しけ)に遭い、やむなく寄港せねばならんことも、あるやもしれません。その節、また差し止められては、過ちに至らぬとも限らない』

豊後守様は、こう応じられた。

『我が国では、ヲロシヤに限らず何国の船であっても、そのような難儀に助力する用意がある。安堵せよ』

これを聞いて、レザノフもある程度納得したのだろう。軽くうなずいておった。それから少しおいて、今度はこう言った。

『ではこののち、日本の漂流人はどこへ送り返せばよいのでしょうか？』

漂流人受け渡しについては直に言い渡す、と伝えておったからな。豊後守様は、よどみなく答えられた。

『阿蘭陀が統べるバタビアか、阿蘭陀本国へ送っていただきたい』

これに対し、レザノフは、

『それは不便で、たいへん迷惑な話だ。日本の船か、どこか近くの湊に預けたい』

豊後守様は、こう返した。

『もし、ヲロシヤ船が日本へ漂着したなら、その地で修繕し、その地から出帆させることを約束しよう。だが、その船が修繕できぬとき、ヲロシヤ人の船乗りは、長崎より阿蘭陀船に託してバタビアへ送る。ゆえに、前条のごとく、我が国の漂流人も阿蘭陀に託してもらいたい』

レザノフは、また軽くうなずいた。ここまで譲歩を引き出せれば、現状よしとせねばなるまい、そう思ったのだろう。これで話は終わりだ。すると、ここでレザノフが驚くようなことを言い出したのだ。

『日本語で話したい』

と、日本語でな。これには往生したぞ。

『それはできません。異国の者は、我ら通詞を通して話さなければならないのです』

そう諌めたのだが、御三殿は笑ってお許しになった。ただたどしかったが、何のことはない、暇乞いの御礼挨拶であった。これを言い終えて、ようやくレザノフも気が済んだようだった。頃合いを見て、豊後守様が都合三日におよんだこたびの拝謁をまとめられた。

『そなたらの遠路渡海にも関わらず、互いに利を生む結果に至らなかったことは、我らとしても誠に遺憾である。ヲロシヤ人が善良なること、重々承知しておる。だが我ら、御国法により音物を受け取るわけにはまいらぬ。それゆえ、代わって通詞たちにいささかの品を置いていくことは差し許す。これは使節の心根に報いるため、特別に許可するものであると承知してもらいたい。この上は、無事の帰国を心より祈っておる。だが、帰路不測の事態に至らんとも限らず、公儀はヲロシヤ人に助力するよう諸藩に触れを出すであろう』

レザノフの連れてきた四人の漂流人の受け取りは、明日と決まった。そして最後に「長崎市中の神社仏閣を見て回りたい。出島も訪問したい」というレザノフの願いは、叶わぬことを伝えた。もはやレザノフから異議は出なかった。

さあて、明日から総仕上げだ。荷積みや書付の写し物など、仕事が山積みじゃ。忙しくなるぞ。そなたら稽古通詞にもひと働きしてもらわねばならん」

支度が整い次第、ヲロシヤ船は出帆となる。急ぎ支度を整えるため、こたびは稽古通詞にもお役目が与えられることになっている。やっと父の手助けができると思うと、得十郎は胸が高ぶった。

＊　＊　＊

漂流人受け取りのため、通詞らが役人方とともに梅ヶ崎を訪れたのは、三月十日朝五つ半（午前八時頃）。父から同道するよう言われた得十郎は、今、助十郎とともにレザノフ居所の前に立っている。父たちがレザノフと話をしている間、ここで待つよう言われているのだ。今日はお役目にて、二人とも紋付羽織袴姿である。蔵と居所に囲まれた広場には、ことの成行きを見届けようと、番人や警固の者が大勢集まっていた。

しばらくすると、御検使様に導かれ、御徒目付の増田藤四郎様、御小人目付の近藤嘉兵衛様、同役、末次左吉様がレザノフとともに玄関から出てきた。お三方は、遠山様に従い江戸からやって来たお役人だ。思いの外打ち解けた様子で、助左衛門を介してレザノフと談笑している。御検使の上川傳右衛門様が、固唾を飲んで見守る人々を見回し、番人に命じた。

「漂流人をこれへ」

皆の前へ引き出されたのは、三人。三人とも御検使様の前でひたすら平伏している。

「四人じゃなかったか？」

助十郎が耳元でささやいた。

漂流人たちは、筒袖に股引という異国の出で立ちで、それが存外よい身なりであった。ヲロシヤ国王から賜わった衣服だと言う。平伏する漂流人のところにレザノフが歩み寄り、三人の手を順に取りながら労をねぎらった。三人は落涙し、長旅の礼を述べた。そして六十がらみの男が言った。

「この後、地下にても、またお会いすてえす」

レザノフも惜別の念が心にあふれ、目を潤ませている。その姿は、まるで父が子にするようであった。そしてレザノフは、御検使様の方に向き直り、

「この者たち、図らずも十二年の長きに渡りヲロシヤ国に滞在し、その間、真実誠に勤めておりました。それでもなお、日本への想いいささかも衰えず、帰国願う旨をヲロシヤ国王へ申し立てました。それがために、この節連れ参ったのです。どうか貴国の御仁徳によって、一日も早く生国へ戻し、親族への対面が叶うよう憐憫の情をもってお取り計らいいただきたい。これは、ヲロシヤ国王の願いでもあります」

助左衛門が通弁する間、三人を取り囲む群衆は一様に大きくうなずき、もらい泣きする者もちらほら見受けられた。それでも、改めるべきは改めねばならぬ。番人たちが、漂流人の持ち物を蔵から運び出し、御検使様の前に敷かれた筵の上に次々と並べていく。

懐中時計が四つ、絹や羅紗の襦袢股引、硝子瓶に煙管や鏡、中でも目を引いたのが、金銭と銀銭だ。金銭が八十九枚、銀銭に至っては六百九枚もある。あまりの豪華さに、集まった者たちからどよめきが起こった。レザノフは言う。

「懐中時計はヲロシヤ国王が、着物は私が、彼らの苦労に報いるため贈ったものです。また、金銭銀銭はこの十二年の間、惜しみなく働いた彼らに対する賃金です」

「これほどのものがあれば、この者らは生涯働かずに暮らせますなあ」

作三郎もさすがに驚いている。

「これが、ヲロシヤ国で暮らすということか」

群衆の中の誰かが、ため息まじりにつぶやいた。皆のざわつきが治まるのを待って、上川様が命じた。

「四人を奉行所へ連れていけ」

件の三人は、番人に促されて立ち上がり、門を通って船着場へ下りていった。

(もう一人は?)

と、思った時だ。後ろで大きな物音がした。振り返ると、男が一人、四番蔵から引き出されて、目籠(めかご)に押し込められている。目籠は、竹で編んだ丸籠で、罪人の移送に使われるものだ。それが、己の舌を切ったあの太十郎だとすぐに分かった。舌の傷は癒えたものの、気鬱(きうつ)が治らず、皆の前に出ることもできなかったのだ。慣れぬ異国での暮らし、長の船旅、ようやく日本に戻れたと思ったら半年もヲロシヤ人のもとに留め置かれた。年はまだ三十五と聞いているが、やつれきった姿は、老人のようだった。銭金(ぜにかね)に代えられぬものを失ったのだと、皆改めて思った。

四人が去るのを見届けてから、上川様はレザノフの方を向き、

「こたび長崎へ送り届けられし漂流人、津太夫、儀兵衛、佐平、太十郎は、確かに受け取り申した」

そう言って、漂流人御請取書を手渡した。

一段落、だがここが手始め。続いて、通詞への音物受け取りの手続きだ。御検使様お立ち合いの中、一つ一つ確認し、長持ちに入れて封印する。得十郎が「硝子燈篭」と書かれた紙を長持ちの蓋に貼り付けていると、助十郎が肩先をつついてきた。

「おい、見ろよ」

見れば、レザノフが望遠鏡や硝子の小瓶など、小物を取り出しては江戸の御三方や上川様に配っている。皆断るかと思いきや、「ほう」と、うれしそうに受け取っているではないか。

(あれほど受け取れ、受け取らぬと大騒ぎしたものを)

得十郎はあきれた。本音と建て前か、それとも先ほど見た漂流人の持ち物に比べれば、たわいない物に思えたか。いずれにせよ、それらは帳面に書き付けぬことにした。

さらには、

「御三殿に」

と、小形地球儀やヲロシヤ国の地図、人物図など、レザノフはここぞとばかり、なかば強引に手渡している。上川様も「さすがに御三殿は受け取れぬ」と断ったが、自分が受け取った手前もあり、無下に断りにくかったのだろう。執拗に勧めるレザノフに、

「通詞たちへの音物としてなら、いや、しかし、差し加えてよいかどうかは……」

と、何とも歯切れが悪い。結局、

「ひとまず預かるが、お伺いを立てた上で追って沙汰する」

ということろに落ち着いた。

（なかなか、やるものだ）

レザノフのしぶとさには、ほとほと感服した得十郎だった。

＊　＊　＊

三月十九日、いよいよレザノフが梅ヶ崎を去る日が来た。見送りの庄左衛門に連れられて、二人は梅ヶ崎にいる。

「いやもう、くたくたよ。お前はいいよな、書き物だけで。こっちはずっと荷積みだぞ」

この八日間というもの、助十郎はずっと荷物の積み込みに追われていた。米、塩の積み込みもあり、人足だけでは手が足りず、手の空いた若い通詞たちが駆り出されたのだ。特に、献上品に誤りがあってはならない。梅ヶ崎の蔵からヲロシヤ船まで運ぶのは、気を遣う作業だった。しかも、その数が尋常ではない。一番蔵から三番蔵までびっしり詰め込まれていた。たたみ一畳ほどの大鏡だけでも七十枚もあった。荷積みが済み次第、出帆である。急がなくてはならない。

「そりゃ、お前や佐十郎はおれより横文字が達者だから、しょうがないがな」

助十郎は、肩をごりごり回している。この間、大通詞、小通詞は、横文字書付の整理に追われていた。そのため得十郎と佐十郎は、写し物の手伝いで御役所に詰めていたのだ。

「写し物も肩の凝る仕事だぞ」

得十郎が、言い返す。作三郎ら大通詞は、横文字の文意に誤りがないか、夜中まで出島のカピタン屋敷に詰めていた。庄左衛門に至っては、役所だけでは時が足りず、自宅に持ち帰って清書する日もあったようだ。目の回るような忙しさだった。

レザノフとも今日でお別れとあって、見送りの人々で梅ヶ崎の広場は立錐の余地もない。四つ半頃（午前十時頃）、御検使の上川様、松崎様に伴われ、レザノフと随従のヲロシヤ人が姿を現した。玄関前に立ったレザノフは、御検使様に向かい、

「長の滞留、世話になりました」

と、日本語で挨拶した。

「御奉行は、あなたの申し出を受けられず、大変残念に思っております。音物も受け取れぬこと、どうかご勘弁いただきたい」

上川様は、寂し気な顔で答えた。レザノフは、集まってくれた皆に向かい、

「ありがとう」

と、頭を垂れる。

「どうかご無事で」

「無事の船旅を」

群衆から声がかかり、すすり泣く声も聞こえる。門の近くに立つ筑前の役人が、船の準備が整ったことを告げた。御検使様先導のもと、レザノフたちは、海に向かって開かれた門へゆっくりと歩み出す。レザノフと随従のヲロシヤ人は、石段の下に用意された小早船に乗り込み、御検使様、大通詞とともに沖で待つ関船に向かった。先日より海防係が、肥前鍋島藩から筑前黒田藩に代わっている。そ

の関船が肥前のものよりも小さく、しかも急ごしらえのためか屋形に屋根が掛かっていない。錦の天幕で覆ってはいるが、最後がこれかと思うと、何ともやるせなかった。

鉄砲を担いだヲロシヤの衛兵と旗持ちは、一足早くレザノフとは別の小早船に乗り、対岸の太田尾に浮かぶヲロシヤ船へ向かっていた。主人を待つヲロシヤ船は、三本の帆柱を悠然と天に突き上げている。ヲロシヤ軍船の旗である白地に青のバツ印が、船尾の旗竿で祖国への帰還をうながすように、はためいていた。船に居残っていたヲロシヤ人の船乗りたちが、帆柱の横木に登り、鈴なりになっている。上官を出迎えるヲロシヤ風の礼儀なのだろう。それが物見遊山な雀のようで、得十郎には少しおかしかった。

こちらでは、皆が竹矢来に張り付くようにして、レザノフを見送っている。力いっぱい手を振る者、深々とお辞儀する者、中には「戻ってこい」と、言わんばかりにおいでおいでする者もいる。出島に目をやると、阿蘭陀人たちがカピタン屋敷二階の露台（バルコニー）に出て、三色旗を掲げ、大きく手を振っていた。

これまでずっと黙っていた庄左衛門が、口を開いた。

「こたびは難産だったな」

「えっ、御内儀がですか？」

助十郎が、妙に上ずった声をあげた。

「ばか！　あいつはまだだよ」

庄左衛門が言っているのは、もちろんヲロシヤ国との交渉のことである。

「レザノフは、再びやって来るでしょうか？」

得十郎の問いに、庄左衛門は「う〜ん」と、しばらく唸っていたが、

「分からん。だがな、子は多ければ多いほどよいぞ。人が人を繋ぐのだ」

そう言い、じっと海を見ていた。午後には湾の口へ船を移動させ、神ノ島近くでいったん碇を入れることになっている。ここで預かっていた鉄砲玉や玉薬を船に戻し、明日の船出を待つのだと言う。

その時だった。

「本木様、もときさま〜」

後方で庄左衛門を呼ぶ声がする。声は一番蔵の中からのようだ。駆け付けると「これを」と、番人が指差す。見れば、柱に墨書きがしてあるではないか。

日本之御厚恩有難(ありがたし)

拙いが、丁寧に書かれている。レザノフが書いたに違いない。得十郎は、この墨書きを見つめる庄左衛門の目に、まだ諦めていない風(ふう)を読み取った。

三月二十日
ヲロシヤ船は今朝五つ時（午前八時頃）、順風を得て五島の方角へ去ったとのよし。

＊　＊　＊

三月二十二日、出島では宴席が催された。通詞たちの労をねぎらうため、カピタンが開いたものだ。カピタン屋敷の二階に集まったのは、大通詞、小通詞はじめ今度の一件に関わった者たち合わせて十人余り。写し物を手伝った得十郎に声がかかるのはもちろんだが、来てみると助十郎がいる。親父様に頼み込んで、ちゃっかり潜り込んだようだ。

「おれ、初めてなんだ、阿蘭陀料理！」

助十郎が、無邪気に笑った。だが、阿蘭陀正月でのことを思い出すと、得十郎は素直に喜べなかった。もちろん、稽古通詞の二人は下座(しもざ)だ。タ―フルは三つ、上座には作三郎や助左衛門が、阿蘭陀人と同席している。庄左衛門もそこだ。為八郎の後姿も見えたが、佐十郎はいなかった。佐十郎こそ写し物を手伝ったので、呼ばれていてもおかしくないのだが。それに気付いた助十郎が言った。

「あいつは、女と語学以外に興味ないんだな」

確かに。阿蘭陀正月を見て（まあこんなものか）と、思ったのかもしれない。

カピタンの挨拶が終わると、給仕の黒坊が料理を運んできた。今回、用意されたのは日本料理だった。タ―フルの上に膳が並べられたのは具合が悪かったが、得十郎は内心ほっとした。一方、助十郎は、

「なんだ、阿蘭陀料理じゃないのか」

と、がっかりしている。カピタンの前には阿蘭陀料理が並べられた。助十郎はそちらに興味津々、椅子から伸びあがるようにして、じろじろ見ていた。

宴もたけなわである。助十郎と互いに酌し合うのも気兼ねがなくてよい。中央のターフルで「よ〜し」と、威勢のよい声があがったかと思うと、若い男がもろ肌を脱いで踊り始めた。まわりは、やんやの喝采である。ぽんと肩を叩かれ、振り返ると庄左衛門がいる。

「どうだ、少し風に当たらんか」

二人は庄左衛門に従い、二階の露台に出た。カピタンがレザノフを見送っていた、あの場所だ。三人並んで海の方を見た。下弦の月が、ほのかに湾を照らし、湾口の神崎の鼻あたりまで見渡せる。

「ヅーフのやつ、やけにはしゃいでいやがる」

庄左衛門によれば、カピタンのヅーフは、レザノフが何の成果もなく去ったことを喜んでいると言う。

「阿蘭陀は、我が国との交易を独り占めにしたいのだ。だが、大国ヲロシヤとの対立は避けたいところ。だから、気遣うふりをしながら、手助けはしなかった」

得十郎は驚いて、庄左衛門を見た。さっきまで千鳥足だった庄左衛門の横顔は、月明りの中で冴え渡っている。考えてみれば、庄左衛門の言う通り。だが本当に驚くべきは、ヅーフの本心を見抜いているその眼力である。

「ラクスマン来航から六年、いや八年の内なら、何とかなったかもしれん。確かに、あの御信牌は、交易の許可を意味するものだった……むろん、どちらとも解釈できるように書かれてはいたがな」

ここで庄左衛門は、ぎゅっと眉間にしわを寄せ、

「今の御老中方は、祖法を良しとする方ばかりだ。だが、その方々もやがてお役を解かれる日が来る。レザノフにはこう伝えてある。『我らは、阿蘭陀人を介してあなたに手紙を出します。晴れだと書いたら、その時だと思ってください。そして合図を出したら、嵐を逃れる振りをして、蝦夷地のどこかに立ち寄ってほしい。あとは万事取り計らいます』とな」

(なんと！　そんな大それたこと、いかに庄左衛門殿とは言え、一人で画策できるものだろうか？)

得十郎の気持ちを読み取ったかのように、庄左衛門が言い添えた。

「このことは、お前たちの親父様方も御承知だ。為八郎など、わしよりもっと前のめりだぞ」

二人を見る庄左衛門の顔は、息を飲むほど真剣だ。阿蘭陀人にも手伝わせると言うのだが、とても手を貸すとは思えない。「ヅーフは、ヲロシヤ国と日本との交易を望んでいない」そう言ったばかりではないか。

「なあにヅーフなら心配はない。やつは商売人だ。儲かれば、それで文句はない。それに、もう手は打ってある。さっき裸で踊ってたやつがいただろう。義十郎だ。あいつにこっそり運ばせたのよ、ヅーフが父親に宛てた手紙を。レザノフのところへな」

小通詞末席の西義十郎は、庄左衛門に心酔している。庄左衛門が頼めば、一も二もなく引き受けるだろう。

今、欧羅巴は戦禍の中にある。その余波だろう、一昨年、亜米利加（アメリカ）と諳厄利亜（アングリア）（イギリス）の船が立て続けに長崎沖へやって来た。この機に乗じて、阿蘭陀にとって代わろうとしているのだ。もちろん「交易はできぬ」と追い返したが、阿蘭陀国が好ましい状況にないことは明白だ。阿蘭陀船は、年二艘まで来てよいことになっている。去年こそ二艘仕立てでやって来たものの、このところ一艘しか来ない年が続いている。ヅーフは、ひた隠しにしているが、他国の妨害も受けているのかもしれない。バタビアから日本に来るのもままならないとすれば、本国に手紙を送るなど、なおのこと難しいはず。

庄左衛門は、そう前置きし、

「だが、大国ヲロシヤならばできる」

と、言うのだ。つまり、ヅーフに貸しを作っておくということ。事実、ヅーフは手紙を出せることをたいへん喜んでいたと言う。それでもなお庄左衛門を疑うレザノフに対し、

「こう言ってやったのだ。『ならば、この後、信用のおけるヲロシヤ人を二人、阿蘭陀船に乗せて長崎へ寄こしてくれ。その者たちに我らが計略の一部始終を打ち明けよう』とな。いいか、よく覚えておけ。ここで大事なのは、必ず二人送らせることだ。一人では寝返るかもしれんからな。なあに、御公儀には阿蘭陀人だと偽ればよい。口裏を合わすようカピタンに言い含めるなど、我らには造作ないことだ！」

よほどの勝算があるのだろうが、生半可な覚悟ではない。もし御公儀に露見すれば、重罪は免れぬ。

「しかし問題は、その時がいつかだ」

その時とは、計略を実行する時。

「十年後か、いやもっと先かもしれん。この後、わしは必ず大通詞になる。だが、わしの時代にも叶わぬかもしれん。その時は」

庄左衛門は、二人の肩をぐいと引き寄せ、

「お前たちに託す。要は、常に我らが準備をしておくことだ」

(拝謁後の忙しい最中、いつの間にレザノフとそんな話をしたのだろうか)

得十郎は、庄左衛門の行動力に圧倒される思いであった。ここまでまじめな顔で話を聞いていた助十郎が、やや言いにくそうに言った。

「あの～、阿蘭陀料理が食べてみたいのですが……」

庄左衛門は、助十郎の顔をまじまじとのぞき込んでから大笑いした。

「そうか、もう腹が減ったか。よし、ついてこい！」

そう言って助十郎を連れ、皆が大騒ぎする宴会場へ戻っていった。当然、得十郎は遠慮した。

得十郎が、自席でそれとなく様子をうかがっていると、助十郎は存外うまそうに料理を食っている。豚の頭も気にならないようである。カピタンに囃し立てられ、ワインもぐびぐび飲んでいる。そこへ件の芸妓が現れ、硝子の器になみなみと何かを注ぎ込んだ。

(ビイルだ)

と、気付いたのは、助十郎が一息に飲み干したあと。とたんに助十郎は目が白黒なり、ふらふらしながら部屋から出ていった。この様子を見て、場はさらに盛り上がった。

この日、饗宴は延々八つ時(午前二時頃)まで続いた。

文化三年寅　七月十五日

お琴さんのお父上が亡くなったと、父上より聞いた。

「そうか、忠次郎が死んだか」

帰宅した父上は、遠い昔を思い出すようにつぶやいた。七月八日のことだったと言う。初七日が終わり、本日、役所に届けが出されたのだそうだ。当代の志筑龍助殿は、忠次郎殿の養子の養子。続き柄こそ祖父と孫だが、もう赤の他人と言っていい。届け出も形ばかりのことだったとのこと。

「人の出入りを好まぬ忠次郎のことだ。あるいは初七日まで口外せぬよう言い含めていたのかもしれんなあ」

父上にすれば、忠次郎殿は本木良永門下の後輩であり、阿蘭陀語にかけては一目置く存在、いや尊敬する人物だったかもしれない。様々な思いが巡るのであろう。寂しそうなお顔をされ、

「得十郎、すまぬが明日、香典を届けてくれぬか」

そう申し付けられた。もちろん、やぶさかではない。だが、もしお琴さんに会えば、何と言葉をかければよいものだろうか。

＊　＊　＊

昼八つ時（午後三時頃）、奉書紙に包んだ銀二匁（もんめ）を懐にしまい、得十郎は家を出た。ここ諏訪町からお琴の住む外浦町へ、まずは大川に沿った西古川町を下っていく。大川には所々石橋が掛けられている。一番上流に掛かる橋を第一橋とし、第十四橋まで。西古川町の町並みを抜けると、第十二橋のたもとに出る。ここからは大川の流れを右手に見ながら本川筋（もとかわすじ）通りを進む。

夏の日差しが、じりじりと得十郎の額に汗をにじませる。時折、川面を吹き渡る涼風が、心地よく

頬をなでた。第十四橋を行き過ぎると、いよいよ大橋が見えてくる。大橋は、西濱町と対岸をつなぐ大きな板橋だ。これを渡れば、あとは真っ直ぐ進むだけ。

得十郎が、大橋を渡ろうとしたそのとき、同時に向こう側から渡り始めた小男がいた。陽炎のようにゆらゆら歩いてくるその男は、眼鏡をかけている。間違いない、佐十郎だ。やや伏し目がちに、まるで人目を避けているかのようだった。いよいよ近付いたところで、佐十郎も得十郎に気付き、ぎょっとした顔で立ち止まった。

「どこへ行く？」

得十郎の問いには答えず、

「もう喪が明けたからね」

と、佐十郎は言う。佐十郎が向かう方角、西濱町の先には思案橋がある。言わずと知れた丸山へ向かう橋。さすがに師の喪中は控えていたのだろうが、佐十郎はもう我慢できぬという体（てい）であった。そんなことを問い詰めてもしかたがない。得十郎は、別のことに話を振った。

「お前、江戸には行かなかったんだな」

佐十郎は、以前から江戸に出たがっていた。江戸城の御蔵には洋書がぎっしり詰まっているらしいが、「それが読めればなあ」と、常々言っていた。

今年は、四年に一度の江戸参府の年、阿蘭陀人が交易の御礼に江戸城へ詣でる年だ。年初に長崎を出発した一行は、先月末、半年に渡る長旅を終えて、長崎に戻ったところだった。江戸番となった通詞は、カピタンら阿蘭陀人に同行するのだが、今回の江戸番大通詞は名村多吉郎様、小通詞は今村才右衛門殿だったと聞く。この江戸参府には、江戸番通詞の従者として、若くて優秀な通詞が加えられることがある。なので佐十郎が望めば、江戸へ行くこともできたはず。だが、昨年来、忠次郎殿は臥せがちであり、いつ果てるとも知れない。

(恩師の身を案じ、江戸行きをためらったのだろう)

得十郎は、そう思っていた。そこで、佐十郎に訊いてみた。

「お前も天学窮理(天文科学)を極めるのか?」

すると、

「やらないよ。僕は算数が苦手だから」

と、そっけない。そして、佐十郎は言う。

「先生のところには、阿蘭陀語法が書かれた秘伝の書があるらしいんだ。だけど、それがどこにあるのか教えてくれなかった。入門して三年だよ。見せてくれたっていいじゃないか。とうとう最期まで見せてくれなかったよ」

いかにも不満げである。

「それじゃ、その書を見たくて、江戸には行かずに居残ったと?」

「そうだよ。それよりほかに何があるの?」

佐十郎は抜けしゃあしゃあと言い放つ。さらに、

「だって、おもしろいじゃないか。もし禽獣の鳴き声が言葉なら、僕はそれだって会得したいね!」

得十郎は、唖然とした。どんなに言葉を解そうが、佐十郎に人の心が分かるとは思えない。

言いたいことを言ってすっきりしたのか、佐十郎は心もち胸を張ると脇目もふらず、思案橋の方へすたすたと歩み去った。


お琴の家の前に着いた。やや躊躇(ためら)われたが、得十郎は思い切って声をかけた。

「ごめんください」

玄関の格子戸を開けたのは、お琴さんだった。

「あら、得十郎さん」

促されるまま土間に入り、ぎこちなく悔やみの口上を述べると、お琴は明るく、

「いいの」

と、言った。そして、香典の奉書包みを居間の上がり框に置くと、奥に向かって、

「お母様、得十郎さんがお悔やみに来てくださいましたよ」

それから改めて向き直り、

「少し歩きましょう！」

と言って、得十郎の手を引き、表通りへ連れ出した。

お琴は、西役所の方へ歩き始める。御役所を囲む白い土塀の上に透き通るような青い空が広がっている。お琴は、その空を見上げるようにやや顔を上げて言った。

「何だかぎこちなかった、得十郎さんの歩き方」

その横顔はいたずらっぽい笑みを含んでいる。得十郎は（何のことか）と思った。

「私、あの時、見てたの。簾の隙間から」

レザノフ拝謁の日の行列のことだ。

「助十郎さんなんか、竹馬に乗ってるみたいで、転ばないかはらはらしたわ」

(そうか、やっぱりあの日、見てたのか)

得十郎は、ちょっと格好を付けていた自分を思い出し、今さらながら恥ずかしくなった。

「私、異国の人を見るの、初めてだったのよ。お父様は、あんなに阿蘭陀語の本ばかり読んでたのにおかしいでしょ」

出島に行けば、いつでも阿蘭陀人がいる。しかし、阿蘭陀人が出島の外に出るのは、四年に一度の江戸参府の時だけだ。しかもその時は、駕篭に乗っている。なので、市中の者が姿を目にすることはない。日常的に阿蘭陀人を見る通詞とは、やはり特別な役職なのだ。お琴は続ける。

「忠助おじ様なんか『ニュトンス(ニュートン)が』『ニュトンスが』なんてしょっちゅう言ってて。『分かった!』って、急ににやにやするの。だから『独笑』なんだって」

末次忠助は、お琴からすると父の妹婿、つまり叔父に当たる。忠次郎に心酔し、学ぶこと多年、大筒の玉の軌跡に詳しいと聞いている。お琴の言うように、近頃は「独笑」と号しているようだ。

「その忠助叔父様が言うの。お父様のこと、『偉いお人だった』って。六次郎さんや吉右衛門さんまで。でも、私にはよく分からない」

吉雄六次郎、西吉右衛門は、得十郎と同年代の稽古通詞、佐十郎とともに忠次郎のもとで学んでいた。ここでお琴さんの口から佐十郎の名が出ないことに、なぜだか得十郎はほっとした。

西役所表門前の広場に出た。ここを右に折れれば、石の大階段だ。そして二人は、その上に立った。眼下に大波止の広場が見える。お琴は大きく一つ息を付き、意を決したように駆け出した。

「あっ、お琴さん！」

軽やかな小下駄の音を追いかけて、得十郎も駆け下った。ようやく追いついたのは、船着場の手前。

「危ないじゃないか」

肩で息をする得十郎を尻目に、お琴は平気な顔だ。

二人の立つ大波止の石組みが、静かに波を受け止めている。眼前に長崎湾が広がり、左手の出島には、三色旗が高々とひるがえっている。出島と掘割を挟んで連なる江戸町の店には、阿蘭陀人向けの食材や日用品が並ぶ。夕食の準備なのだろう、コンプラ仲間が忙しなく出入りしている。潮風に乗って、香ばしい香りが漂ってきた。パン屋武衛門がパンを焼いているのだ。

眼前の海に向かって、お琴が言った。

「わたし、お嫁には行かない」

「えっ」

お琴の口許は、凛と結ばれている。

「もっと知りたくなったの」

「何を？」

「海の向こうのこと、世界のこと。得十郎さん、うんと勉強して！　そして、教えてくれる？　わたしにも」

「分かった。そうする。絶対そうする！」

二人は、遠く広がる海を見ていた。レザノフが去った海の向こうを。

文化四年卯　七月十六日
お琴さんとのあの約束から、今日で一年。少しでもそこに近づけただろうか。

さて今夜、他言せぬよう念押しされた上で、父上からお話があった。さる四月二十九日に蝦夷地エトロフの番屋、会所がヲロシヤ船に襲われたとのこと。そのひと月後には、リイシリの番屋も焼き討ちにあったそうだ。御公儀は、レザノフの一件との関わりを吟味しているらしい。

「事の次第が分かる通詞を急ぎ出府させるべし」

との御申し付けがあり、名村多吉郎様、馬場為八郎殿が、今月八日、江戸に向けて出立したとのよし。ヲロシヤ船が去って二年余り、このまま平穏な日々が続いてくれればと思っていたのに。父上は、また眉根に深い皺を寄せておられた。

＊　＊　＊

得十郎と助十郎の二人が、庄左衛門に向かって端座している。片や庄左衛門は、床の間を背に腕組みしたまま微動だにしない。蝉のけたたましさに蒸し暑さが増す。茶と茶菓子を出してくれた御内儀は、また下腹が膨らんでいた。

何かを思い出したようで、庄左衛門は、やにわに立ち上がると、床の間の天袋を探り始めた。

「あったぞ」

取り出したのは、一本の扇子。それで扇ぐのかと思いきや、広げて二人の前に置いた。そこには、墨で二羽の小鳥が描かれている。一羽は枝に一羽は空に。それぞれ紐の両端をくわえ、その紐の中ほどが、くるりと輪になっている。脇には横文字が書かれていたが、ヲロシヤ語のようだ。庄左衛門が言った。

「『遠く離れれば離れるほど、結び目は強く結ばれる』そう言う意味だと聞いた」

もちろん描いたのは、レザノフ。庄左衛門は、エトロフ（択捉島）やリイシリ（利尻島）での変事にレザノフが関わっていると確信しているのだ。

「確かにわしは『北だ』と言った。だが、こういうことではないだろう！　なぜ待てなかったか」

機が熟せば、阿蘭陀人を介して手紙を書く。その時、蝦夷地のどこかに嵐を避けるふりをして寄港せよ、そういう手筈だったはず。これでは綿密に練り上げた策も水の泡だ。

「『地球は赤道においては円が大きく、両極ではそれが小さい。しかし、どちらも三百六十度だ』やつにそう言い含めておいたのだが……」

急がば回れというほどの意味だろうが、得十郎にはちょっと分かりづらい気がした。

「ヲロシヤとの交易に強硬に反対していた御老中、戸田采女正（うねめのしょう）様が、昨年お亡くなりになった」

と、庄左衛門は言い、それを踏まえて、

「名村様と為八郎なら万事うまく取り計らうだろう。あるいは、こたびの一件を好機とすることができるやもしれぬ」

しかし、その言葉とは裏腹に、庄左衛門の顔はいかにもむなし気であった。そして、もうそれ以上何も言わなかった。

阿蘭陀語修行、交易の仲立ち、異国人との駆け引き、御奉行様、御老中方への取り成し、通詞の道は長く険しいものだ。それでも、

（成せば成る）

と、心に刻む得十郎であった。

＊　＊　＊

【後日譚】

馬場佐十郎のこと。

佐十郎が江戸に出たのは、文化五年（一八〇八年）三月のこと。丁卯（ていぼう）事変（ロシア船による択捉島、利尻島襲撃事件）の対応に当たるため先に出府していた兄、馬場為八郎が呼び寄せたのだ。その理由は「書物等手伝いのため」となっている。佐十郎の語学力を考えれば、頼りとされるのも当然であろう。晴れて念願叶った佐十郎だったが、ここ江戸でその才をいかんなく発揮する。まずは、在府長崎奉行より下げ渡された蘭書をたちまちのうちに翻訳、「東北韃靼（だったん）諸国図誌野作（えぞ）雑記訳説」として呈上した。これにより佐十郎の実力は幕閣の知るところとなる。翌年、兄の為八郎は「御用相済み」として帰崎したが、佐十郎は江戸に留め置かれた。その才が江戸を離れるのを惜しんでのことである。そ

して天文方高橋景保のもとで「新訂万国全図」の作製に助力することとなった。そんな佐十郎のために、文化八年三月、幕府は天文方（歴局ともいう）に「蛮書和解御用」という部局を新設した。ついに佐十郎は、一介の阿蘭陀通詞から幕臣に取り立てられたのである。それからというもの、佐十郎は水を得た魚のごとく活躍し始める。さっそく取り掛かったのが、ショメール八巻の訳業。ショメールと呼ばれたこの蘭書は十八世紀末に書かれた百科事典で、のちに「厚生新編」として完訳される。三十年余の歳月を費やしたこの訳業は、幕府の一大事業と言ってもいいだろう。佐十郎自身がその完成を見ることはなかったものの、彼なくして成すことのできぬ偉業であった。その他、「琉璃宝鑑」「泰西度量考」「遁花秘訣」など、その訳業は枚挙に暇がない。

　佐十郎は、すでに長崎において、オランダ語の他、フランス語、英語を習得していた。が、さらに「ヲロシヤ語を習得すべし」との公命を帯びて、小石川御薬園に囲われていた大黒屋光太夫のもとに足しげく通った。このとき光太夫、六十歳。伊勢の船頭だった光太夫は、天明二年（一七八二年）に漂流し、ロシアで暮らすこと十年、ロシア語はもちろんロシアの文物に精通していた。光太夫のもとに通い始めて二年あまり、ゴローニン捕縛事件が起こるや、佐十郎に松前出張が命じられる。ゴローニンはロシア帰国後に書いた「日本幽囚記」の中で、佐十郎をこう評している。

「彼は既にヨーロッパ国語の文法を知っていたので、ロシア語の方でも非常に進歩が早かった」

　このとき佐十郎は、寝食を忘れてロシア語習得に没頭した。そして、ゴローニンからの口述に基づき「魯文法規範」を書き上げる。

　公務において次々に業績を上げる佐十郎であったが、他方、私生活においては、目に余るほどの廓

通い。間重富から高橋景保に宛てた手紙には、

「下女にても差し置き、放逸相止め候様に致したく」

とある。つまり「下の相手をする女をあてがい、吉原通いを止めさせるようにしたい」と、言っている。佐十郎の上役である景保も、この不行状にはさぞかしあきれ返っていたのだろう。この無類の女好きを重富は「長崎地風」と、呼んでいる。間重富は大坂で質屋を営む傍ら、暦学を学んでいた。亡き景保の父、至時とは麻田剛立門下の学友であり、このときまだ若かった景保を後見役のように支えていたのだった。一方、佐十郎を天文方に推したのも重富である。重富は、暦学を極めるには佐十郎の卓越した語学力が必須であると考えていた。佐十郎は、文字通り精力満ち溢れる男であった。

(その血筋を我が手に)

そう重富は考えたのだろう。こののち自分の娘を佐十郎に嫁がせた。そして、子を得ると離縁させ、娘と二人の子を自らの手元に戻した。だが惜しいかな、子は二人とも夭折する。そのあと佐十郎は、津軽藩医浅越玄隆の娘を妻とし、一男をなした。しかし、結局その血脈も途絶え、今に繋がっていない。

また、佐十郎は暦局邸内において私塾『三新堂』を開き、訳業の合間を縫って蘭語学の教授にも力を注いだ。そして、江戸蘭学界の大御所、杉田玄白をしてこう言わしめている。

「わが子弟孫子、其の教へを受くることなれば、各々その真法を得て正訳を成就すべし」

蘭学界の頂点を極めたと言ってもいい佐十郎だったが、文政六年(一八二二年)七月、肺炎によりあっけなくこの世を去る。享年三十六、華々しくも足早に過ぎ去った生涯であった。

中山得十郎は、その後どうなったのか。父亡き後、文化十三年（一八一六年）に作三郎の名跡を継ぎ、小通詞に進んだ。同時にヅーフハルマ翻訳増補訂正掛を勤めた。今も大阪北浜に残る適塾の二階には、ヅーフ部屋という小部屋を見ることができる。このヅーフハルマ（蘭日辞書）を備えたことでそう呼ばれたのだが、この辞書をひも解いた英才たちが幕末日本に大きな役割を果したことは言うまでもない。

また得十郎、改め作三郎は、文政六年に来日したシーボルトとも親交を深めた。そして、鳴滝塾開塾にも尽力することになるのである。

ちなみに、イサベル・田中・ファン・ダーレン女史による日蘭学会誌報告、中山家系図に琴の名はない。

## あとがき

十八世紀、東へ東へと領土を拡大してきたロシアは、ついに日本とその国境を接することになる。本書は、史上初めて西洋との紛争となった文化四年（一八〇七年）の丁卯事変から話を始め、この事変に関連して四年後に誘発されたゴローニン事件、また全ての発端となった文化元年のレザノフ長崎来港、これら一連の出来事をそれぞれの当事者目線で説き起こした物語である。

「北地に立つ」は、久保田見達自身が書き遺した「北地日記」（市立旭川郷土博物館研究報告第十五号、一九八四年）をベースに関係史料を交えて描かれている。「北辺の御様子お伝え致し度候」は、ゴローニンがロシア帰国後に書き記した「日本幽囚記」（岩波文庫）と五郎次が松前奉行の御取調に際して述べた記録「五郎治申上荒増」（北方史史料集成第五巻）が種本となっている。「阿蘭陀通詞中山得十郎ヲロシヤ滞船中日記」は主に、レザノフ著「日本滞在日記」（大島幹雄訳　岩波文庫）と「史料紹介　中山文庫『魯西亜滞船中日記』(1)〜(5)　織田毅」（鳴滝紀要第17号、18号、20号、21号、22号　シーボルト記念館）を元に構成されている。なお「魯西亜滞船中日記」は、得十郎の父、大通詞中山作三郎が遺した日本側の公式記録である。本書の背景となる歴史的事実に興味を持たれた方は、ぜひこれら史料にも目を通していただきたい。より臨場感を持ってこの時代を感じることができるはずである。

また、森荘已池氏の著書「私残記　大村治五平に拠るエトロフ島事件」（中公文庫）は、貴重な史料を解説し、我々の身近に届けてくれる力作であり、松木明知先生の「中川五郎次とシベリア経由の牛痘種痘法」（北海道出帆企画センター）は五郎次研究における第一級の研究書である。そして片桐一男著「阿蘭陀通詞の研究」（吉川弘文館刊行）は、阿蘭陀通詞の実像を伺い知るのに大いに参考にさせていただいた。その他、当時の史料を丹念に調べ上げ、かつ営々と活字にまとめてこられた諸先生方には、全く頭が下がるばかりである。この場を借りて敬意と感謝を申し上げたい。その思いに背くことのないよう、できるかぎり史実を損ねず、その行間に現れてくる人物像を描き出したつもりである。しかし、小説としての効果をより高めるために架空の人物も登場させている。許される範囲で脚色したと思っているが、この分野を専門にされている研究者の方々には多々異論もあろうと思われる。約二百年前に起こったこの出来事を、より多くの人々に伝えたいという私の思いに免じて、ご容赦願えれば幸いである。

本書は、愛媛県松山市の文芸同人誌「アミーゴ」85号から88号に掲載した作品を再編集したものである。「アミーゴ」という表現の場を私に紹介してくれた小松紀子先生、現在「アミーゴ」を主催なさっている岩﨑正高先生、毎号の編集にご努力いただいている竹宮よしみ様、合評会でご指導いただいた清家忠志様はじめ諸先輩方、また「アミーゴ」発行のためにご尽力くださった全ての皆様に対して心から感謝いたします。

末尾ながら、この度本書発行の機会を下さった郁朋社、佐藤聡氏に深謝します。

令和六年五月十九日　安部俊吾

【著者紹介】

安部　俊吾（あべ　しゅんご）

1964年香川県生まれ。高松商業高校、愛媛大学医学部卒業。医学博士取得後、麻酔科医として診療を行う傍ら、松山市の文芸同人誌『アミーゴ』で活動する。著書に『昭和の小役人一代記』がある。

# 北辺の御様子お伝え致し度候

2024年9月1日　第1刷発行

著　者 — 安部　俊吾

発行者 — 佐藤　聡

発行所 — 株式会社 郁朋社

〒101-0061　東京都千代田区神田三崎町2-20-4
電　話　03（3234）8923（代表）
ＦＡＸ　03（3234）3948
振　替　00160-5-100328

印刷・製本 — 日本ハイコム株式会社

落丁、乱丁本はお取り替え致します。

郁朋社ホームページアドレス　http://www.ikuhousha.com
この本に関するご意見・ご感想をメールでお寄せいただく際は、
comment@ikuhousha.com　までお願い致します。

 ISBN978-4-87302-818-7 C0093